国家出版基金项目
NATIONAL PUBLICATION FOUNDATION

近代散佚戲曲文獻集成·理論研究編 16

總主編 黃天驥

增補曲苑革集
增補曲苑木集

趙苕狂 輯錄

山西人民出版社
三晉出版社

圖書在版編目(CIP)數據

增補曲苑革集·增補曲苑木集 / 趙苕狂輯錄. —太原：山西人民出版社，2018.3
(近代散佚戲曲文獻集成 / 黃天驥主編)
ISBN 978-7-203-10291-5

Ⅰ. ①增… Ⅱ. ①趙… Ⅲ. ①古代戲曲-文學理論-中國 Ⅳ. ①I207.37

中國版本圖書館CIP數據核字(2018)第017676號

增補曲苑革集·增補曲苑木集

主　　編　黃天驥
輯　　錄　趙苕狂
責任編輯　郭向南
復　　審　武　静
終　　審　員榮亮
裝幀設計　謝　成

出 版 者　山西出版傳媒集團·山西人民出版社　三晉出版社
地　　址　太原市建設南路21號
郵　　編　030012
發行營銷　0351-4922220　4955996　4956039
　　　　　0351-4922127(傳真)
天貓官網　http://sxrmcbs.tmall.com　0351-4922159(電話)
E-mail　sxskcb@163.com　發行部
　　　　sxskcb@126.com　總編室
網　　址　www.sxskcb.com

經 銷 者　山西出版傳媒集團·山西人民出版社
承 印 廠　山西出版傳媒集團·山西新華印業有限公司
開　　本　787mm×1092mm　1/16
印　　張　23
字　　數　179千字
版　　次　2018年3月　第1版
印　　次　2018年3月　第1次印刷
書　　號　ISBN 978-7-203-10291-5
定　　價　115.00圓

出版説明

一、近代散佚戲曲文獻集成鈎沉、梳理、選取十九世紀末到二十世紀中葉，散佚而獨具特色、頗具研究價値的戲曲文獻進行整理出版，以填補學術界在近代戲曲史史料方面的缺失。

二、叢書主要採取影印的方式整理出版，爲便於學界研究之需要，以忠實於原稿爲宗旨，對排版方式、原書内容的缺損、錯謁等均不做修復，在不影響内容的情況下僅對頁面的污損做了處理。

三、叢書作爲影印文獻，序言、附注、插頁皆予以保留，最大限度地保持原本原貌：單黑印刷的保持單黑色，彩色印刷的以原來的色彩進行印刷。

四、叢書分爲「理論研究編」「戲曲史料編」「名家文獻編」「曲譜和唱本編」四大編七十册。

五、「理論研究編」主要選取了近代重要的戲曲研究名家絶版多年的重要著作。其中，或有部分重要經典著作後期有再版，如王國維先生的宋元戲曲考，我們選擇早期稀見之「正音學會校本」版，原貌出版。

六、「戲曲史料編」則對史材、檔案、傳記等史料進行了整理。「名家文獻編」對著名戲曲表演藝術家的文獻進行了集中整理，包括海外版史料、報紙雜誌或期刊的專刊、各種個人專集等。這些史料或散於海外、或沉於故紙堆，因極富時代特色且具有原真性，又長期遊離於主流學術研究視野之外，因而其研究價值較爲突出。爲保持文獻原真性，對於期刊圖書廣告頁予以保留。

七、「曲譜和唱本編」主要對戲曲的曲譜和唱本進行了整理。曲譜和唱本是戲曲藝術傳承、演變、發展的主要載體之一，近代的曲譜和唱本很多是當時演出的戲本，故不少史料具有民間性，對於戲目發展的原生狀態具有很高的研究價值，如小唱本，因非常零散，多年來幾乎未見整理出版。

八、因叢書主要採用影印的方式，故海外出版的外文版未進行翻譯，維持海外原版之狀態，適合較高層次的讀者閱讀、研究。

九、叢書中，因原版的零散或者底本的其他狀況不便於影印的戲曲藝術散論叢編採取了重新錄入的方式進行排版，由本項目組進行了點校、審讀。

十、對於篇幅較小的原本書目，叢書進行了合編出版；對於合編册數爲兩册的，保持了原始書名；對於合編册數爲三册以上的，則按整理的類別，重新編訂書名。

十一、所選版本的頁碼標註，在保持原始頁碼的同時，重新編排了新頁碼；對於兩册以上合册出版的書目，做了目錄，便於讀者查找閱讀。

十二、爲保證叢書體例一致，序言、出版説明、版權頁等附文，皆採用了中文繁體編排。

鑒於編者水平有限，有不當之處，敬請方家指正，又因出版時間所限，定有諸多不足之處，亦請廣大讀者海涵。

總序

黃天驥

戲曲，是我國在世界藝壇上獨樹一幟的綜合性藝術。如果從金元時期戲曲趨於成熟的階段算起，歷經明清兩代，到晚清民國時期，它已經走過了近七百年的道路，發揮過重大的社會影響。

戲曲，包括雜劇、傳奇乃至花部小戲等體裁，在不同的歷史時期，其內容、形式，不斷地變化融合，也經歷過好幾個不同的發展階段。進入晚清民國時期，隨着我國歷史和社會出現翻天覆地的變化，戲曲進入了非常獨特的歷史時期。對於中國文化和研究中國戲曲史而言，這是具有特別意義並且非常值得注意的歷史時期。

我國戲曲，元代以雜劇爲主流，明清兩代，劇壇以傳奇爲主，也兼演雜劇。但到了清代乾隆年間，朝廷經常在爲皇帝、皇太后祝壽的全國性節日，引進各種地方戲班，進入北京會演。以此爲契機，徽班以其精彩的表演和它易於爲群衆接受的特質，在京城落地生根，影響日益擴大。它融合了其他唱腔，形成了後來被稱爲「京劇」的新劇種。這時候，各處的地方戲，風起雲湧。至於曾在舞臺上流行的雜劇、傳奇，即使在某些方面結合時代的潮流，有所革新，但終究敵不過以徽班爲代表的清新、活躍、更接地氣的地方戲。愈到後來，屬於「雅部」的雜劇、傳奇，漸漸無人問津，走向衰落。從此，「花部」終於戰勝了「雅部」，中國的劇壇，經歷了一次重大的變化。

從晚清到民國，隨着政治經濟的變革，西方各種思潮包括文藝思潮，也陸續湧入古老的天朝。我國戲曲領域，與中國人民反帝反封建的鬥爭相聯繫，與資産階級政治運動相適應，也出現了深刻的改良活動。以京劇爲例，劇壇上呈現出與元明清三代不同的面貌和特點。

從金元以至明清，我國戲曲經過長期的創造、沉澱，在劇本創作上，特別在唱、做、念、打等表演技巧方面，都在不斷地完善。乾嘉以來，商業興旺，中心城市如北京、上海一帶，市場繁榮，觀衆日多，審美要求也日益提高。加以宮廷的大力提倡，各個地方戲種有了交流借鑒、互相影響、共同提高的機會。以京劇爲代表的「花部」，特別在表演藝術方面，日臻成熟，達到了中國戲曲史上的高峰。那時候，戲班衆多，名角迭出。咸豐、道光年間，京師出現以演老生見長的程長庚、余三勝、張二奎。這三傑，被稱爲「三鼎甲」。後來又出現譚鑫培、汪桂芬、孫菊仙三位傑出的老生演員，被稱爲「後三鼎甲」。他們的做派唱工，或如黃鐘大呂，慷慨沉雄；或如雁嘯長空，悲涼蒼勁。他們風格各異，而其共同之點：品行端正，敬業不懈，嚴肅地對待藝術創造。因此，他們被藝術界公認爲偶像，也受到廣大觀衆的尊敬。

到民國初年，觀衆喜愛老生的熱忱，逐漸轉換爲對旦角的追捧。當時京劇湧現出四大男旦。梅蘭芳以俊美的容姿，唱、做、念、打已達爐火純青的表演技藝，讓觀衆如癡如醉。程硯秋擅演悲劇，以青衣應工，幽韻哀情，如泣如訴，唱到劇中的悽楚之處，讓觀者感同身受。荀慧生則表情多變，做派風流活潑，有第一花旦的美譽。尚小雲嗓音圓亮高朗，在串演女性角色中透露着英勃之氣，他尤擅演刀馬旦，在旦角中自成一派。那時候，「梅、程、荀、尚」，紅透了中國劇壇。

可以說，清末民初，是中國戲曲發展的高潮時期，尤其是在表演技巧方面，更是發展到藝術的頂峰。這一點，和戲曲在繼承傳統的基礎上，在新舊交替的時代，審美觀念出現變化，演員們在劇本內容和演技方面，爲適應社會的需要，積極地醞釀有所變化、有所革新有關。當舊的政治體制被推翻，崇尚個性的潮流湧入劇壇，「四大名旦」們，也就不斷刷新劇目，即使演出傳統舊劇，也注意作適當的改造，注意程式的創新，甚至懂得追求人物形象的個性化。於是，整個清末和民國的劇壇，出現了讓人耳目一新的局面。

在這階段，藝壇上有一個現象，很值得我們注意，這就是圍遶着名角，出現了一批在文學上或在藝術上很有造詣的追隨者。他們不是戲迷或跟班，而是對名角有着很大影響力的藝術顧問或參謀，在戲班中，他們在很大程度上起着導演、編劇兼評論家的作用。像齊如山、羅癭公、陳墨香等人，他們文化根基深厚，社會經驗豐富，對新思潮有所瞭解。他們的加入，對清末民初戲曲走向高潮，產生了積極的作用。

由於有一批高水平的文化人，經常與名角們長期深入地接觸，瞭解名角們的生活，熟識演員們藝術創造的過程，也和當時的優伶界一起沉浮。他們用文字把舞臺上下種種見聞記錄下來，從不同的角度描述當時劇壇發展的足跡，這就給後人研究清末民初的劇壇，留下了極有價值的文獻。本叢書的「戲曲史料編」，便是力圖完整地搜集這一時期劇壇有關史料，方便研究者對當時劇壇有詳盡的認識，也爲人們進一步深入研究提供線索。

進入清中葉以後，我國戲曲表演，實際上已推行「演員中心制」，無論是京滬劇壇乃至各處地方戲，從戲班體制乃至舞臺演出，均以演員爲中心。越到清末民初，名角的作用越是壓倒一切。這樣的現象，在我國戲曲史上並不多見，也可以視爲戲曲表演發展到最高階段所呈現的獨特面貌。

由於演員表演的成就成了這一時期戲曲發展的標識，爲此，本叢書編選「名家文獻編」，輯錄了梅蘭芳、譚鑫培、周信芳等十一位藝術大師的文獻，其中包括演出報告、影集、雜誌、臨時特刊等文獻，以及社會各界對他們的述評和研究文章等等。通過此編，讀者既可以認識、學習一個個名角各自的表演特色、各自的藝術成就，也可以從總體上，綜合觀察這一歷史時期戲曲發展的趨向。

這套叢書，還列有「理論研究編」。

本來，從金元時代開始，戲曲已趨成熟，成爲人民大衆喜聞樂見的藝術形式，許多文人雅士，也參與到劇本的創作中，寫出了不少膾炙人口的名劇，被視爲「驅梨園領袖，總編修師首，捻雜劇班頭」的關漢卿，甚至還粉墨登場。但是，在戲曲理論方面，卻鮮有人認真思考。除了明末清初的李笠翁，寫了閒情偶寄，算是比較全面地總結戲曲劇本的創作和表演經驗的規律以外，幾百年來，即使是關心戲曲的名家，也祇作些蜻蜓點水式的評點，或者在書信中和朋友們發表些零星的想法，至多是在劇本的序跋中，涉及對劇本創作的思考。可以說，從古以來，我們傳統長於形象思維卻疏於邏輯思維的慣性，使古代戲劇家對戲曲缺乏系統性、學理性和歷史性的思考。

近代以來，國運日衰。隨着西方列强在軍事、經濟、文化方面的進入，我國不少精英人物，不得不考慮國家向何處去的問題。思想界和學術界的許多學者，往往在不同程度上，和西方學術有所接觸，直接或間接受到西方文化的影響，思維方式也有所改變。同時，他們也看到，與城市商業繁榮的局面相聯繫，包括戲曲在內的通俗文化，日益受到廣大群衆的歡迎，特別是戲曲的表演藝術突飛猛進，其影響甚至超出了國門。這種種因素，讓許多有識之士，再不把戲曲視爲不登大雅之堂的「小道」。這一來，戲曲理論的研究，逐漸爲學術界人士所關注。從王國維開始，學者們已把戲曲研究作爲一門專業性的學問。進入二十世紀的四五十年代，戲曲理論研究更成爲顯學。

當然，在清末民初，戲曲理論研究剛剛起步，但也取得了令人矚目的成果。後來，在抗日戰爭期間，在烽火連天、顛沛流離的日子裏，有些學者還孜孜不倦地進行戲曲研究，努力從理論上探索中華民族文化瑰寶的奧妙。有些學者追根溯源，探索戲曲發生發展的過程；有些則研究戲曲在不同時代的表現和特點，或者研究我國戲曲的形態；有人廣泛搜集和考索劇本劇目；有人致力於曲韻的研究；有人還注意對地方戲的論述，等等。可以說，清末以及民國時期的戲曲理論研究者，完全打破了傳統曲學評點餖飣支離破碎的方式，他們從不同角度，對戲曲藝術作系統性的研究，邁出了新的一步。即使有些地方，還待深入探討，但已爲後來的研究者打下了基礎。「篳路藍縷，以啟山林」，在我國戲曲研究學術史上，這一時期的學者功不可没。其中，有些論著，具有經典性，直到今天，依然是戲曲理論研究者必讀的文獻。爲此，本叢書設置「理論研究編」，努力搜集讀者不易看到甚至已經絶版的論著，意在既保存珍稀資料，又爲學者們開展對這一階段劇壇的研究，提供更全面的幫助。

經過多年的努力，近代散佚戲曲文獻集成叢書終於面世。這套叢書的出版，填補了近代戲曲學術史的空白，對推進今天戲曲創作、表演和理論研究，也很有價值。特推介，是爲序。

二〇一五年六月十二日於中山大學中文堂

「理論研究編」序

董上德

進入二十一世紀之後，在人們的視野中，晚清民國是一個較爲特殊的歷史階段，説「近」不近，説「遠」不遠，很多東西，如昔日雲煙，漸漸淡出，甚至杳無蹤影；有些東西，卻如陳年老酒，香醇如故，至今值得珍惜。

就以晚清民國的戲曲研究而言，在當時算是一門很「新」的學問；而在今天看來，它既屬於藝術學的範疇，也進入文學的疆域，還旁涉其他相關的學科，如音韻學、方言學、民俗學乃至當今正在盛行的「非遺學」，等等，可謂門庭廣大，五花八門。戲曲研究的演進軌跡是一件頗堪玩味的事情。

説起來很有意思，晚清民國之前，可没有人會將研究戲曲看作是學問的。在以「經學」爲正宗的古代學問體系裏，戲曲作爲古代社會的「亞文化」，不可能進入主流意識形態。與所謂的「大傳統」相對而言，戲曲屬於「小傳統」，不登大雅之堂，研究戲曲的成果，似乎不配稱爲學問。故而，雖然自元代以來出現過錄鬼簿 中原音韻 太和正音譜 曲律 閒情偶寄等今天可稱之爲「戲曲學」的著作，可它們不會被封建時代的官方認可爲著述，像四庫全書這類官修叢書也不會將它們收錄進去。

到了晚清民國時期，情形出現重大轉折，有兩種情形值得關注：其一，西方的民俗學、民間文學研究（如德國格林兄弟對童話的收集、整理與研究等已開一代學術風氣）借由日本學界的模仿、消化而漸漸爲東方社會所知，善於及時跟蹤世界學術動態的日本學者，可謂得風氣之先，其民俗學及民間文學視野催生出一些啓發人心、值得借鑒的研究成果。曾經受到中國儒家文化影響的日本學界，自明治維新以來不再囿於儒學，而呈現出「開新」的進境，這會影響到逐漸與日本學界多有交往的中國學人；受到新的學術風氣的影響，中國學人不甘人後，貼合中國的實際情形，翻了一個筋斗，躍出經學的掌心，做出了古人没有做出來的新學問。其二，更爲重要的是，隨着具有劃時代意義的「五四」新文化運動的興起，中國學人有了自己的批判意識，重新認知古代的文化遺産，不再只盯住「大傳統」，而將「小傳統」裏的戲曲、小説、民間説唱等納入研究視野，這一批過去的「地攤貨」終於正式地入了知識分子的法眼，對它們的研究也逐漸可以見諸學術刊物或報紙副刊，甚至一些大學破天荒地開出戲曲研究、小説研究的課程，可以説，中國學術的「大環境」也發生了前所未有的改變。

在巨大的學術轉型過程中，某些人物、某些著作起到了十分重要的垂範作用。如著名學者王國維先生，他於一九一三年在日本完成了有史以來第一部戲曲史專著宋元戲曲史的初稿，標誌着戲曲研究正式成爲一門建構於學理基礎之上的學問。他在此書的序言裏稱：「非吾輩才力過於古人，實以古人未嘗爲此學故也。」此書的問世，可以看作是晚清以來、「五四」之前的一個學術事件，是近代中國學術變遷鏈條上不可忽視的一環。身處日本，做的是「中國學問」，而且是「新」的學問，王國維先生因之成爲晚清民國一位具有標桿意義的人物，其宋元戲曲史成爲現代戲曲學的開山之作。其後，「五四」新文化運動的領袖人物胡適、魯迅，還有受其影響的顧頡剛、鄭振鐸等人，他們對戲曲、小説這類「俗文學」的一系列研究成果，不管是出之以專著，還是出之以論文、雜文等形式，都一新國人的耳目，匯聚成一股啓人心智、重估民間文化價值的學術風氣。

不過，戲曲這一門學問，要真正建構起來可不簡單，並非若干位著名學者所能夠「畢其功於一役」的，這還有待於無數後繼者多方面、多話題的探索。晚清民國的戲曲研究成果，初看起來顯得方方面面都有，正反映了戲曲研究的複雜性。

其實，戲曲只是一個很籠統的概念，其內裏含有極爲豐富的意蘊，存在多種面向，頭緒衆多。自宋元以來，其演出形態就歷經多變，從廟會到堂會，由廣場藝術漸變爲劇場藝術，既娛神又娛人，在較長的歷史時期裏，其祭祀功能與娛樂功能或兼顧並舉、交互扭結，或相互剝離、二者並存，情形甚爲複雜。更值得關注的是，戲曲演出，其在民衆日常生活裏所起到的作用和影響也並非單一，而是呈現出複合功能。站在今天的文化立場上看，設若沒有了戲曲演出，我們的民族素質就會大不一樣。試想，站在廣場上或戲臺前觀看戲曲演出的人們，有多少是村夫農婦，有多少是大字不識的文盲，可他們到底並非沒有文化，起碼他們是知道漢高祖、「劉、關、張」、秦王李世民的，這就是民間版的「歷史啓蒙」活教材；起碼他們是知道正德皇帝游龍戲鳳是荒唐混賬的，陳世美不認妻是天理難容的，法海和尚拆散白娘子夫婦是歹毒不人道的，這就是民間版的「價值哲學」活教材。如此等等，無不喻示着中國民間的確出現了一所又一所依循着年曆、神誕等時間節點而隨機形成的「教養學校」：臨時搭建或設於寺廟裏的舞臺就是課堂，連那些前去看戲的男女文盲們也成了學生，從而形成文盲不等於沒有文化的「中國特色」。可以說，戲曲演出含有娛神、娛人以及教化民衆等多種功能，顯示出中國戲曲舞臺以及戲曲作品的偉大作用與獨特影響。故此，晚清民國的學者們，換了一種眼光，不約而同地研究起過去人們大爲忽視的戲曲，而且角度各異，精彩紛呈。今天，重新閱讀他們的各式各樣的論著、論文，會驚異於他們的激情與專注，會佩服他們的耐心與細緻，更會獲知我們今天不一定能感受得到的特定時期的戲曲演出的樣貌；而話題之多樣、見解之尖新、材料之鮮活，也讓人開拓眼界、別有會心。

從存世文獻的角度看，晚清民國學者們的戲曲學論著、論文，除少數名著如王國維先生的宋元戲曲史、吳梅先生的中國戲曲概論等外，大多没有再版印行；原刊發於民國學術期刊上的與戲曲研究相關的論文、文章，更是難覓蹤影。不要説一般的讀者難以見到甚至並不知曉，就算是專業研究者也不易尋獲，要到圖書館查找，通常還不能外借，而且，並非所有圖書館都有收藏。這些論著、論文，往往散在於各地的公私收藏之中，使用起來極爲不便。於是，就有了收集、影印出版這一批「隱藏」了長達半個世紀以上的戲曲論著、論文之舉。

今天回過頭來看這一批話題衆多、形式不一的戲曲研究成果，輕輕撣去散落於書頁之上的歷史煙塵，我們依然可以認知到其中不可忽視的獨特價值，要而言之，約有如下數端：

第一，接續王國維的研究思路，將其相關研究加以細化，而又小中見大，顯示着戲曲學這一門學問的學術積累與學術推進過程。

宋元戲曲史作爲開山之作，具有無可爭議的典範性與權威性，最爲重要的是，王國維先生此書的框架大體呈現出「戲史溯源」「樂舞考原」「脚色探源」「劇本辨體」「劇目存佚辨析」「劇本文學研究」「雜劇、南戲區別對待」等内在的版塊，已經梳理出作爲一門學科的戲曲史論著的邏輯理路。這就爲後學奠定了該學科的學理基礎。當然，這一草創性的論著儘管體大思精，却也不無粗疏，受到材料的限制，有待補充、論证的地方亦屬不少，有些專題研究還有待「細化」，有意無意間，宋元戲曲史爲後學預留了不少可以進一步探研的空間。於是，就出現了一些可以與王國維先生對話或補充其缺漏的論著，如在「戲史溯源」這一版塊，孫楷第的傀儡戲考原、董每戡的説「傀儡」（見説劇）、李家瑞的傀儡戲小史、華木的梅縣的傀儡戲等，以更爲豐富的史料、較爲縝密的分析做出了王國維先生尚未來得及細做的專題研究。宋元戲曲史第三章宋之小説雜戲專門談及「傀儡戲」，認爲傀儡戲起源甚早，大概在漢代已經有「作偶人以戲，善歌舞」的演出，歷經演化，到了宋代則成爲一項重要的文藝表演：「至宋而傀儡最盛，種類亦最繁……則宋時此戲，實與戲劇同時發達，其以敷衍故事爲主，且較勝於滑稽劇。此於戲劇之進步上，不能不注意者也。」這番話，言簡意賅，點到即止，但在「戲史溯源」的問題上卻是甚爲重要的。至於具體情形，還有待進一步考證。故而，孫楷第等先生的上述論著就顯得很有必要且甚有價值。

此外，在王國維研究思路的基礎上，試圖建構相對完整的「元劇學」（或可稱爲「元明雜劇學」），如賀昌群的元曲概論、孫楷第的也是園古今雜劇考、馮沅君的孤本元明雜劇鈔本題記與元雜劇與宋明小說的幾種稱謂 古劇四考、鄭振鐸的元明以來雜劇總錄等；在王國維研究思路的基礎上，試圖建構相對完整的「南戲學」，如錢南揚的宋元南戲考與浙江的戲劇、宗志黄的宋元之南戲等。可以說，這一系列成果，一則說明王國維先生開示了正確的研究路徑，可謂功不可沒；一則說明王國維先生的宋元戲曲史畢竟處於「草創」階段，有待補充、斟酌甚至修訂的地方可謂不少。後繼者的勞作，一步一步，一點一滴，都不應被忽略。

第二，不再囿於王國維的研究框架，探索戲曲史上的另外一些重要問題，如地方戲研究，顯示着戲曲學作爲一門學問的開新與拓展。

宋元戲曲史局限於宋元，不及明清，這顯然是很大的欠缺，是一部不完整的中國戲曲史。何況，王國維先生是一位書齋裏的學者，平時不喜歡看戲，不去觀察舞臺，更不會專門去考察鄉間演劇。而自清中葉起，「花部」即地方戲，興盛不衰，深入人心，具有極大的藝術活力與潛力，是中國戲曲史極爲重要的組成部分。

有見及此，一些學者不辭辛勞，到民間去，收集地方戲曲的劇本，考察演出的實況，瞭解民衆的審美心理，寫出了功底扎實、資料豐富、見解獨到的論著，如黄芝岡的從秧歌到地方戲、揚鐸的漢劇叢談、鍾琴的越劇、玄然的花鼓戲、朱今的我鄉的目連戲、陳子展的花鼓戲無南北等。

尤其值得重視的是徐嘉瑞的雲南農村戲曲史，該書以雲南農村戲曲（包括舊燈劇與新燈劇）爲研究對象，

「把雲南現在流行的農村戲曲，做了一番搜集整理的工夫」，僅從該書附錄的雲南農村戲曲集（第一部爲「舊燈劇作品」，第二部爲「新燈劇作品」）可以看出，作者下了多大的功夫才能有此豐碩的收穫。而作者的研究思路也值得稱道，他說：「（雲南農村戲曲）是現在流行在民間的東西，和已經死去的元曲不同；它正在發展，正在變化，正在風行，對於努力通俗化運動的朋友，可以得許多參考的資料，可以從舊瓶中釀出許多新酒來。」（見該書導論）換言之，如今研究這些活態的戲曲，將之納入戲曲史研究的範疇，不僅着眼於過去，還着眼於現在。將戲曲史研究與田野調查有機地結合起來，是該書的鮮明特色。這絕對不是「學究」的思路，而是體現出真正懂行的戲劇研究者的胸襟與責任感，尤爲難得。這一類情形，在相關的其他論著中也有呈現，並非個別現象，我們在晚清民國的戲曲學者身上看到了十分可貴的學術品格。順帶可以提及，雲南農村戲曲史的一些記載頗具鮮活的史料價值，比如，説到一九三七年後雲南農村戲曲演出樣貌：「自抗戰以後，舊燈劇漸漸消滅，新燈劇大爲流行」；至一九四二年，抗戰已入第五週年，農村有不少宣傳抗戰的戲在上演，「登臺的脚色，是農村婦女的弟兄和丈夫，看戲的人，是生旦淨丑們的家屬」，他們不是職業演員，爲了激勵抗戰的精神，粉墨登臺；可以想見，那是烽火連天的歲月，那是民族危難的關頭，「學校疏散下鄉，有許多學校也把新舊燈劇改編成抗戰戲曲，所以男女學生有許多唱燈劇的了。有許多軍隊，住在鄉下，替人民種田、修路、挖溝、掃地，新春來了，軍人們唱燈劇給鄉村的農人看，因爲軍人多是從農村中來的！」（見該書結論）國難當頭，鼓舞士氣，民間戲曲起着不可小覷的作用；而學生的疏散下鄉、軍人的駐紮鄉間，成爲雲南抗戰期間戲曲演出興盛起來的歷史契機，這本身就是中華民族戲曲史的重要一頁。作者以飽滿的激情寫作雲南農村戲曲史，字裏行間，洋溢着有血性學者的正義感，數十年後，再讀這樣的文字，依然令人心潮澎湃。而回到學術層面，我們不能不充分估計這一類著作在戲曲學領域的開拓意義與價值。

第三，在新舊戲劇形式的碰撞、交融與更替過程中，探尋戲曲的新出路，顯示着戲曲學作爲一門學問所具有的與時俱進的活力。

晚清民國時期，藝術樣式變得更爲多樣化，舊的繼續流行，新的獲得青睞，新與舊，兩相對舉，互成對手。以戲劇而言，文明戲出現了，話劇漸趨成熟，一些留學外國的戲劇工作者帶回了新的戲劇理念，甚至在某些高等院校有「小劇場運動」，學生劇團相當活躍。在此情勢之下，一些戲曲研究者不得不思考「舊劇」的命運。比如，洪深先生有北劇之將來一文，所謂「北劇」，指的就是京劇即「皮黃」，作者在「新劇」的壓力下反觀「舊劇」的不足，認爲「北劇取材，大都是依據歷史小説，編者之識，類多不知選擇，所以不是描寫神權萬能的宗教觀念，便是鼓吹忠孝節義的傳統宗法思想，真正能够表現時代精神與社會生活的，簡直很少。這樣的題材不僅是爲現代的民衆所不需要，而且是太背叛時代了」。這種對「舊劇」的反思和批評，内裏包蘊着對傳統戲曲的熱愛，故而，作者建議「不能一味在因襲上下功夫」，一定要變革，「假如他們真的肯下了决心，從事改革，存其精華，去其糟粕，北劇未始没有存在的價值。」（見左明編北國的戲劇）又如佟晶心的新舊戲曲之研究，既是簡明扼要的戲曲史，又是一部探討舊劇如何在新的時代氛圍中改良自身、實現「戲劇的藝術化」的專題論著，其中，還涉及話劇、影劇等話題。儘管説不上精深，但作者視野開闊，着眼點明確，就是探討「因着自己的藝術化而影響到社會」的戲曲如何提昇自身的感化力量的問題。與此相關，我們看到，那個時期的不少學者以「京劇」爲思考對象，寫出自己在特定時代裏的新的認知，如稚青女士的國劇津梁、華連圃的戲曲叢譚、郭文生的近代皮黄劇韻等等。可以説，在「新劇」的刺激之下，學者們十分關注「舊劇」（主要是京劇）的生存之道與改良之策，爲日後的戲曲改革奠定了某些方面的理論基礎。

大體而言，晚清民國的戲曲理論研究，是一個我們過去重視不够的領域。原因可能多樣，但有一條是肯定的，就是相關的文獻資料「流通」不廣，人們自然就知見不多、認識不深。我們不能說，這一批論著篇篇精品、字字珠璣，其實難免會有某些「粗糙」，某種「雜質」，可換一個角度來看，正是這樣一批「精粗雜陳」的文獻資料，更爲「原生態」地展示出晚清民國戲曲研究的動態風貌；學者們的各種見識，或精審，或粗淺，或是不刊之論，或是有失允當，都已經成爲「學術史」裏的「活化石」，無須格外「打磨」，也不必刻意「遮掩」，原原本本，呈現在後人眼前，這何嘗不是一件值得「點贊」的事情呢？

是爲序。

二〇一五年七月二十八日於中山大學

作者簡介

增補曲苑（輯錄者）

趙苕狂（一八九二—一九五三），名澤霖，字雨蒼，號苕狂，別號憶鳳樓主，吴興(今浙江省湖州市)人。早年肄業於上海南洋公學電機系。大東書局第一任總編輯，以後在世界書局任十七年總編。在任上海世界書局主編時，幫助了多位當時積極進步的文化名人，參加過柳亞子的南社，在南社社友著述存目中，「趙苕狂」條目下有二十五種書，傳奇類、俠客類、偵探類居多，屬典型的鴛鴦蝴蝶派作品。而由他主編的紅玫瑰雜誌歷時九年，影響力很大。

宋元戲曲考 曲錄

王國維，（一八七七—一九二七），字静安，號觀堂，浙江海寧人，近代著名學者。早年主攻西方哲學、美學、文學，著有紅樓夢評論 靜庵詩稿 人間詞話等。一九一一年後，與羅振玉僑居日本，開始從事中國古典學術與甲骨文、簡牘等出土文獻研究，一九一六年回國。一九二五年任清華大學國學院導師，一九二七年自沉於昆明湖。王國維一生著作豐富，對中國現代學術影響極大。其著作主要有流沙墜簡 觀堂集林 古史新證等，二〇一〇年由浙江教育出版社、廣東教育出版社出版王國維全集二十卷。王國維關於戲曲的著作有宋元戲曲考 唐宋大曲考 曲錄 錄鬼簿校注等多種。

理論研究編

增補曲苑革集·增補曲苑木集

目錄

增補曲苑革集　一
增補曲苑木集　一四九

增補曲苑革集

◎王國維

宋元戲曲攷

曲苑革集

宋元戲曲考序

凡一代有一代之文學楚之騷漢之賦六代之駢語唐之詩宋之詞元之曲皆所謂一代之文學而後世莫能繼焉者也獨元人之曲爲時既近託體稍卑故兩朝史志與四庫集部均不著於錄後世儒碩皆鄙棄不復道而爲此學者大率不學之徒即有一二學子以餘力及此亦未有能觀其會通窺其奧窔者遂使一代文獻鬱堙沈晦者且數百年愚甚惑焉往者讀元人雜劇而善之以爲能道人情狀物態詞采俊拔而出乎自然蓋古所未有而後人所不能髣髴也輒思究其淵源明其變化之跡以爲非求諸唐宋遼金之文學弗能得也乃成曲錄六卷戲曲考原一卷宋大曲考一卷優語錄二卷古劇脚色考一卷曲調源流表一卷從事既久續有所得頗覺昔人之說與自己之書罅漏日多而手所疏記與心所領會者亦日有增益壬子歲莫旅居多暇乃以三月之力寫爲此書凡諸材料皆余所蒐集其所說明亦大抵余之所創獲也世之爲此學者自余始其所貢於此學者亦以此書爲多非吾輩才力過於古人實以古人未嘗爲此學故也寫定有日輒記其緣起其有匡正補益則俟諸異日云海甯王國維序

宋元戲曲考序

二

宋元戲曲考

海寧　王國維

一　上古至五代之戲劇

歌舞之興其始於古之巫乎巫之興也蓋在上古之世楚語古者民神不雜民之精爽不攜貳者而又能齊肅衷正『中略』如此則明神降之在男曰覡在女曰巫『中略』及少皞之衰九黎亂德民神雜糅不可方物夫人作享家爲巫史然則巫覡之興在少皞之前蓋此事與文化俱古矣巫之事神必用歌舞說文解字『五』巫祝也女能事無形以舞降神者也象人兩褎舞形與工同意故商書言恒舞於宮酣歌於室時謂巫風漢書地理志言陳太姬婦人尊貴好祭祀用史巫故其俗巫鬼陳詩曰坎其擊鼓宛邱之下無冬無夏治其鷺羽又曰東門之枌宛邱之栩子仲之子婆娑其下此其風也鄭氏詩譜亦云是古代之巫實以歌舞爲職以樂神人者也商人好鬼故伊尹獨有巫風之戒及周公制禮禮秩百神而定其祀典官有常職禮有常數樂有常節古之巫風稍殺然其餘習猶有存者方相氏之毆疫也大蜡之索萬物也皆是物也故子貢觀於蜡而曰一國之人皆若狂孔子告以張而不弛文武不能後人以八蜡爲三代之戲禮『東坡志林』非過言也

周禮既廢巫風大興楚越之間其風尤盛王逸楚辭章句謂楚國南部之邑沅湘之間其俗信鬼而好祠其祠必作歌樂鼓舞以樂諸神屈原見俗人祭祀之禮歌舞之樂其詞鄙俚因爲作九歌之曲古之所謂巫楚人謂之曰靈東皇太一曰靈偃蹇兮姣服芳菲菲兮滿堂雲中君曰靈連蜷兮既留爛昭昭兮未央此二者王逸皆訓爲巫而他靈字則訓爲神案說文『一』靈巫也古雖言巫而不言靈觀於屈巫之字子靈則楚人謂巫爲靈不自戰國始矣

古之祭也必有尸宗廟之尸以子弟爲之至天地百神之祀用尸與否雖不可考然晉語載晉祀夏郊以董伯爲尸則非宗廟之祀固亦用之楚辭之靈殆以巫而兼尸之用者也其詞謂巫曰靈謂神亦曰靈蓋羣巫之中必有象神之衣服形貌動作者而視爲神之所馮依故謂之曰靈或謂之靈保東君曰思靈保兮賢姱王逸章句訓靈爲神訓保爲安余疑楚詞之靈保與詩之神保皆尸之異名詩楚茨云神保是饗又云神保是格又云鼓鐘送尸神保聿歸毛傳云保安也鄭箋亦云神安而饗其祭祀又云神安歸者歸於天也然如毛鄭之說則謂神安是饗神安是格神安聿歸者於辭爲不文楚茨一詩鄭孔二君皆以爲述繹祭賓尸之事其禮亦與古禮有司徹一篇相合則所謂神保殆謂尸也其曰鼓鐘送尸神保聿歸蓋參互言之以避複耳知詩之神保爲尸則楚辭之靈保可知矣至於浴蘭沐芳華衣若英衣服之麗也緩節安歌竽瑟浩倡歌舞之盛也乘風載雲之詞生別新知之語荒淫之意也是則靈之爲職或偃蹇以象

神或婆娑以樂神蓋後世戲劇之萌芽已有存焉者矣

巫覡之興雖在上皇之世然俳優則遠在其後列女傳云夏桀既棄禮義求倡優侏儒狎徒爲奇偉之戲此漢人所紀或不足信其可信者則晉之優施楚之優孟皆在春秋之世案說文「八」優饒也一曰倡也又曰倡樂也古代之優本以樂爲職故優施假歌舞以說里克史記稱優孟亦云楚之樂人又優之爲言戲也左傳宋華弱與樂轡少相狎長相優杜注優調戲也故優人之言無不以調戲爲主優施鳥烏之歌優孟愛馬之對皆以微詞託意甚有謔而爲虐者穀梁傳頰谷之會齊人使優施舞於魯君之幕下孔子曰笑君者罪當死使司馬行法焉厥後秦之優旃漢之幸倡郭舍人其言無不以調戲爲事要之巫與優之別巫以樂神而優以樂人巫以歌舞爲主而優以調謔爲主巫以女爲之而優以男爲之至若優孟之爲孫叔敖衣冠而楚王欲以爲相優施一舞而孔子謂其笑君則於言語之外其調戲亦以動作行之與後世之優頗復相類後世戲劇當自巫優二者出而此二者固未可以後世戲劇視之也

附考　古之優人其始皆以侏儒爲之樂記稱優侏儒頰谷之會孔子所誅者穀梁傳謂之優而孔子家語何休公羊解詁均謂之侏儒史記李斯列傳侏儒倡優之好不列於前滑稽列傳亦云優旃者秦倡侏儒也故其自言曰我雖短也幸休居此實以侏儒爲優之一確證也晉語侏儒扶盧韋昭注扶緣也盧矛戟之秘緣之以爲戲此卽漢尋橦之戲所由起而優人於歌舞調戲外且兼以競技爲事矣

漢之俳優亦用以樂人而非以樂神鹽鐵論散不足篇雖云富者祈名嶽望山川椎牛擊鼓戲倡舞像然漢書禮樂志載郊祭樂人員初無優人惟朝賀置酒陳前殿房中有常從倡三十人常從象人『孟康曰象人若今戲魚蝦獅子者也韋昭曰著假面者也』四人詔隨常從倡十六人秦倡員二十九人秦倡象人員三人詔隨秦倡一人此外尙有黃門倡此種倡人以郭舍人例之亦當以歌舞調謔爲事以倡而兼象人則又兼以競技爲事蓋自漢初已有之賈子新書匈奴篇所陳者是也至武帝元封三年而角觝戲始興史記大宛傳安息以黎軒善眩人獻於漢是時上方巡狩海上乃悉從外國客大觳抵出奇戲諸怪物及加其眩者之工而觳抵奇戲歲增變甚盛益興自此始按角抵者應劭曰角者角技也抵者相抵觸也文穎曰名此樂爲角抵者兩兩相當角力角技藝射御故名角抵蓋雜技樂也是角抵以角技爲義故所包頗廣後世所謂百戲者是也角抵之地漢時在平樂觀張衡西京賦所賦平樂事殆兼諸技而有之烏獲扛鼎都盧尋橦衝狹燕濯胸突銛鋒跳丸劍之揮霍走索上而相逢則角力角技之本事也巨獸之爲曼延舍利之化仙車吞刀吐火雲霧杳冥所謂加眩者之工而增變者也總會仙倡戲豹舞羆白虎鼓瑟蒼龍吹篪則假面之戲也女媧坐而長歌聲淸暢而委蛇洪厓立而指揮被毛羽之襳襹度曲未終雲起雪飛則歌舞之人又作古人之形象矣東海黃公赤刀粵祝冀厭白虎卒不能救則且敷衍故事矣至李尤平樂觀賦『藝文類聚六十三』亦云有仙駕雀其形蚴虬騎驢馳射狐兎驚走侏儒巨人戲謔

爲偶則明明有俳優在其間矣及元帝初元五年始能角抵然其支流之流傳於後世者尙多故張衡李尤在後漢時猶得取而賦之也

至魏明帝時復修漢平樂故事魏略『魏志明帝紀裴注所引』帝引穀水過九龍殿前水轉百戲歲首建巨獸魚龍曼延弄馬倒騎備如漢西京之制故魏時優人乃復著聞魏志齊王紀注引世語及魏氏春秋云司馬文王鎭許昌徵還擊姜維至京師帝於平樂觀以臨軍過中領軍許允與左右小臣謀因文王辭殺之勒其衆以退大將軍已書詔於前文王入帝方食栗優人雲午等唱曰青頭雞青頭雞青頭雞者鴨也『謂押詔書』帝懼不敢發又魏書『裴注引』載司馬師等廢帝奏亦云使小優郭懷袁信於廣望觀下作遼東妖婦嬉褻過度道路行人掩目太后廢帝令亦云日延倡優恣其醜謔則此時倡優亦以歌鼓戲謔爲事其作遼東妖婦或演故事蓋猶漢世角抵之餘風也

晉時優戲殊無可考惟趙書『太平御覽卷五百六十九引』云石勒參軍周延爲館陶令斷官絹數萬匹下獄以八議宥之後每大會使俳優著介幘黃絹單衣優問汝何官在我輩中曰我本爲館陶令斗數單衣曰正坐取是入汝輩中以爲笑唐段安節樂府雜錄亦載此事云參軍始自後漢館陶令石耽然後漢之世尙無參軍之官則趙書之說殆是此事雖非演故事而演時事又專以調謔爲主然唐宋以後脚色中有名之參軍實出於此自此以後迄南朝亦有俗樂梁時設樂有曲有舞有技然六朝之季恩倖雖

盛而俳優罕聞蓋視魏晉之優殆未有以大異也

由是觀之則古之俳優但以歌舞及戲謔爲事自漢以後則間演故事而合歌舞以演一事者實始於北齊顧其事至簡與其謂之戲不若謂之舞之爲當也然後世戲劇之源實自此始舊唐書音樂志云代面出於北齊北齊蘭陵王長恭才武而面美常著假面以對敵嘗擊周師金墉城下勇冠三軍齊人壯之爲此舞以效其指揮擊刺之容謂之蘭陵王入陣曲樂府雜錄與崔令欽教坊記所載略同又教坊記云踏搖娘北齊有人姓蘇鮑鼻實不仕而自號爲郎中嗜飲酗酒每醉輒毆其妻妻銜悲訴於鄰里時人弄之丈夫著婦人衣徐步入場行歌每一疊旁人齊聲和之云踏搖和來踏搖娘苦和來以其且步且歌故謂之踏搖以其稱冤故言苦及其夫至則作毆鬬之狀以爲笑樂此事舊唐書音樂志及樂府雜錄亦紀之但一以蘇爲隋末河內人一以爲後周士人齊周隋相距歷年無幾而教坊記所紀獨詳以爲齊人或當不謬此二者皆有歌有舞以演一事而前此雖有歌舞未用之以演故事雖演故事未嘗合以歌舞不可謂非優戲之創例也蓋魏齊周三朝皆以外族入主中國其與西域諸國交通頻繁龜茲天竺康國安國等樂皆於此時入中國而龜茲樂則自隋唐以來相承用之以迄於今此時外國戲劇當與之俱入中國如舊唐書音樂志所載撥頭一戲其最著之例也案蘭陵王踏搖娘二舞舊志列之歌舞戲中其間尚有撥頭一戲志云撥頭者出西域胡人爲猛獸所噬其子求獸殺之爲此舞以象之也樂府雜錄謂之鉢頭

此語之爲外國語之譯音固不待言且於國名地名人名三者中必居其一焉其入中國不審在何時按北史西域傳有拔豆國去代五萬一千里『按五萬一千里必有誤字北史西域傳諸國雖大秦之遠亦僅去代三萬九千四百里拔豆上之南天竺國去代三萬一千五百里疊伏羅國去代三萬一千里此五萬一千里疑亦三萬一千里之誤也』隋唐二志卽無此國蓋於後魏之初一通中國後或亡或隔絕已不可知如使撥頭與拔豆爲同音異譯而此戲出於拔豆國或由龜茲等國而入中國則其時自不應在隋唐以後或北齊時已有此戲而蘭陵王踏搖娘等戲皆模倣而爲之者歟

此種歌舞戲當時尚未盛行實不過爲百戲之一種蓋漢魏以來之角抵奇戲尙行於南北朝而北朝尤盛魏書樂志言太宗增修百戲撰合大曲隋書音樂志亦云齊武平中有魚龍爛漫俳優侏儒『中略』奇怪異端百有餘物名爲百戲周明帝武成間朔旦會羣臣亦用百戲及宣帝時徵齊散樂人並會京師爲之至隋煬帝大業二年突厥染干來朝煬帝欲誇之總追四方散樂大集東都自是每歲正月萬國來朝留至十五日於五日於端門外建國門內綿亘八里列爲戲場百官起棚夾路從昏至旦以縱觀至晦而能伎人皆衣錦繡繒綵其歌舞者多爲婦人服鳴環珮飾以花毦者殆三萬人故柳彧上書請鳴鼓聒天燎炬照地人戴獸面男爲女服倡優雜技詭狀異形『隋書柳彧傳』薛道衡和許給事善心戲場轉韻詩『初學記卷十五』所詠亦略同雖侈靡跨於漢代然視張衡之賦西京李尤之賦平樂觀其言固

未有大異也

至唐而所謂歌舞戲者始多概見有本於前代者有出新撰者今備舉之

一代面　大面

舊唐書音樂志一則『見前』

樂府雜錄鼓架部條有代面始自北齊神武弟有膽勇善戰鬬以其顏貌無威每入陣卽著面具後乃百戰白勝戲者衣紫腰金執鞭也

敎坊記大面出北齊蘭陵王長恭性膽勇而貌婦人自嫌不足以威敵乃刻爲假面臨陣著之因爲此戲亦入歌曲

二撥頭　鉢頭

舊唐書音樂志一則『見前』

樂府雜錄鼓架部條鉢頭昔有人父爲虎所傷遂上山尋其父屍山有八折故曲八疊戲者被髮素衣面作啼蓋遭喪之狀也

三踏搖娘　蘇中郞　蘇郞中

舊唐書音樂志搖酒娘生於隋末河內河內有人貌惡而嗜酒常自號郞中醉歸必毆其妻其妻美色善

歌爲怨苦之辭河朔演其聲而被之弦管因寫其夫之容妻悲訴每搖頓其身故號踏搖娘近代優人改其制度非舊旨也

樂府雜錄鼓架部條蘇中郎後周士人蘇葩嗜酒落魄自號中郎每有歌場輒入獨舞今爲戲者著緋帶帽面正赤蓋狀其醉也郎有踏搖娘

教坊記一則『見前』

四參軍戲

樂府雜錄俳優條開元中黃幡綽張野狐弄參軍始自漢館陶令石耽耽有贓犯和帝惜其才免罪每宴樂即令衣白夾衫命俳優弄辱之經年乃放後爲參軍誤也開元中有李仙鶴善此戲明皇特授韶州同正參軍以食其祿是以陸鴻漸撰詞言韶州參軍蓋由此也

趙璘因話錄『卷一』肅宗宴於宮中女優有弄假官戲其綠衣秉簡者謂之參軍椿

范攄雲溪友議『卷九』元稹廉問浙東有俳優周季南季崇及妻劉採春自淮甸而來善弄陸參軍歌聲徹雲

【附】五代史吳世家徐氏之專政也楊隆演幼懦不能自持而知訓尤凌侮之嘗飲酒樓上命優人高貴卿侍酒知訓爲參軍隆演鶉衣髽髻爲蒼鶻

【附】姚寬西溪叢語『下』引吳史徐知訓怙威驕淫調謔王無敬長之心嘗登樓狎戲荷衣木簡自稱參軍令王髽髻鶉衣爲蒼頭以從

五樊噲排君難戲　樊噲拍闥劇

唐會要『卷三十三』光化四年正月宴於保寧殿上製曲名曰讚成功時鹽州雄毅軍使孫德昭等殺劉季述反正帝乃制曲以褒之仍作樊噲排君難戲以樂焉

宋敏求長安志『卷六』昭宗宴李繼昭等將於保寧殿親制讚成功曲以褒之仍命伶官作樊噲排君難戲以樂之

陳暘樂書『卷一百八十六』昭宗光化中孫德昭之徒刃劉季述始作樊噲排闥劇

此五劇中其出於後趙者一『參軍』出於北齊或周隋者二『大面踏搖娘』出於西域者一『撥頭』惟樊噲排君難戲乃唐代所自製且其布置甚簡而動作有節固與破陣樂慶善樂諸舞相去不遠其所異者在演故事一事耳顧唐代歌舞戲之發達雖止於此而滑稽戲則殊進步此稱戲劇優人恒隨時地而自由爲之雖不必有故事而恒託爲故事之形惟不容合以歌舞故與前者稍異耳其見於載籍者茲復彙舉之其可資比較之助者餘不少也

資治通鑑『卷二百十二』侍中宋璟疾負罪而妄訴不已者悉付御史臺治之謂中丞李謹度曰服

不更訴者出之倘訴未已者且繫由是人多怨者會天旱優人作魃狀戲於上前問魃何爲出對曰奉相公處分又問何故對曰負罪者三百餘人相公悉以繫獄抑之故魃不得不出上心以爲然

舊唐書文宗紀太和六年二月己丑寒食節上宴羣臣於麟德殿是日雜戲人弄孔子帝曰孔子古今之師安得侮黷亟命驅出

高彥休唐闕史『卷下』咸通中優人李可及者滑稽諧戲獨出輩流雖不能託諷匡正然智巧敏捷亦不可多得嘗因延慶節緇黃講論畢次及倡優爲戲可及乃儒服險巾褒衣博帶攝齊以升講座自稱三教論衡其隅坐者問曰既言博通三教釋迦如來是何人對曰是婦人問者驚曰何也對曰金剛經云敷座而坐或非婦人何煩夫坐然後兒坐也上爲之啓齒又問曰太上老君何人也對曰亦婦人也問者益所不喻乃曰道德經云吾有大患是吾有身及吾無身吾復何患倘非婦人何患乎有娠乎上大悅又問文宣王何人也對曰婦人也問者曰何以知之對曰論語云沽之哉沽之哉吾待賈者也向非婦人待嫁奚爲上意極歡寵錫甚厚翌日授環衛之員外職

唐無名氏玉泉子眞錄『說郛卷四十六』崔公鉉之在淮南嘗俾樂工集其家僮敎以諸戲一日其樂工告以成就且請試焉鉉命閱於堂下與妻李坐觀之僮以李氏妬忌即以數僮衣婦人衣曰妻曰妾列於傍側一僮則執簡束帶旋辟唯諾其間張樂命酒不能無屬意者李氏未之悟也久之戲愈甚

悉類李氏平昔所嘗爲李氏雖少悟以其戲偶合私謂不敢而然且覲之僮志在發悟愈益戲之李果怒罵之曰奴敢無禮吾何嘗如此僮指之且出曰咄咄赤眼而作白眼諱乎鉉大笑幾至絕倒

孫光憲北夢瑣言『卷六』光化中朱朴自毛詩博士登庸恃其口辨可以立致太平由藩邸引導聞於昭宗遂有此拜對敭之日面陳時事數條每言臣爲陛下致之洎操大柄無以施展自是恩澤日衰中外騰沸內宴日俳優穆刀陵作念經行者至御前曰若是朱相卽是非相翌日出官

附五代

北夢瑣言『卷十四』劉仁恭之軍爲汴師敗於內黃爾後汴師攻燕亦敗於唐河他日命使聘汴汴帥開宴俳優戲醫病人以譏之且問病狀內黃以何藥可瘥其聘使諸汴帥曰內黃可以唐河水浸之必愈賓主大笑

錢易南部新書『卷癸』王延彬獨據建州稱僞號一日大設爲伶官作戲辭云只聞有泗州和尙不見有五縣天子

鄭文寶江南餘載『卷上』徐知訓在宣州聚斂苛暴百姓苦之入覲侍宴伶人戲作綠衣大面若鬼神者傍一人問誰對曰我宣州土地神也吾主人入覲和地皮掘來故得至此

又『卷上』張崇帥廬州人苦其不法因其入覲相謂曰渠伊必不來矣崇聞之計口徵渠伊錢明年

又入覲人不敢交語唯道路相目捋鬚爲慶而已崇歸又徵捋鬚錢其在建康伶人戲爲死而獲譴者曰焦湖百里一任作獺

觀上文之所彙集知此種滑稽戲始於開元而盛於晚唐以此與歌舞戲相比較則一以歌舞爲主一以言語爲主一則演故事一則諷時事一爲應節之舞蹈一爲隨意之動作一可永久演之一則除一時一地外不容施於他處此其相異者也而此二者之關紐實在參軍一戲參軍之戲本演石躭或周延故事又雲溪友議謂周季南等弄陸參軍歌聲徹雲則似爲歌舞劇然至唐中葉以後所謂參軍者不必演石躭或周延凡一切假官皆謂之參軍因話錄所謂女優弄假官戲其綠衣秉簡者謂之參軍椿是也由是參軍一色遂爲脚色之主其與之相對者謂之蒼鶻李義山驕兒詩忽復學參軍按聲喚蒼鶻五代史吳世家所紀足以證之上所載滑稽劇中無在不可見此二色之對立如李可及之儒服險巾褒衣博帶崔鉉家童之執簡束帶旋辟唯諾南唐伶人之綠衣大面作宣州土地神皆所謂參軍者爲之而與之對待者則爲蒼鶻此說觀下章所載宋代戲劇自可了然此非想像之說也要之唐五代戲劇或以歌舞爲主而失其自由或演一事而不能被以歌舞其視南宋金元之戲劇尙未可同日而語也

二宋之滑稽戲

今日流傳之古劇其最古者出於金元之間觀其結搆實綜合前此所有之滑稽戲及雜戲小說爲之又

宋元之際始有南曲北曲之分此二者亦皆綜合宋代各種樂曲而爲之者也今欲溯其發達之跡當分爲三章論之一宋之滑稽戲二宋之雜戲小說三宋之樂曲是也

宋之滑稽戲大略與唐滑稽戲同當時亦謂之戲劇茲復彙集之如下

劉攽中山詩話祥符天禧中楊大年錢文僖晏元獻劉子儀以文章立朝爲詩皆宗李義山後進多竊義山語句嘗內宴優人有爲義山者衣服敗裂告人曰吾爲諸館職撏撦至此聞者歡笑

范鎮東齋紀事『卷一』賞花釣魚賦詩往往有宿搆者天聖中永興軍進山水石適至會命賦山水石其間多荒惡者蓋出其不意耳中坐優人入戲各執筆若吟詠狀其一人忽仆於界石上衆扶掖起之既起曰數日來作賞花釣魚詩準備應制却被這石頭擦倒左右皆大笑翌日降出其詩令中書銓定秘閣校理韓義最爲鄙惡落職與外任

張師正倦游雜錄『江少虞皇朝事實類苑卷六十四引』景祐末詔以鄭州爲奉寧軍蔡州爲淮康軍范雍自侍郎領淮康節鉞鎮延安時羌人旅拒戍邊之卒延安爲盛有內臣盧押班者爲鈐轄心常輕范一日軍府開宴有軍伶人雜劇稱參軍夢得一黃瓜長丈餘是何祥也一伶賀曰黃瓜上有刺必作黃州刺史一伶批其頰曰若夢見鎮府蘿蔔須作蔡州節度使范疑盧所教即取二伶杖背黥爲城旦

宋無名氏續墨客揮犀「卷五」熙寧九年太皇生辰敎坊例有獻香雜劇時判都水監侯叔獻新卒伶人丁仙現假爲一道士善出神一僧善入定或詰其出神何所見道士云近曾出神至大羅見玉皇殿上有一人披金紫熟視之乃本朝韓侍中也手捧一物竊問旁立者曰韓侍中獻國家金枝玉葉萬世不絕圖僧曰近入定到地獄見閻羅殿側有一人衣緋垂魚細視之乃判都水監侯工部也手中亦擎一物竊問左右云爲奈河水淺獻圖欲別開河道耳時叔獻興水利以圖恩賞百姓苦之故伶人有此語「江少虞皇宋事實類苑卷六十五引此條作倦游雜錄」

朱彧萍洲可談「卷三」熙寧間王介甫行新法「中略」其時多引人上殿伶人對上作俳跨驢直登軒陛左右止之其人曰將謂有脚者盡上得薦者少沮

陳師道談叢「卷一」王荊公改科舉暮年乃覺其失曰欲變學究爲秀才不謂變秀才爲學究也蓋舉子專誦王氏章句而不解其義正如學究誦注疏爾敎坊雜戲亦曰學詩於陸農師學易於龔深之「之嘗作父」蓋譏士之寡聞也

王闢之澠水燕談錄「卷十」頃有秉政者深被眷倚言事無不從一日御宴敎坊雜劇爲小商自稱姓趙以瓦瓿賣沙糖道逢故人喜而拜之伸足誤踏瓿倒糖流於地小商彈采歎息曰甜采你卽溜也怎奈何左右皆笑俚語以王姓爲甜采

李廌師友談記東坡先生近令門人作人不易物賦或戲作一聯曰伏其几而襲其裳豈爲孔子學其書而戴其帽未是蘇公『士大夫近年做東坡桶高檐短帽名曰子瞻樣』廌因言之公笑曰近屬從醴泉觀優人以相與自夸文章爲戲者一優丁仙現曰吾之文章汝輩不可及也衆優曰何也曰汝不見吾頭上子瞻乎上爲解顏顧公久之

萍洲可談『卷三』王德用爲使相黑色俗號黑相嘗與北使伴射使已中的黑相取箭鏵頭一發破前矢俗號劈筈箭姚麟亦善射爲殿帥十年伴射嘗蒙獎賜崇寧初王恩以遭遇處位殿帥不習弓矢歲歲以伴射爲窘伶人對御作俳先一人持一矢入曰黑相劈筈箭售錢三百萬又一人持八矢入曰老姚射不輸箭售錢三百萬後二人挽箭一車入曰車箭賣一錢或問此何人家箭價賤如此答曰王恩不及垜箭

又崇寧鑄九鼎帝鼐居中八鼎各鎮一隅是時行當十錢蘇州無賴子弟冒法盜鑄會浙中大水伶人對御作俳今歲東南大水乞遣彤鼎往鎮蘇州或作鼎神附奏云不願前去恐一例鑄作當十錢朝廷因治章綖之獄

曾敏行獨醒雜志『卷九』崇寧二年鑄大錢蔡元長建議俾爲折十民間不便優人因內宴爲賣漿者或投一錢飲一杯而索償其餘賣漿者對以方出市未有錢可更飲漿乃連飲至於五六其人鼓腹

曰使相公改作折百錢奈何上爲之動法由是改又大農告乏時有獻廩俸減半之議優人乃爲衣冠之士自束帶衣裾被身之物輒除其半衆怪而問之則曰減半已而兩足共穿半袴躄而來前復問之則又曰減半乃長嘆曰但知減半豈料難行語傳禁中亦遂能議

洪邁夷堅志丁集『卷四』俳優侏儒周技之下且賤者然亦能因戲語而箴諷時政有合於古矇誦工諫之義世目爲雜劇者是已崇寧初斥遠元祐忠賢禁錮學術凡偶涉其時所爲所行無論大小一切不得志伶者對御爲戲推一參軍作宰相據坐宣揚朝政之美一僧乞給公據游方視其戒牒則元祐三年者立塗毀之而加以冠巾道士失亡度牒問被載時亦元祐也剝其衣服使爲民一士以元祐五年獲薦當免舉禮部不爲引用來自言即押送所屬屏斥已而主管宅庫者附耳語曰今日在左藏庫請相公料錢一千貫盡是元祐錢合取鈞旨其人俯首久之曰從後門搬入去副者舉所挺杖其背曰你做到宰相元來也只要錢是時至尊亦解顏

又蔡京作宰弟卞爲元樞卞乃王安石壻尊崇婦翁當孔廟釋奠時躋於配享而封舒王優人設孔子正坐顏孟與安石侍側孔子命之坐安石揖孟子居上孟辭曰天下達尊爵居其一軻近蒙公爵相公貴爲眞王何必謙光如此遂揖顏曰回也陋巷匹夫平生無分毫事業公爲命世眞儒位貌有間辭之過矣安石遂處其上夫子不能安席亦避位安石惶懼拱手云不敢往復未決子路在外情憤不能堪

徑趨從禮室挽公冶長臂而出公冶爲窘迫之狀謝曰長何罪乃責數之曰汝全不救護丈人看取別人家女壻其意以譏卞也時方議欲升安石於孟子之上爲此而止

又又常設三輩爲儒道釋各稱頌其敎儒者曰吾之所學仁義禮智信曰五常遂演暢其旨皆采引經書不雜媟語次至道士曰吾之所學金木水火土曰五行亦說大意末至僧僧抵掌曰二子腐生常談不足聽吾之所學生老病死苦曰五化藏經淵奧非汝等所得聞當以現世佛菩薩法理之妙爲汝陳之盍以次問我曰敢問生曰內自太學辟廱外至下州偏縣凡秀才讀書者盡爲三舍生華屋美饌月書季考三歲大比脫白掛綠上可以爲卿相國家之於生也如此曰敢問老曰老而孤獨貧困必淪溝壑今所在立孤老院養之終身國家之於老也如此曰敢問病曰不幸而有疾家貧不能拯療於是有安濟坊使之存處差醫付藥責以十全之效其於病也如此曰敢問死曰死者人所不免惟貧民無所歸則擇空隙地爲漏澤園無以斂則與之棺使得葬埋春秋享祀恩及泉壤其於死也如此曰敢問苦其人瞑目不應陽若惻悚然促之再三乃蹙額答曰只是百姓一般受無量苦徽宗爲惻然長思弗以爲罪

周密齊東野語『卷二十』宣和間徽宗與蔡攸輩在禁中自爲優戲上作參軍趨出攸戲上曰陛下好個神宗皇帝上以杖鞭之曰你也好個司馬丞相

又『卷十』宣和中童貫用兵燕薊敗而竄一日內宴教坊進伎爲三四婢首飾皆不同其一當額爲髻曰蔡太師家人也其二髻偏墜曰鄭太宰家人也又一人滿頭爲髻如小兒曰童大王家人也問其故蔡氏者曰太師覲清光此名朝天髻鄭氏者曰否太宰奉祠就第此嬾梳髻至童氏者曰大王方用兵此三十六髻也『三十六計走爲上計宋人有此俗語』

劉績霏雪錄宋高宗時饔人瀹餛飩不熟下大理寺優人扮兩士人相貌各異問其年一曰甲子生一曰丙子生優人告曰此二人皆合下大理高宗問故優人曰餃子餅子皆生與餛飩不熟者同罪上大笑赦原饔人

張知甫可書金人自侵中國惟以敲棒擊人腦而斃紹興間有伶人作雜戲云若要勝金人須是我中國一件件相敵乃可且如金國有粘罕我國有韓少保金國有柳葉鎗我國有鳳凰弓金國有鑿子箭我國有鎖子甲金國有敲棒我國有天靈蓋人皆笑之

岳珂桯史『卷七』秦檜以紹興十五年四月丙子朔賜第望僊橋丁丑賜銀絹萬匹兩錢千萬綵千縑有詔就第賜燕假以教坊優伶宰執咸與中席優長誦致語退有參軍者前褒檜功德一伶以荷葉交倚從之詼語雜至賓歡既洽參軍方拱揖謝將就倚忽墜其幞頭乃總髮爲髻如行伍之巾後有大巾鐶爲雙疊勝伶指而問曰此何鐶曰二聖鐶遽以朴擊其首曰爾但坐太師交倚請取銀絹例物此

鐶掉腦後可也一坐失色檜怒明日下伶於獄有死者於是語禁始益繁

夷堅志丁集『卷四』紹興中李椿年行經界量田法方事之初郡縣奉命嚴急民當其職者頗困苦之優者爲先聖先師鼎足而坐有弟子從末席起咨叩所疑孟子奮然曰仁政必自經界始吾下世千五百年其言乃爲聖世所施用三千之徒皆不如顏子默默無語或於傍笑曰使汝不是短命而死也須做出一場害人事時秦檜方主李議聞者畏獲罪不待此段之畢即以謗褻聖賢叱執送獄明日杖而逐出境

又壬戌省試秦檜之子熺姪昌時昌齡皆奏名公議籍籍而無敢輒語至乙丑春首優者即戲場設爲士子赴南宮相與推論知舉官爲誰指侍從某尚書某侍郎當主文柄優長者非之曰今年必差彭越問者曰朝廷之上不聞有此官員曰漢梁王也曰彼是古人死已千年如何來得曰前舉是楚王韓信彭越一等人所以知今爲彭王問者嗤其妄且扣厥指笑曰若不是韓信如何取得他三秦四座不敢領略一鬨而出秦亦不敢明行譴罰云

明田汝成西湖游覽志餘『卷二十二此條當出宋人小說未知所本』紹興間內宴有優人作善天文者云世間貴官人必應星象我悉能窺之法當用渾儀設玉衡若對其人窺之則見星而不見其人玉衡不能卒辦用銅錢一文亦可乃令窺光堯云帝星也秦師垣曰相星也韓蘄王曰將星也張循王曰

不見其星衆皆駴復令窺之曰中不見星只見張郡王在錢眼内坐殿上大笑俊最多貲故譏之

張端義貴耳集『卷一』壽皇賜宰執宴御前雜劇妝秀才三人首問曰第一秀才仙鄉何處曰上黨人次問第二秀才仙鄉何處曰澤州人次問第三秀才曰湖州人又問上黨秀才汝鄉出何生藥曰某鄉出人參次問澤州秀才汝鄉出甚生藥曰某鄉出甘草次問湖州出甚生藥曰出黃蘗如何湖州出黃蘗最是黃蘗苦人當時皇伯秀王在湖州故有此語壽皇卽日召入賜第奉朝請

又何自然中丞上疏乞朝廷併庫壽皇從之方且講究未定御前有燕雜劇伶人妝一賣故衣者持褲一腰只有一只褲口買者得之問如何著賣者曰兩脚併做一褲口買者曰褲却併了只恐行不得壽皇卽寢此議

桯史『卷十』淳熙間胡給事元質既新貢院嗣歲庚子適大比『中略』會初場賦題出舜聞善若決江河而以聞善而行沛然莫禦爲韻士既就案矣『中略』忽一老儒擿禮部韻示諸生謂沛字惟十四泰有之一爲顚沛一爲沛邑注無沛決之義惟它有霈字乃從雨爲可疑衆曰是鬨然叩簾請『中略』或入於房執考校者一人毆之考校者惶遽急曰有雨頭也得無雨頭也得或又咨其誤曰第二場更不敢也蓋一時祈脫之辭移時稍定試司申鼓譟場屋胡以其不稱於禮遇也怒物色爲首者盡繫獄韋布益不平既折號例宴主司以勞還畢三爵優伶序進有儒服立於前者一人旁揖之相與

詫博洽辨古今岸然不相下因各求挑試所誦憶其一問漢名宰相凡幾儒服以蕭曹以下枚數之無遺羣優咸贊其能乃曰漢相吾言之敢問唐三百年間名將帥何人也旁揖者亦詘指英衞以及李郭曰張巡許遠田萬春儒服奮起爭曰巡遠是也萬春之姓雷歷考史牒未有以雷爲田者揖者不服撐拒騰口俄一綠衣參軍自稱教授據几二人敬質疑曰是故雷姓揖者大詬袒裼奮拳教授遽作恐懼狀曰有雨頭也得無雨頭也得坐中方失色知其諷己也忽優有黃衣者持令旗躍出稠人中曰制置大學給事台旨試官在座爾輩安得無禮羣優亟斂下喏曰第二場更不敢也俠阤皆笑席客大惡明日遁去遂釋繫者胡意其爲郡士所使錄優而詰之杖而出諸境然其語籍傳至今

又『卷五』韓平原在慶元初其弟仰胄爲知閤門事頗與密議時人謂之大小韓求捷徑者爭趨之一日內宴優人有爲衣冠到選者自敍履歷才藝應得美官而流滯銓曹自春徂冬未有所擬方徘徊浩嘆又爲日者敝帽持扇過其旁遂邀使談庚申問以得祿之期日者厲聲曰君命甚高但以五星局中財帛宮若有所礙目下若欲亨達先見小寒更望事成必見大寒可也優蓋以寒爲韓侍宴者皆縮頸匿笑

張仲文白獺髓『說郛卷三十八』嘉泰末年平原公恃有扶日之功凡事自作威福政事皆不由內出會內宴伶人王公瑾曰今日政如客人賣傘不由裏面

葉紹翁四朝聞見錄『戊集』韓侂胄用兵旣敗爲之鬚髮俱白困悶不知所爲優伶因上賜侂胄宴設樊遲樊噲旁有一人曰樊惱又設一人揖問遲誰與你取名對以夫子所取則拜曰此聖門之高弟也又揖問噲曰誰名汝對曰漢高祖所名則拜曰眞漢家之名將也又揖惱曰誰名汝對以樊惱自取又因郭倪郭果『按果當作倬』敗因賜宴以生菱進於桌上命二人移桌忽生菱墮盡碎其一人曰苦苦苦壞了多少生靈只因移果桌

貴耳集『卷下』袁彥純尹京專一留意酒政煮酒賣盡取常州宜興縣酒衢州龍游縣酒在都下賣御前雜劇三個官人一曰京尹二曰常州太守三曰衢州太守三人爭坐位常守讓京尹曰豈宜在我二州之下衢守爭曰京尹合在我二州之下常守問曰如何有此說衢守云他是我二州拍戶寧廟亦大笑

又史同叔爲相日府中開宴用雜劇人作一士人念詩曰滿朝朱紫貴盡是讀書人旁一士人曰非也滿朝朱紫貴盡是四明人自後相府有宴二十年不用雜劇

桯史『卷十三』蜀伶多能文俳語率雜以經史凡制帥幕府之燕集多用之嘉定中吳畏齋帥成都從行者多選人類以京削繫念伶知其然一日爲古衣冠服數人游於庭自稱孔門弟子交質以姓氏或曰常或曰於或曰君問其所莅官則合而應曰皆選人也固請析之居首者率然對曰子乃不我知

論語所謂常從事於斯矣即某其人也官爲從事而繫以姓固理之然問其次曰亦出論語於從政乎何有蓋即某官氏之稱又問其次曰某又論語十七篇所謂吾將仕者遂相與歎詫以選調爲淹抑有慫慂其旁者曰子之名不見於七十子固聖門下弟盍叩十哲而請教焉如其言見顏閔方在堂羣而請益子騫蹙額曰如之何何必改堯公應之曰然回也不改衆憮然不怡曰無已質諸夫子如之夫子不答久而曰鑽遂改火急可已矣坐客皆愧而笑聞者至今啓顏優流侮聖言直可誅絕特記一時之劇語如此

齊東野語『卷十三』蜀優尤能涉獵古經援引經史以佐口吻資笑談當史丞相彌遠用事選人改官多出其門制閫大宴有優爲衣冠者數輩皆稱爲孔門弟子相與言吾儕皆選人遂各言其姓曰吾爲常從事吾爲於從政吾爲吾將仕吾爲路文學別有二人出曰吾宰予也夫子曰於予與改可謂僥倖其一曰吾顏回也夫子曰回也不改吾爲四科之首而不改汝何爲獨改曰吾鑽故汝何不鑽曰吾非不鑽而鑽彌堅耳曰汝之不改宜也何不鑽彌遠乎其離析文義可謂侮聖言而巧發微中有足稱言者焉有袁三者名尤著有從官姓袁者制蜀頗乏廉聲羣優四人分主酒色財氣各誇張其好尚之樂而餘者互譏笑之至袁優則曰吾所好者財也因極言財之美利衆亦譏誚不已徐以手自指曰任你譏笑其如袁丈好此何

又近者己亥史巖之爲京尹其弟以參政督兵於淮一日內宴伶人衣金紫而幞頭忽脫乃紅巾也或驚問曰賊裏紅巾何爲官亦如此傍一人答云如今做官的都是如此於是褫其衣冠則有萬回佛自懷中墜地其旁者曰他雖做賊且看他哥哥面

又女冠吳知古用事人皆側目內宴參軍肆筵張樂胥輩請僉文書參軍怒曰吾方聽觱栗可少緩請至再三其答如前胥擊其首曰甚事不被觱栗壞了蓋是俗呼黃冠爲觱栗也又王叔知吳門日名其酒曰徹底清錫宴日伶人持一樽誇於衆曰此酒名徹底清既而開樽則濁醪也旁誚之云汝既爲徹底清却如何如此答云本是徹底清被錢打得渾了

羅大經鶴林玉露『卷三』端平間督西山參大政未及有所建置而薨魏鶴山督師亦未及有所設施而能臨安優人裝一儒生手持一鶴別一儒生與之解后問其姓名曰姓鍾名庸問所持何物曰大鶴也因傾蓋懽然呼酒對飲其人大嚼洪吸酒肉靡有孑遺忽顛仆於地拏數人曳之不動一人乃批其頰大罵曰說甚中庸大學喫了許多酒食一動也動不得遂一笑而能或謂有使其爲此以姍侮君子者府尹乃悉黥其人

西湖游覽志餘『卷二不知其所本』丁大全作相與董宋臣表裏『中略』一日內宴一人專打鑼一人扑之曰今日排當不奏他樂丁丁董董不已何也曰方今事皆丁董吾安得不丁董

仇遠稗史『說郛卷二十五』至元丙子北兵入杭廟朝爲虛有金姓者世爲伶官流離無所歸一日道遇左丞范文虎向爲宋殿帥時熟知其爲人謂金曰來日公宴汝來獻伎不愁貧賤如期往爲優戲作渾曰某寺有鐘寺僧不敢擊者數日主僧問故乃言鐘樓有巨神神怪不敢登也主僧亟往視之神卽跪伏投拜主僧曰汝何神也答曰鐘神主僧曰既是鐘神何故投拜衆皆大笑范爲之不懌其人亦不顧識者莫不多之

附遼金僞齊

宋史孔道輔傳道輔奉使契丹契丹宴使者優人以文宣王爲戲道輔艴然徑出

邵伯溫聞見前錄『卷十』潞公謂溫公曰吾留守北京遣人入大遼偵事回云見遼主大宴羣臣伶人劇戲作衣冠者見物必攫取懷之有從其後以梃朴之者曰司馬端明耶君實淸名在夷狄如此溫公媿謝

沈作喆寓簡『卷十』僞齊劉豫既僭位大宴羣臣敎坊進雜劇有處士問星翁曰自古帝王之興必有受命之符今新主有天下抑有嘉祥美瑞以應之乎星翁曰固有之新主卽位之前一日有一星聚東井眞所謂符命也處士以杖擊之曰五星非一也乃云聚耳一星又何聚焉星翁曰汝固不知也新主聖德比漢高祖只少四星兒裏

金史后妃傳章宗元妃李氏勢位熏赫與皇后侔一日宴宮中優人玳瑁頭者戲於上前或問上國有何符瑞優曰汝不聞鳳凰見乎曰知之而未聞其詳優曰其飛有四所應亦異若嚮上飛則風雨順時嚮下飛則五穀豐登嚮外飛則四國來朝嚮裏飛「音同李妃」則加官進祿上笑而罷

宋遼金三朝之滑稽劇其見於載籍者略具於此此種滑稽劇宋人亦謂之雜劇或謂之雜戲呂本中童蒙訓曰作雜劇者打猛諢入却打猛諢出吳自牧夢粱錄亦云雜劇全用故事務在滑稽孟元老東京夢華錄云聖節內殿雜戲爲有使人預宴不敢深作諧謔則無使人時可知是宋人雜劇固純以詼諧爲主與唐之滑稽劇無異但其中脚色較爲著明而布置亦稍複雜然不能被以歌舞其去眞正戲劇尚遠然謂宋人戲劇遂止於此則大不然雖明之中葉尙有此種滑稽劇觀文林瑯琊漫鈔徐咸西園雜記沈德符萬歷野獲編所載者全與宋滑稽劇無異若以此概明之戲劇未有不笑之者也宋劇亦然故欲知宋元戲劇之淵源不可不兼於他方面求之也

三　宋之小說雜戲

宋之滑稽戲雖託故事以諷時事然不以演事實爲主而以所含之意義爲主至其變爲演事實之戲劇則當時之小說實有力焉

小說之名起於漢西京賦云小說九百本自虞初漢書藝文志有虞初周說九百四十四篇其書之體例

如何今無由知唯魏略「魏志王粲傳注引」言臨淄侯植誦俳優小說數千言則似與後世小說已不相遠六朝時干寶任昉劉義慶諸人咸有著述至唐而大盛今太平廣記所載實集其成然但爲著述上之事與宋之小說無與焉宋之小說則不以著述爲事而以講演爲事灌園耐得翁都城記勝謂說話有四種一小說一說經一說參請一說史　夢梁錄「卷二十」所紀略同武林舊事「卷六」所載諸色伎藝人中有書會「謂說書會」有演史有說經諢經有小說而都城紀勝夢梁錄均謂小說人能以一朝一代故事頃刻間提破則演史與小說自爲一類此三書所紀者南渡以後之事而其源則發於宋初高承事物紀原「卷九」仁宗時市人有能談三國事者或採其說加緣飾作影人東坡志林「卷六」王彭嘗云塗巷中小兒薄劣爲其家所厭苦輒與錢令聚坐聽說古話至說三國事云云東京夢華錄「卷五」所載京瓦伎藝有霍四究說三分尹常賣五代史至南渡以後有敷衍復華篇及中興名將傳者見於夢梁錄此皆演史之類也其無關史事者則謂之小說夢梁錄云小說一名銀字兒如烟粉靈怪傳奇公案朴刀桿棒發發蹤參等事則其體例亦當與演史大略相同今日所傳之五代平話實演史之遺宣和遺事殆小說之遺也此種說話以敍事爲主與滑稽劇之但託故事者迥異其發達之跡雖略與戲曲平行而後世戲劇之題目多取諸此其結搆亦多依倣爲之所以資戲劇之發達者實不少也

至與戲劇更相近者則爲傀儡傀儡起於周季列子以偃師刻木人事爲在周穆王時或係寓言然謂列

子時已有此事當不誣也樂府雜錄以爲起於漢祖平城之圍其說無稽通典則云窟礧子作偶人以戲善歌舞本喪家樂也漢末始用之於嘉會其說本於應劭風俗通則漢時固確有此戲矣漢時此戲結構如何雖不可考然六朝之際此戲已演故事顏氏家訓書證篇或問俗名傀儡子爲郭禿有故實乎答曰風俗通云諸郭皆諱禿當時前世有姓郭而病禿者滑稽調戲故後人爲其象呼爲郭禿唐時傀儡戲中之郭郎實出於此至宋猶有此名唐之傀儡亦演故事封氏聞見記「卷六」大曆中太原節度辛景雲葬日諸道節度使使人修祭范陽祭盤最爲高大刻木爲尉遲鄂公突厥鬬將之象機關動作不異於生祭訖靈車欲過使者請曰對數未盡又停車設項羽與漢高祖會鴻門之象良久乃畢至宋而傀儡最盛種類亦最繁有懸絲傀儡走線傀儡杖頭傀儡藥發傀儡肉傀儡水傀儡各種「見東京夢華錄武林舊事夢粱錄」夢粱錄云凡傀儡敷衍煙粉靈怪鐵騎公案史書歷代君臣將相故事話本或講史或作雜劇或如崖詞「中略」大抵弄此多虛少實如巨靈神朱姬大仙等也則宋時此戲實與戲劇同時發達其以敷衍故事爲主且較勝於滑稽劇此於戲劇之進步上不能不注意者也

傀儡之外似戲劇而非眞戲劇者尙有影戲此則自宋始有之事物紀原「九」宋朝仁宗時市人有能談三國事者或採其說加緣飾作影人始爲魏吳蜀三分戰爭之象東京夢華錄所載京瓦伎藝有影戲有喬影戲南宋尤盛夢粱錄云有弄影戲者元汴京初以素紙彫簇自後人巧工精以羊皮彫形以綵色

裝飾不致損壞『中略』其話本與講史書者頗同大抵眞假相半公忠者雕以正貌奸邪者刻以醜形蓋亦寓褒貶於其間耳然則影戲之爲物專以演故事爲事與傀儡同此亦有助於戲劇之進步者也

以上三者皆以演故事爲事小說但以口演傀儡影戲則爲其形象矣然而非以人演也其以人演者戲劇之外尙有種種亦戲劇之支流而不可不一注意也

三敎　東京夢華錄『卷十』十二月卽有貧者三敎人爲一火裝婦人神鬼敲鑼擊鼓巡門乞錢俗呼爲打夜胡

訝鼓　續墨客揮犀『卷七』王子醇初平熙河邊陲寧靜講武之暇因敎軍士爲訝鼓戲數年間遂盛行於世其舉動舞裝之狀與優人之詞皆子醇初製也或云子醇初與西人對陣兵未交子醇命軍士百餘人裝爲訝鼓隊繞出軍前虜見皆愕眙進兵奮擊大破之朱子語類『卷一百三十九』亦云如舞訝鼓其間男子婦人僧道雜色無所不有但都是假的

舞隊　武林舊事『卷二』所紀舞隊全與前二者相似今列其目

査査鬼『査大』　李大口『一字口』　賀豐年　長瓠斂『長頭』　兎吉『兎毛大伯』　吃遂　大憨兒　麤妲　麻婆子　快活三郎　黃金杏　瞎判官　快活三娘　沈承務　一臉膜　貓兒相公　洞公觜　細妲　河東子　黑遂　王鐵兒　交椅　夾棒　屏風　男女竹馬　男女

杵歌　大小斫刀鮑老　交衮鮑老　子弟淸音　女童淸音　諸公獻寶　穿心國入貢　孫武子　敎女兵　六國朝　四國朝　遏雲社　緋綠社　胡安女　鳳阮稽琴　撲蝴蝶　回陽丹　火藥　瓦盆鼓　焦鎚架兒　喬三敎喬迎酒　喬親事　喬樂神「馬明王」　喬捉蛇　喬學堂　喬宅眷　喬像生　喬師娘　獨自喬　地仙　旱划船　敎象　裝態　村田樂　鼓板　踏蹺「一作踏蹺」　撲旗　抱鑼裝鬼　獅豹蠻牌　十齋郎　耍和尙　劉衮　散錢行　貨郎　打嬌惜

其中裝作種種人物或有故事其所以異於戲劇者則演劇有定所此則巡迴演之然後來戲名曲名中多用其名目可知其與戲劇非毫無關係也

四　宋之樂曲

前二章旣述宋代之滑戲及小說雜戲後世戲劇之淵源略可於此窺之然後代之戲劇必合言語動作歌唱以演一故事而後戲劇之意義始全故眞戲劇必與戲曲相表裏然則戲曲之爲物果如何發達乎此不可不先硏究宋代之樂曲也

宋之歌曲其最通行而爲人人所知者是爲詞亦謂之近體樂府亦謂之長短句其體始於唐之中葉至晚唐五代而作者漸多及宋而大盛宋人讌集無不歌以侑觴然大率徒歌而不舞其歌亦以一闋爲率

其有連續歌此一曲者如歐陽公之采桑子凡十一首趙德麟之商調蝶戀花凡十首一述西湖之勝一詠會眞之事皆徒歌而不舞其所以異於普通之詞者不過重疊此曲以詠一事而已

其歌舞相兼者則謂之傳踏『曾慥樂府雅詞卷上』亦謂之轉踏『王灼碧雞漫志卷三』亦謂之纏達『夢粱錄卷二十』北宋之轉踏恆以一曲連續歌之每一首詠一事共若干首則詠若干事然亦有合若干首而詠一事者碧雞漫志『卷三』謂石曼卿作拂霓裳轉踏述開元天寶遺事是也其曲調唯調笑一調用之最多今舉其一例

調笑轉踏　鄭僅『樂府雅詞卷上』

良辰易失信四者之難併佳客相逢實一時之盛會用陳妙曲上助清歡女伴相將調笑入隊

秦樓有女字羅敷二十未滿十五餘金鐶約腕攜籠去攀枝折葉城南隅使君春思如飛絮五馬徘徊芳草路東風吹鬢不可親日晚蠶飢欲歸去

歸去攜籠女南陌春愁三月暮使君春思如飛絮五馬徘徊頻駐蠶飢日晚空留顧笑指秦樓歸去

石城女子名莫愁家住石城西渡頭拾翠每尋芳草路採蓮時過綠蘋洲五陵豪客青樓上醉倒金壺待清唱風高江闊白浪飛急催艇子操雙槳

雙槳小舟蕩喚取莫愁迎疊浪五陵豪客青樓上不道風高江廣千金難買傾城樣那聽繞梁清唱

繡戶朱簾翠幕張主人置酒宴華堂相如年少多才調消得文君暗斷腸斷腸初認琴心挑么絃暗寫

相思調從來萬曲不關心此度傷心何草草

草草最年少繡戶銀屏人窈窕瑤琴暗寫相思調一曲關心多少臨卬客舍成都道苦恨相逢不早『此三曲分詠羅敷莫愁文君三事尚有九曲詠九事文多略之』

放隊

新詞宛轉遞相傳振袖傾鬟風露前月落烏啼雲雨散游人陌上拾花鈿

此種詞前有勾隊詞後以一詩一曲相間終以放隊詞則亦用七絕此宋初體格如此然至汴宋之末則其體漸變夢粱錄『卷二十』在京時只有纏令纏達有引子尾聲爲纏令引子後只有兩腔迎互循環間有纏達此纏達之音與傳踏同其爲一物無疑也吳錄所云與上文之傳踏相比較其變化之跡顯然蓋勾隊之詞變而爲引子放隊之詞變而爲尾聲曲前之詩後亦變而用他曲故云引子後只有兩腔迎互循環也今纏達之詞皆亡唯元劇中正宮套曲其體例全自此出觀第七章所引例自可了然矣

傳踏之制以歌者爲一隊且歌且舞以侑賓客宋時有與此相似或同實異名者是爲隊舞宋史樂志隊舞之制其名各十小兒隊凡七十二人一曰柘枝隊二曰劍器隊三曰婆羅門隊四曰醉鬍騰隊五曰諢臣萬歲樂隊六曰兒童感聖樂隊七曰玉兎渾脫隊八曰異域朝天隊九曰兒童解紅隊十曰射雕回鶻

隊女弟子隊凡一百五十三人一曰菩薩蠻隊二曰感化樂隊三曰拋球樂隊四曰佳人剪牡丹隊五曰拂霓裳隊六曰採蓮隊七曰鳳迎樂隊八曰菩薩獻香花隊九曰綵雲仙隊十曰打球樂隊其裝飾各由其隊名而異如佳人剪牡丹隊則衣紅生色砌衣戴金冠剪牡丹花採蓮隊則執蓮花菩薩獻香花隊則執香花盤其舞未詳其曲宋人或取以塡詞其中有拂霓裳隊而碧雞漫志謂石曼卿作拂霓裳傳踏恐與傳踏爲一或爲傳踏之所自出也

宋時舞曲尙有曲破宋史樂志太宗洞曉音律製曲破二十九此在唐五代已有之至宋時又藉以演故事史浩鄮峯眞隱漫錄之劍舞卽是也今錄其辭如左

劍舞「鄮峯眞隱漫錄卷四十六」

二舞者對廳立裀上「下略」樂部唱劍器曲破作舞一段了二舞者同唱霜天曉角

瑩瑩巨闕左右凝霜雪且向玉階掀舞終當有用時節唱徹人盡說寶此剛不折內使奸雄落膽外須遣豺狼滅

樂部唱曲子作舞劍器曲破一段舞罷二人分立兩邊別二人對裝者出對坐桌上設酒桌竹竿子念

伏以斷蛇大澤逐鹿中原佩赤帝之眞符接蒼姬之正統皇威既振天命有歸量勢雖盛於重瞳度德難

勝於隆準鴻門設會亞父輸謀徒矜起舞之雄姿厥有解紛之壯士想當時之賈勇激烈飛揚宜後世之效顰迴翔宛轉雙鸞奏技四座騰歡

樂部唱曲子舞劍器曲破一段一人左立者上裀舞有欲刺右漢裝者之勢又一人舞進前翼蔽之舞罷兩舞者並退漢裝者亦退復有兩人唐裝者出對坐桌上設筆硯紙舞者一人換婦人裝立裀上竹竿子念

伏以雲鬟聳蒼璧霧縠罩香肌袖翻紫電以連軒手握青蛇而的皪花影下游龍自躍錦裀上蹌鳳來儀逸態橫生瑰姿譎起領此入神之技誠爲駭目之觀巴女心驚燕姬色沮豈唯張長史草書大進抑亦杜工部麗句新成稱妙一時流芳萬古宜呈雅慈以洽濃歡

樂部唱曲子舞劍器曲破一段作龍蛇蜿蜒曼舞之勢兩人唐裝者起二舞者一男一女對舞結劍器曲破徹竹竿子念

項伯有功扶帝業大娘馳譽滿文場合茲二妙甚奇特欲使嘉賓釂一觴霍如羿射九日落嬌如羣帝驂龍翔來如雷霆收震怒罷如江海含晴光歌舞既終相將好去

念了二舞者出隊

由此觀之其樂有聲無詞且於舞踏之中寓以故事頗爲唐之歌舞戲相似而其曲中有破有徹蓋截大

曲入破以後用之也

此外兼歌舞之伎則爲大曲六曲自南北朝已有此名南朝大曲則淸商三調中之大曲宋書樂志所載者是也北朝大曲則魏書樂志言之而不詳至唐而雅樂淸樂燕樂西涼龜茲安國天竺疏勒高昌樂中均有大曲「見大唐六典卷十四協律郎條注」然傳於後世者唯胡樂大曲耳其名悉載於教坊記而其詞尙略存於樂府詩集近代曲辭中宋之大曲卽自此出教坊所奏凡十八調四十大曲文獻通攷及宋史樂志具載其目此外亦尙有之故又有五十大曲及五十四大曲之稱「詳見予唐宋大曲攷茲略之」其曲辭之存於今日者有董穎薄媚「樂府雅詞卷上」曾布水調歌頭「王明淸玉照新志卷二」史浩採蓮「鄮峯隱漫錄卷四十五」二曲稍長然亦非其全遍其中間一二遍則於宋詞中間遇之大曲遍數多至一二十其各遍之名則唐時有排遍入破徹「樂府詩集卷七十九」而排遍入破又各有數遍徹者入破之末一遍也宋大曲則王灼謂凡大曲有散序靸排遍攧正攧入破虛催實催袞遍歇拍殺袞始成一曲謂之大遍「碧雞漫志卷三」沈括亦云所謂大遍者有序引歌歙嗺哨催攧袞破行中腔踏歌之類凡數十解「夢溪筆談卷五」沈氏所列各名與現存大曲不合王說近之惟攧後尙有延遍實催前尙有袞遍「卽張炎詞源所謂中袞」而散序與排遍均不止一遍排遍且多至八九故大曲遍數往往至於數十唯宋人多裁截用之卽其所用者亦以聲與舞爲主而不以詞爲主故多有聲無詞者

自北宋時葛守誠撰四十大曲而教坊大曲始全有詞然南宋修內司所編樂府混成集大曲一項凡數百解有譜無詞者居半「周密齊東野語卷十」則亦不以詞重矣其擷破催衮以舞之節名之此種大曲遍數既多自於敍事爲便故宋人詠事多用之今錄董穎薄媚以示其一例宋人大曲之存者以此爲最長矣

薄媚「西子詞樂府雅詞卷上」

排遍第八

怒濤卷雪巍岫布雲越襟吳帶如斯有客經游月伴風隨値盛世觀此江山美合放懷何事却興悲不爲回頭舊國天涯爲想前君事越王嫁禍獻西施吳即中深機闔廬死有遺誓句踐必誅夷吳未干戈出境倉卒越兵投怒夫差鼎沸鯨鯢越遭勁敵可憐無計脫重圍歸路茫然城郭邱墟飄泊稽山裏旅魂暗逐戰塵飛天日慘無輝

排遍第九

自笑平生英氣凌雲凜然萬里宣威那知此際熊虎塗窮來伴麋鹿卑棲既甘臣妾猶不許何爲計爭若都燔寶器盡誅吾妻子徑將死戰決雌雄天意恐憐之偶聞太宰正擅權貪賂市恩私因將寶玩獻誠雖脫霜戈石室囚繫憂嗟又經時恨不如巢燕自由歸殘月朦朧寒雨瀟瀟有血都成淚備嘗嶮厄反邦畿

寃憤剜肝脾

第十攧

種陳謀謂吳兵正熾越勇難施破吳策唯妖姬有傾城妙麗名稱『一作子』西子歲方笄算夫差惑此須致顛危范蠡微行珠貝爲香餌苧蘿不釣釣深閨吞餌果殊姿素肌纖弱不勝羅綺鸞鏡畔粉面淡勻梨花一朶瓊壺裏嫣然意態嬌春寸眸剪水斜鬟鬆翠人無雙宜名動君王翠屛容易來登玉陛

入破第一

窣湘裙搖漢珮步步香風起斂雙蛾論時事蘭心巧會君意殊珍異寶猶自朝臣未與妾何人被此隆恩雖令效死奉嚴旨隱約龍姿忻悅更把甘言說辭俊美質娉婷天教汝衆美兼備聞吳重色憑汝和親應爲靖邊陲將別金門俄揮粉淚靚粧洗

第二虛催

飛雲駛香車故國難回睇芳心漸搖迤邐吳都繁麗忠臣子胥預知道爲邦崇諫言先啟願勿容其至周亡褒姒商傾妲己吳王却嫌胥逆耳纔經眼便深恩愛東風暗綻嬌蘂綵鸞翻妬伊得取次于飛共戲金屋看承他宮盡廢

第三袞遍

華宴夕燈搖醉紛菡萏籠蟾桂楊翠袖含風舞輕妙處驚鴻態分明是瑤臺瓊樹閬苑蓬壺景盡移此地花繞仙步鶯隨歌吹寶帳煖留春百和馥郁融鴛被銀漏永楚雲濃三竿日猶褪霞衣宿醒輕腕嗅宮花雙帶繫合同心時波下比目深憐到底

第四催拍

耳盈絲竹眼搖珠翠迷樂事宮闈內爭知漸國勢陵夷姦臣獻佞轉恣奢淫天譴歲屢饑從此萬姓離心解體越遣使陰窺虛實蚤夜營邊備兵未動子胥存雖堪伐尚畏忠義斯人既戮又且嚴兵卷土赴黃池觀釁種蠡方云可矣

第五袞遍

機有神征鼙一鼓萬馬襟喉地庭喋血誅留守憐屈服斂兵還危如此當除禍本重結人心爭奈竟荒迷戰骨方埋靈旗又指勢連敗柔荑攜泣不忍相拋棄身在兮心先死宵奔兮兵已前闘謀窮計盡唳鶴啼猿聞處分外悲丹穴縱近誰容再歸

第六歇拍

哀誠屢吐甬東分賜垂暮日置荒隅心知愧寶鍔紅委鸞存鳳去辜負恩憐情不似虞姬尚望論功榮歸故里降令曰吳無赦汝越與吳何異吳正怨越方疑從公論合去妖類蛾眉宛轉竟殞鮫綃香骨委塵泥

渺渺姑蘇荒蕪鹿戲

第七煞袞

王公子青春更才美風流慕連理耶溪一日悠悠回首凝思雲鬟烟鬢玉珮霞裾依約露妍姿送目驚喜俄迂玉趾同仙騎洞府歸去簾櫳窈窕戲魚水正一點犀通遽別恨何已媚魄千載教人屬意況當時金殿裏

此曲自排遍第八至煞袞共十遍而截去排遍第七以上不用此種大曲遍數既多雖便於敍事然其動作皆有定則欲以完全演一故事固非易易且現存大曲皆爲敍事體而非代言體卽有故事要亦爲歌舞戲之一種未足以當戲曲之名也

由上所述宋樂曲觀之則傳踏僅以一曲反復歌之曲破與大曲則曲之遍數雖多然仍限於一曲至合數曲而成一樂者唯宋鼓吹曲中有之宋大駕鼓吹恆用導引六州十二時三曲梓宮發引則加祔陵歌虞主回京則加虞主歌各爲四曲南渡後郊祀則於導引六州十二時三曲外又加奉禋歌降仙臺二曲共爲五曲合曲之體例始於鼓吹見之若求之於通常樂曲中則合諸曲以成全體者實自諸宮調始諸宮調者小說之支流而被之以樂曲者也碧雞漫志『卷二』熙寧元豐間澤州孔三傳始創諸宮調古傳士大夫皆能誦之夢粱錄『卷二十』云說唱諸宮調昨汴京有孔三傳編成傳奇靈怪入曲說唱東

京夢華錄『卷五』紀崇觀以來瓦舍伎藝有孔三傳耍秀才諸宮調武林舊事『卷六』所載諸色伎藝人諸宮調傳奇有高郎婦等四人則南北宋均有之今其詞尙存者唯金董解元之西廂耳董解元西廂胡元瑞焦理堂施北研筆記中均有攷訂訖不知爲何體沈德符野獲編『卷二十五』且妄以爲金人院本模範以余攷之確爲諸宮調無疑觀陶南村輟耕錄謂金章宗董解元所編西廂記時代未遠猶罕有人能解之則後人不識此體固不足怪也此編之爲諸宮調有三證本書卷一太平賺詞云俺平生情性好疎狂疎狂的情性難拘束一回家想麼詩魔多愛選多情曲比前賢樂府不中聽在諸宮調裏却著數此開卷自敍作詞緣起而自云在諸宮調裏其證一也元凌雲翰柘軒詞有定風波詞賦崔鶯鶯傳云翻殘金舊日諸宮調本纔入時人聽則金人所賦西廂詞自爲諸宮調其證二也此書體例求之古曲無一相似獨元王伯成天寶遺事見於雍熙樂府九宮大成所選者大致相同而元鍾嗣成錄鬼簿『卷上』於王伯成條下注云有天寶遺事諸宮調行於世王詞既爲諸宮調則董詞之爲諸宮調無疑其證三也其所以名諸宮調者則由宋人所用大曲傳踏不過一曲其在同一宮調中甚明唯此編每宮調中多或十餘曲少或一二曲卽易他宮調合若干宮調以詠一事故謂之諸宮調今錄二三調以示其例

黃鐘宮『出隊子』最苦是離別彼此心頭難棄捨鶯鶯哭得似癡呆臉上啼痕都是血有千種恩情何處說夫人道天晚教郎疾去怎奈紅娘心似鐵把鶯鶯扶上七香車君瑞攀鞍空自攧道得箇冤家

寧奈些

（尾）馬兒登程坐車兒歸舍馬兒往西行坐車兒往東拽兩口兒一步兒離得遠如一步也

仙呂調『點絳脣纏令』美滿生離據鞍兀兀離腸痛舊歡新寵變作高唐夢回首孤城依約青山擁西風送戍樓寒重初品梅花弄

（瑞蓮兒）衰草淒淒一徑通丹楓索索滿林紅平生蹤跡無定著如斷蓬聽塞鴻啞啞的飛過暮雲重

（風吹荷葉）憶得枕鴛衾鳳今宵管半壁兒沒用觸目淒涼千萬種見滴流流的紅葉淅零零的微雨率刺刺的西風

（尾）驢鞭半裊吟肩雙聳休問離愁輕重向箇馬兒上駝也不駝動『離蒲西行三十里日色晚矣野景堪畫』

仙呂調『賞花時』落日平林噪晚鴉風袖翩翩催瘦馬一徑入天涯荒涼古岸衰草帶霜滑瞥見箇孤林端入畫籬落蕭疏帶淺沙一箇老大伯捕魚蝦橫橋流水茅舍映荻花

（尾）駝腰的柳樹上有魚槎一竿風旆茅簷上掛澹煙瀟灑橫鎖著兩三家『生投宿於村落』

此上八曲已易三調全書體例皆如是此於敘事最爲便利蓋大曲等先有曲而後人借以詠事此則制曲之始本爲敘事而設故宋金雜劇院本中後亦用之『見後二章』非徒供說唱之用而已

宋人樂曲之不限一曲者諸宮調之外又有賺詞賺詞者取一宮調之曲若干合之以成一全體此體久爲世人所不知案夢粱錄『卷二十』紹興年間有張五牛大夫因聽動鼓板中有太平令或賺鼓板即今拍板大節抑揚處是也遂撰爲賺賺者誤賺之之義正堪美聽中不覺已至尾聲是不宜爲片序也又有覆賺其中變花前月下之情及鐵騎之類云云是唱賺之中亦有敷演故事者今已不傳其常用賺詞余始於事林廣記『日本翻元泰定本戊集卷二』中發見之其前且有唱賺規例今具錄如左

(遏雲要訣)夫唱賺一家古謂之道賺腔必眞字必正欲有墩亢掣拽之殊字有脣喉齒舌之異抑分輕清重濁之聲必別合口半合口之字更忌馬嚚韃子俗語鄉談如對聖案但唱樂道山居水居清雅之詞切不可以風情花柳豔冶之曲如此則爲瀆聖社條不賽筵會吉席上壽慶賀不在此限假如未唱之初執拍當胸不可高過鼻須假鼓板村掇三拍起引子唱頭一句又三拍至兩片結尾三拍煞入序尾三拍巾斗煞入賺頭一字當一拍第一片三拍後做此出賺三拍出聲巾斗又三拍煞尾聲總十二拍第一句四拍第二句五拍第三句三拍煞此一定不踰之法

(遏雲致語)『筵會用』鷓鴣天

遇酒當歌酒滿斟一觴一詠樂天眞三盃五盞陶情性對月臨風自賞心環列處總佳賓歌聲繚亮遏行雲春風滿座知音者一曲敎君側耳聲

圓社市語　中呂宮　圓裏圓

（紫蘇丸）相逢閑暇時有閑暇打喚瞞兒呵喝囉聲嗽道膁厮俺嗏歡喜綫下脚須和美試問伊家有甚夾氣又管甚官場側背算人間落花流水

（縷縷金）把金銀錠打旋起花星臨照我怎躲避近日間游戲因到花市簾兒下瞥見一个表兒圓咱每便著意

（好女兒）生得寶妝蹺身分美繡帶兒纏脚更好肩背畫眉兒入鬢春山翠帶著粉鉗兒更綰个朝天髻

（大夫娘）忙入步又遲疑又怕五角兒衝撞我沒蹺踢綱兒盡是札圓底都鬆例要拋聲忒壯果難為真个費脚力

（好孩兒）供送飲三盃先入氣道今宵打歇處把人拍惜怎知他水脈透不由得你咱門只要表兒圓時復地一合兒美

（賺）春游禁陌流鶯往來穿梭戲紫燕歸巢葉底桃花綻蕊賞芳菲蹴鞦韆高而不遠似踏火不沾地見小池風擺荷葉戲水素秋天氣正翫月斜插花枝賞登高佶料沙羔美最好當場落帽陶潛菊繞籬仲冬時那孩兒忌酒怕風帳幙中纏脚忒稔膩講論處下梢團圓到底怎不則劇

（越恁好）勘脚幷打二步步隨定伊何曾見走衮你於我我與你場場有踢沒些拗背兩个對壘天生不

枉作一對脚頭果然厮稠密密

（鶻打兎）從今後一來一往休要放脫些兒又管甚攪閑底拽閑定白打賺厮有千般解數眞个難比骨自有

（尾聲）五花叢裏英雄輩倚玉偎香不暫離做得个風流第一事林廣記雖載此詞然不著其爲何時人所作以余攷之則當出南渡之後詞前有遏雲要訣遏雲者南宋歌社之名武林舊事「卷三」二月八日爲相川張王生辰霍山行宮朝拜極盛百戲競集如緋綠社「雜劇」齊雲社「蹴球」遏雲社「唱賺」等云云夢粱錄「卷十九」社會條下亦載之今此詞之首有遏雲要訣遏雲致語又云唱賺道賺而詞中又有賺詞則爲宋遏雲社所唱賺詞無疑也所唱之曲題爲圓社市語圓社謂蹴球事林廣記戊集「卷二」圓社摸場條起四句云四海齊雲社當場蹴氣球作家偏著所圓社最風流今曲題如此而曲中所使皆蹴球家語則圓社爲齊雲社無疑以遏雲社之人唱齊雲社之事謂非南宋人所作不可也此詞自其結構觀之則似北曲自其曲名則疑爲南曲蓋其用一宮調之曲頗似北曲套數其曲名則縷縷金好孩兒越恁好三曲均在南曲中呂宮紫蘇丸則在南曲仙呂宮北曲中無此數調鶻打兎則南北曲皆有唯皆無大夫娘一曲蓋南北曲之形式及材料在南宋已全具矣

五宋官本雜劇段數

由前三章研究之所得而後宋之戲曲可得而論焉戲曲之作不能言其始於何時宋崇文總目『卷一』已有周優人曲辭二卷原釋云周吏部侍郎趙上交翰林學士李昉諫議大夫劉陶司勳郎中馮古纂錄燕優人曲辭此燕爲劉守光之燕或契丹之燕其曲辭爲樂曲或戲曲均不可攷宋史樂志亦言眞宗不喜鄭聲而或爲雜劇詞未嘗宣布於外夢粱錄『卷二十』亦云向者汴京教坊大使孟角球曾做雜劇本子葛守誠撰四十大曲則北宋固確有戲曲然其體裁如何則不可知惟武林舊事『卷十』所載官本雜劇段數多至二百八十本今雖僅存其目可以窺兩宋戲曲之大概焉

就此二百八十本精密攷之則其用大曲者一百有三用法曲者四用諸宮調者二用普通詞調者三十有五茲分別敍之大曲一百有三本

六么二十本『案宋史樂志文獻通攷教坊部十八調中中呂調南呂調仙呂調均有綠腰大曲六么卽其略字也』

爭曲六么　攔扯六么　教聲六么　鞭帽六么　衣籠六么　廚子六么　孤奪旦六么　王子高六么　崔護六么　骰子六么　照道六么　鶯鶯六么　大宴六么　驢精六么　女生外向六么　慕道六么　三偌慕道六么　雙攔哮六么　趕厥夾六么　羹湯六么

瀛府六本『宋史樂志及通攷教坊部十八調中正宮南宮呂宮中均有瀛府大曲』

索拜瀛府　厚熟瀛府　哭骰子瀛府　醉院君瀛府　懊骨頭瀛府　賭錢望瀛府
梁州七本「宋史樂志及通攷教坊部十八調中正宮調道調宮仙呂宮黃鐘宮均有梁州大曲」
四僧梁州　三索梁州　詩曲梁州　頭錢梁州　食店梁州　法事饅頭梁州　四哮梁州
伊州五本「宋史樂志及通攷教坊部十八調越調歇指調中均有伊州大曲」
領伊州　鐵指甲伊州　鬧伍伯伊州　裴少俊伊州　食店伊州
新水四本「宋史樂志及通攷教坊部十八調雙調中有新水調大曲新水卽新水調之略也」
桶擔新水　雙哮所水　燒花新水　新水爨
薄媚九本「宋史樂志及通攷教坊部十八調道調宮南呂宮中均有薄媚大曲」
簡帖薄媚　請客薄媚　錯取薄媚　傳神薄媚　九妝薄媚　本事現薄媚　打調薄媚　拜褥
薄媚　鄭生遇龍女薄媚
大明樂三本「宋史樂志及通攷教坊部十八調大石調中有大明樂大曲」
土地大明樂　打球大明樂　三爺老大明樂
降黃龍五本「案宋史樂志及通攷教坊大曲中無降黃龍之名然張炎詞源卷下云如六么如降黃
龍皆大曲又云大曲降黃龍花十六當用十六拍今董西廂及南北曲均有降黃龍袞一調袞者大曲

中一遍之名則此五本爲大曲無疑』

列女降黃龍　雙旦降黃龍　柳玭上官降黃龍　入寺降黃龍　偷標降黃龍

胡渭州四本『宋史樂志及通考敎坊部十八調小石調林鐘商中均有胡渭州大曲』

趕厥胡渭州　單番將胡渭州　銀器胡渭州　看燈胡渭州

石州三本『宋史樂志及通考敎坊部十八調越調中有石州大曲』

單打石州　和尙那石州　趕厥石州

大聖樂三本『宋史樂志及通考敎坊部十八調道調宮中有大聖樂大曲』

塑金剛大聖樂　單打大聖樂　柳毅大聖樂

中和樂四本『宋史樂志及通考敎坊部十八調黃鐘宮中有中和樂大曲』

霸王中和樂　馬頭中和樂　大打調中和樂　封騭中和樂

萬年歡二本『宋史樂志及通考敎坊部十八調中呂宮中有萬年歡大曲』

喝貼萬年歡　託合萬年歡

熙州三本『案宋史樂志及通考敎坊部十八調四十大曲中無熙州之名然洪邁容齋隨筆卷十四云今世所傳大曲皆出於唐而以州名者五伊涼熙石渭也周邦彥片玉詞有氐州第一詞毛晉注淸

異集作熙州摘遍是氐州即熙州摘遍者謂摘大曲之一遍爲之亦宋人語則熙州之爲大曲審矣」

迓鼓熙州　駱駝熙州　二郎熙州

道人歡四本「宋史樂志及通考敎坊部十八調中呂調中有道人歡大曲」

大打調道人歡　會子道人歡　打拍道人歡　越娘道人歡

長壽仙三本「宋史樂志及通考敎坊部十八調般涉調中有長壽仙大曲」

打勘長壽仙　偌賣旦長壽仙　分頭子長壽仙

劍器二本「宋史樂志及通考敎坊部十八調中呂宮黃鐘宮中均有劍器大曲」

病爺老劍器　霸王劍器

延壽樂二本「宋史樂志及通攷敎坊部十八調仙呂宮中有延壽樂大曲」

黃傑進延壽樂　義養娘延壽樂

賀皇恩二本「宋史樂志及通攷敎坊部十八調林鐘商中有賀皇恩大曲」

扯籃兒賀皇恩　催妝賀皇恩

採蓮三本「宋史樂志及通攷敎坊部十八調雙調中有採蓮大曲」

唐輔採蓮　雙哮採蓮　病和採蓮

保金枝一本『宋史樂志及通攷敎坊部十八調仙呂宮中有保金枝大曲』

檻偖保金枝

嘉慶樂一本『宋史樂志及通攷敎坊部十八調小石調中有嘉慶樂大曲』

老孤嘉慶樂

慶雲樂一本『宋史樂志及通攷敎坊部十八調歇指調中有慶雲樂大曲』

進筆慶雲樂

君臣相遇樂一本『宋史樂志及通攷敎坊部十八調歇指調中有君臣相遇樂大曲相遇樂卽君臣相遇樂之略也

裴航相遇樂

泛清波一本『宋史樂志及通攷敎坊部十八調林鐘商中有泛清波大曲』

能知他泛清波　三釣魚泛清波

彩雲歸二本『宋史樂志及通攷敎坊部十八調仙呂調中有彩雲歸大曲』

夢巫山彩雲歸　靑陽觀碑彩雲歸

千春樂一本『宋史樂志及通攷敎坊部十八調黃鐘羽中有千春樂大曲』

禾打千春樂

罷金鉦一本『宋史樂志及通攷教坊部十八部調南呂調中有罷金鉦大曲』

牛五郎罷金鉦『原作罷金鉦誤也』

以上百有三本皆爲大曲其爲曲二十有八而其中二十六在教坊部四十大曲中餘如降黃龍熙州二曲之爲大曲亦有宋人之說可證也

法曲四本

棊盤法曲　孤和法曲　藏瓶法曲　車兒法曲

宋史樂志有法曲部其曲部二一曰道調宮望瀛二曰小石調獻仙音詞源『卷下』謂大曲片數『即遍數』與法曲相上下則二者略相似也

諸宮調二本

諸宮調霸王　諸宮調卦冊兒

按此即以諸宮調塡曲也

普通詞調三十本

打地鋪逍遙樂　病鄭逍遙樂　崔護逍遙樂　濕酒逍遙樂　四鄭舞楊花　四偌滿皇州『原脫

滿宇』　浮漚暮雲歸　五柳菊花新　四季夾竹桃　醉花陰爨　夜半樂爨　木蘭花爨　月當廳爨　醉還醒爨　撲蝴蝶爨　滿皇州卦鋪兒　白苧卦鋪兒　探春卦鋪兒　三哮好女兒　二郎神變二郎神　大雙頭蓮　小雙頭蓮　三笑月中行　三登樂院公狗兒　三教安公子　普天樂打三教　滿皇州打三教　三姐醉還醒　三姐黃鶯兒　賣花黃鶯兒

其不見宋詞而見於金元曲調者九本

四小將整乾坤　棹孤舟爨　慶時豐卦鋪兒　三哮上小樓　鶻打兎變二郎神　雙羅羅啄木兒　賴房錢啄木兒　圍城啄木兒　四國朝

此外有不著其名而實用曲調者如三十拍爨則李涪刊誤云曜酒三十拍促曲名三臺則實用三臺曲也三十六拍爨當亦倣此錢手帕爨注云小字太平歌則用太平歌曲也餘如兩相宜萬年芳之萬年芳病孤三鄉題王魁三鄉題强偌三鄉題之三鄉題三哮文字兒之文字兒雖詞曲調中均不見其名以他本例之疑亦俗曲之名也又如崔智韜艾虎兒雌虎『原注云崔智韜』二本並不見有用歌曲之跡而關漢卿謝天香雜劇楔子曰鄭六遇妖狐崔韜逢雌虎大曲內盡是寒儒則此二本之一當以大曲演之

此外各本之類此者當亦不乏也

由此觀之則此二百八十本中其用大曲法曲諸宮調詞曲調者共一百五十餘本已過全數之半則南

宋雜劇殆多以歌曲演之與第二章所載滑稽戲迥異其用大曲法曲諸宮調者則曲之片數頗多以敷衍一故事自覺不難其單用詞調及曲調者只有一曲當以此曲循環敷演如上章傳踏之例此在元明南曲中尚得發見其例也

且此二百八十本不皆純正之戲劇如打調薄媚大打調中和樂大打調道人歡三本則劉昌詩蘆浦筆記「卷二」謂街市戲謔有打砌打調之類實滑稽戲之支流而佐以歌曲者也如門子打三敎爨雙三敎三敎安公子三敎閙著棋打三敎菴字普天樂打三敎滿皇州打三敎領三敎則演前章所述三敎人者也迓鼓兒熙州迓鼓兒則前章所云訝鼓之戲也天下太平爨及百花爨則樂府雜錄所謂字舞花舞也案齊東野語「卷十」云州郡遇聖節賜宴率命猥伎數十羣舞於庭作天下太平字殊爲不經而唐王建宮詞云每過舞頭分兩向所太平萬歲字當中則此事由來久矣云云可知宋代戲劇實綜合種種之雜戲而其戲曲亦綜合種種之樂曲此事觀後數章自益明也

此項官本雜劇雖著錄於宋末然其中實有北宋之戲曲不可不知也如王子高六么一本實神宗元豐以前之作趙彥衛雲麓漫鈔「卷十」王迥字子高舊有周瓊姬事胡徽之爲作傳或用其傳作六么朱彧萍洲可談「卷一」王迥美姿容有才思少年時不甚持重間爲狎邪輩所誣播入樂府今六么所歌奇俊王家郎者乃迥也元豐初蔡持正舉之可任監司神宗忽云此乃奇俊王家郎乎持正叩頭請罪「

又見一宋人小說云或薦子高於荆王公公舉此語今不能舉其書名案子高嘗從荆公游則語或近是」則此曲實作於神宗時然至南宋末尚存吳文英夢窗乙稿中惜秋華詞自注尙及之然其爲北宋之作無可疑也又如三爺老大明樂病爺老劍器二本爺老二字中國夙未聞有此疑是契丹語唐書房琯傳彼曳落河雖多豈能當我劉秩等愚謂曳落河即遼史屢見之拽剌遼史百官志云走卒謂之拽剌元馬致遠薦福碑雜劇尙有曳剌爲從傔之屬爺老二字當亦曳剌之同音異譯此必北宋與遼盟聘時輸入之語則此二本當亦爲北宋之作以此推之恐尙不止此數本然則此二百八十本與其視爲南宋之作不若視爲兩宋之作爲妥也

六金院本名目

兩宋戲劇均謂之雜劇至金而始有院本之名院本者太和正音譜云行院之本也初不知行院爲何語後讀元刊張千替殺妻雜劇云你是良人良人宅眷不是小末小末行院則行院者大抵金元人謂倡伎所居其所演唱之本即謂之院本云爾院本名目六百九十種見於陶九成輟耕錄「卷二十五」者不言其爲何代之作而院本之名金元皆有之故但就其名頗難區別以余考之其爲金人所作殆無可疑者也「見下」自此目觀之甚與宋官本雜劇段數相似而複雜過之其中又分子目若干曰和曲院本者十有四本其所著曲名皆大曲法曲則和曲殆大曲法曲之總名也曰上皇院本者十有四本其中如

金明池萬歲山錯入內斷上皇等皆明示宋徽宗時事他可類推則上皇者謂徽宗也曰題目院本者二十本按題目即唐以來合生之別名高承事物紀原『卷九』合生條言唐書武平一傳平一上書比來妖伎胡人於御座之前或言妃主情貌或列王公名質詠歌舞蹈名曰合生始自王公稍及閭巷即合生之原起於唐中宗時也今人亦謂之唱題目云云此云題目即唱題目之畧也曰霸王院本者六本疑演項羽之事曰諸雜大小院本者一百八十有九曰院么者二十有一曰諸雜院爨者一百有七陶氏云院本又謂之五花爨弄則爨亦院本之異名也曰衝撞引首者一百有九曰拴搐豔段者九十有二案夢粱錄『卷二十』云雜劇先做尋常熟事一段名曰豔段次做正雜劇則引首與豔段疑各相類豔段輟耕錄又謂之餤段曰餤段亦院本之意但差簡耳取其如火餤易明而易滅也其所以不得正雜劇者當以此但不知所謂衝撞拴搐作何解耳曰打畧拴搐者八十有八曰諸雜砌者三十案蘆浦筆記謂街市戲謔有打砌打調之類疑雜砌亦滑稽戲之流然其目則頗多故事則又似與打砌無涉雲麓漫抄『卷八』近日優人作雜班似雜劇而稍簡畧金虜官制有文班武班若醫卜倡優謂之雜班每宴集伶人進曰雜班上故流傳作此然東京夢華錄已有雜扮之名夢粱錄亦云雜扮或曰雜班又名經『當作紐』元子又謂之拔和即雜劇之後散段也頃在汴京時村落野夫罕得入城遂撰此端多是借裝為山東河北村叟以資笑端則自北宋已有之今打畧拴搐中有和尚家門先生家門秀才家門列良家門禾下家門

各種每種各有數本疑皆裝此種人物以資笑劇或爲雜扮之類而所謂雜砌者或亦類是也

更就其所著曲名分之則爲大曲者十六

上墳伊州　燒花新水　熙州駱駝　列良瀛府　賀貼萬年歡　擺廡降黃龍　列女降黃龍「以上和曲院本」　進奉伊州「諸雜大小院本」　鬧夾棒六么　送宣道人歡　撏綵延壽樂　諱老長壽仙　背箱伊州　酒樓伊州　抹麵長壽仙　羹湯六么「以上諸雜院爨」

爲法曲者七

月明法曲　鄆王法曲　燒香法曲　送香法曲「以上和曲院本」　鬧夾棒法曲　望瀛法曲　分拐法曲「以上諸雜院爨」

爲詞曲調者三十有七

病鄭逍遙樂　四皓逍遙樂　四酸逍遙樂「以上和曲院本」　春從天上來「上皇院本」　楊柳枝「題目院本」似娘兒　醜奴兒　馬明王　鬬鵪鶉　滿朝歡　花前飲　賣花聲　隔簾聽　擊梧桐　海棠春　更漏子「以上諸雜大小院本」　逍遙樂打馬鋪　夜半樂打明皇　集賢賓打三敎　喜遷鶯剁草鞋　上小樓衮頭子　單兜望梅花　雙聲疊韻　河轉迓鼓　和燕歸梁　謁金門爨「以上諸雜院爨」　憨郭郎　喬捉蛇　天下樂　山麻秸　搗練子　淨瓶兒　調笑

介　鬬鼓笛　柳青娘「以上衝撞引首」　歸塞北　少年游「以上拴搐豔段」　春從天上來

水龍吟「以上畧拴搐」

又拴豔搐段中有一本名諸宮調殆以諸宮調敷演之則其體裁全與宋官本雜劇段數相似唯著曲名者不及全體十分之一而官本雜劇則過十分之五此其相異者也

此院本名目中不但有簡易之劇且有說唱雜戲其在間如

講來年好　講聖州序　講樂章序　講道德經　講蒙求爨　講心字爨

此即推說經諢經之例而廣之他如

訂注論語　論語謁食　擂鼓孝經　唐韻六帖

疑亦此類又有

背鼓千字文　變龍千字文　摔盒千字文　錯打千字文　木驢千字文　埋頭千字文

此當取周興嗣千字文中語以演一事以悅俗耳在後世南曲賓白中猶時遇之蓋其由來已古此亦說唱之類也又如

神農大說藥　講百果爨　講百花爨　講百禽爨

案武林舊事「卷六」載說藥有楊郎中徐郎中喬七官人則南京亦有之其說或借藥名以製曲或說

而不唱則不可知至講百果百花百禽亦其類也

打略拴搐中有星象名果子名草名等以名字終者二十六種當亦說藥之類又有和尙家門四本　先生家門四本『自其子目觀之先生謂道士也』　秀才家門十本　列良家門六本『列良謂日者』　禾下家門五本『禾下謂農夫』　大夫家門八本『大夫謂醫士』　卒子家門四本　良頭家門二本『良頭未詳』　邦老家門五本『邦老謂盜賊』　都子家門三本『都子謂乞丐』　孤下家門三本『孤下謂官吏』　司吏家門二本　仵作行家門一本　撅㨂家門一本『撅㨂未詳』

此五十五本殆摹寫社會上種種人物職業與三敎逬鼓等戲相是此外如拴搐豔段中之遮截架解三打步穿百倬打略拴搐中之難字兒猜謎等則幷競技游戲等事而有之此種或占演劇之一部分或用爲戲劇中之材料雖不可知然可見此種戲劇實綜合當時所有之游戲技藝尙非純粹之戲劇也

此院本名目之爲金人所作蓋無可疑輟耕錄云金有雜劇院本諸宮調院本雜劇其實一也國朝院本雜劇始釐而二之今此目之與官本雜劇段數同名者十餘種而一謂之雜劇一謂之院本足明其爲金之院本而非元之院本一證也中有金皇聖德一本明爲金人之作而非宋元人之作二證也如水龍吟雙聲疊韻等之以曲調名者其曲僅見於董西廂而不見於元曲三證也與宋官本雜劇名例相同足證

其爲同時之作四證也且其中關係開封者頗多開封者宋之東都金之南都而宣宗貞祐後遷居於此者也故多演宋汴京時事上皇院本且勿論他如鄭王蔡奴汴京之人也金明池陳橋汴京之地也其中與宋官本雜劇同名者或猶是北宋之作亦未可知然宋金之間戲劇之交通頗易如雜班之名由北而入南唱賺之作由南而入北『唱賺始於紹興間然董西廂中亦多用之』又如演蔡中郎事者則南有負鼓盲翁之唱而院本名目中亦有蔡伯喈一本可知當時戲曲流傳不以國土限也

七古劇之結構

宋金以前雜劇院本今無一存又自其目觀之其結構與後世戲劇迥異故謂之古劇古劇者非盡純正之劇而雜有競技游戲在其中既如前二章所述矣蓋古人雜劇非瓦舍所演則於讌集用之瓦舍所演者技藝甚多不止雜劇一種而讌集時所以娛耳目者雜劇之外亦尙有種種技藝觀宋史樂志東京夢華錄夢粱錄武林舊事所載天子大宴禮節可知卽以雜劇言其種類亦不一正雜劇之前有豔段其後散段謂之雜扮『見第六章』二者皆較正雜劇爲簡易此種簡易之劇當以滑稽戲競技游戲充之故此等亦時冒雜劇之名此在後世猶然明顧起元客座贅語謂南都萬曆以前大席則用敎坊打院本乃北曲四大套者中間錯以撮墊圈舞觀音或百丈旗或跳隊明代且然則宋金固不足怪但其相異者則明代競技等錯在正劇之中間而宋金則在其前後耳至正雜劇之數每次所演亦復不多東京夢華錄

謂雜劇入場一場兩段夢粱錄亦云次做正雜劇通名兩段武林舊事『卷一』所載天基聖節排當樂次亦皇帝初坐進雜劇二段再坐復進二段此可以例其餘矣

脚色之名在唐時只有參軍蒼鶻至宋而其名稍繁夢粱錄『卷二十』云雜劇中末泥爲長每一場四人或五人『中畧』末泥色主張引戲色分付副淨色發喬副末色打諢或添一人名曰裝孤輟耕錄『卷二十五』所述畧同唯武林舊事『卷一』所載乾淳教坊樂部中雜劇三甲一甲或八人或五人其所列脚色五則有戲頭而無末泥有裝旦而無裝孤而引戲副淨副末三色則同唯副淨則謂之次淨耳夢粱錄云雜劇中末泥爲長則末泥或即戲頭然戲頭引戲實出古舞中之舞頭引舞『唐王建宮詞舞頭先拍第三聲又每過舞頭分兩向則舞頭唐時已有之宋史樂志有引舞亦謂之引舞頭樂府雜錄傀儡條有引歌舞者郭郎則引舞亦始於唐也』則末泥亦當出於古舞中之舞末東京夢華錄『卷九』云舞旋多是雷中慶舞曲破攧前一遍舞者入場至歇拍一人入場對舞數拍前舞者退獨後舞者終其曲謂之舞末末之名當出於此又長言之則爲末尼也淨者參軍之促音宋代演劇時參軍色手執竹竿子以句之『見東京夢華錄卷九』亦如唐代協律郎之舉麾樂作偃麾樂止相似故參軍亦謂之竹竿子由是觀之則末泥色以主張爲職參軍色以指麾爲職不親在搬演之列故宋戲劇中淨末二色反不如副淨副末之著也

唐之參軍蒼鶻至宋而爲副淨副末二色夫上既言淨爲參軍之促音茲何故復以副淨爲參軍也曰副淨本淨之副故宋人亦謂之參軍夢華錄中執竹竿子之參軍當爲淨而第二章滑稽劇中所屢見之參軍則副淨也此說有徵乎曰輟耕錄云副淨古謂之參軍副末古謂之蒼鶻鶻能擊禽鳥末可打副淨此說以第二章所引夷堅志『丁集卷四』桯史『卷七』齊東野語『卷十三』諸事證之無乎不合則參軍之爲副淨當可信也故淨與末始見於宋末諸書而副淨與副末則北宋人著述中已見之黃山谷鼓笛令詞云副靖傳語木大鼓兒裏且打一和王直方詩話『苕溪漁隱叢話前集卷二十引』載歐陽公致梅聖俞簡云正如雜劇人上名下韻不來須副末接續凡宋滑稽劇中與參軍相對待者雖不言其爲何色其實皆爲副末此出於唐代參軍與蒼鶻之關係其來已古而夢粱錄所謂末泥色主張引戲色分付副淨色發喬副末色打諢此四語實能道盡宋代脚色之職分也主張分付皆編排命令之事故其自身不復演劇發喬者蓋喬作愚謬之態以供嘲諷而打諢則益發揮之以成一笑柄也試細玩第二章所載滑稽劇無在不可見發喬打諢二者之關係至他種雜劇雖不知如何然謂副淨副末二色爲古劇中最重之脚色無不可也

至裝孤裝旦二語亦有可尋味者元人脚色中有孤有旦其實二者非脚色之名孤者當時官吏之稱旦者婦女之稱其假作官吏婦女者謂之裝孤裝旦則可若徑謂之孤與旦則已過矣孤者當以帝王官吏

自稱孤寡故謂之孤旦與妲不知其義然青樓集謂張奔兒爲風流旦李嬌兒爲溫柔旦則旦疑爲宋元倡伎之稱優伶本非官吏又非婦人故其假作官吏婦人者謂之裝孤裝旦也

要之宋雜劇金院本二目所現之人物若妲若旦若徠則示其男女及年齒若孤若酸若爺老若邦老則示其職業及位置若厥若偌則示其性情舉止『其解均見拙著古劇脚色考』若哮若鄭若和雖不解其義亦當有所指示然此等皆有某脚色以扮之而其自身非脚色之名則可信也

宋雜劇金院本二目中多被以歌曲當時歌者與演者果一人否亦所當攷也滑稽劇之言語必由演者自言之至自唱歌曲與否則當視此時已有代言體之戲曲否以爲斷若僅有敍事體之曲則當如第四章所載史浩劍舞歌唱與動作分爲二事也

綜上所述者觀之則唐代僅有歌舞劇及滑稽劇至宋金二代而始有純粹演故事之劇故雖謂眞正之戲劇起於宋代無不可也然宋金演劇之結構雖略如上而其本則無一存故當日已有代言體之戲曲否已不可知而論眞正之戲曲不能不從元雜劇始也

八元雜劇之淵源

由前數章之說則宋金之所謂雜劇院本者其中有滑稽戲有正雜劇有艷段有雜班又有種種技藝游戲其所用之曲有大曲有法曲有諸宮調有詞其名雖同而其實頗異至成一定之體段用一定之曲調

而百餘年間無敢踰越者則元雜劇是也元雜劇之視前代戲曲之進步約而言之則有二焉宋雜劇中用大曲者幾半大曲之爲物遍數雖多然通前後爲一曲其次序不容顛倒而字句不容增減格律至嚴故其運用亦頗不便其用諸宮調者則不拘於一曲凡同在一宮調中之曲皆可用之顧一宮調中雖或有聯至十餘曲者然大抵用二三曲而止移宮換韻轉變至多故於雄肆之處稍有欠焉元雜劇則不然每劇皆用四折每折易一宮調每調中之曲必在十曲以上其視大曲爲自由而較諸宮調爲雄肆且於正宮之端正好貨郎兒煞尾仙呂宮之混江龍後庭花靑哥兒南呂宮之草池春鵪鶉兒黃鐘尾中呂宮之道和雙調之□□□折桂令梅花酒尾聲共十四曲皆字句不拘可以增損此樂曲上之進步也其二則由敍事體而變爲代言體也宋人大曲就其現存者觀之皆爲敍事體金之諸宮調雖有代言之處而其大體只可謂之敍事獨元雜劇於科白中敍事而曲文全爲代言雖宋金時或當已有代言體之戲曲而就現存者言之則斷自元劇始不可謂非戲曲上之一大進步也此二者之進步一屬形式一屬材質二者兼備而後我中國之眞戲曲出焉

顧自元劇之進步言之雖若出於創作者然就其形式分析觀之則頗不然元劇所用曲據周德清中原音韻所紀則黃鐘宮二十四章正宮二十五章大石調二十一章小石調五章仙呂四十二章中呂三十二章南呂二十一章雙調一百章越調三十五章商調十六章商角調六章般涉調八章都三百三十五

章「章卽曲也」而其中小石商角般涉三調元劇中從未用之故陶九成輟耕錄「卷二十七」無此三調之曲僅有正宮二十五章黃鐘十五章南呂二十章中呂三十八章仙呂三十六章商調十六章大石十九章雙調六十章都二百三十章二者不同觀太和正音譜所錄全與中原音韻同則以曲言之陶說爲未備矣然劇中所用則出於陶錄二百三十章外者甚少此外百餘章不過元人小令套數中用之耳今就此三百三十五章研究之則其曲爲前此所有者幾半更分析之則出於大曲者十一

降黃龍袞「黃鐘」　小梁州　六么遍「以上正宮」　催拍子「大石」　伊州遍「小石」　八聲甘州　六么序　六么令「以上仙呂」　普天樂「宋史樂志太宗撰大樂有平晉普天樂此或其略語也」　齊天樂「以上中呂」　梁州第七「南呂」

出於唐宋詞者七十有五

醉花陰　喜遷鶯　賀聖朝　晝夜樂　人月圓　拋球樂　侍香金童　女冠子「以上黃鐘宮」　滾繡毬　菩薩蠻「以上正宮」　歸塞北「卽詞之望江南」　雁過南樓「晏殊珠玉詞清商怨中有此句其調卽詞之清商怨」　念奴嬌　靑杏兒「宋詞作靑杏子」　還京樂　百字令「以上大石」　點絳脣　天下樂　鵲踏枝　金盞兒「詞作金盞子」　憶王孫　瑞鶴仙　後庭花　太常引　柳外樓「卽憶王孫以上仙呂」　粉蝶兒　醉春風　醉高歌　上小樓　滿庭芳

剔銀燈　柳青娘　朝天子『以上中呂』　烏夜啼　感皇恩　賀新郎『以上南呂』　駐馬聽　夜行船　月上海棠　風入松　萬花方三臺　滴滴金　太清歌　搗練子　快活年『宋詞作快活年近拍』　豆葉黃　川撥棹『宋詞作撥棹子』　金盞兒　也不羅『原注即野落索案其調即宋詞之一落索也』　行香子　碧玉簫　驟雨打新荷　減字木蘭花　青玉案　魚游春水『以上雙調』　金蕉葉　小桃紅　三臺印　耍三臺　梅花引　看花回　南鄉子　糖多令『以上越調』　集賢賓　逍遙樂　望遠行　玉抱肚　秦樓月『以上商調』　黃鶯兒　踏莎行　垂絲釣　應天長『以上商角調』　哨遍　瑤臺月『以上般涉調』

其出於諸宮調中各曲者二十有八

出隊子　刮地風　寨兒令　神杖兒　四門子　文如錦　啄木兒煞『以上黃鐘』　脫布衫『正宮』　荼蘼香　玉翼蟬煞『以上大石』　賞花時　勝葫蘆　混江龍『以上仲呂』　迎仙客　石榴花　鶻打兎　喬捉蛇『以上中呂』　一枝花　牧羊關『以上南呂』　攪箏琶　慶宣和『以上雙調』　鬬鵪鶉　靑山口　凭欄人　雪裏梅『以上越調』　耍孩兒　牆頭花　急曲子　厖婆子『以上般涉調』

然則此三百三十五章出於古曲者一百有十殆當全數之三分之一雖其詞字句之數或與古詞不同

當由時代遷移之故其淵源所自要不可誣也此外曲名尙有雖不見於古詞曲而可確知其非創造者如左

六國朝『大石』曾敏行獨醒雜志『卷五』先君嘗言宣和末客京師街巷鄙人多歌蕃曲名曰異國朝四國朝六國朝蠻牌序蓬蓬花等其言至俚一時士大夫亦皆歌之則汴宋末已有此曲也

憨郭郎『大石』樂府雜錄傀儡子條云其引歌舞有郭郎者髮正禿善優笑閭里呼爲郭郎凡戲場必在俳兒之首也後山詩話載楊大年傀儡詩鮑老當筵笑郭郎則宋時尙有之其曲當出宋代也

叫聲『中呂』事物紀原『卷九』吟叫條嘉祐末仁宗上仙四海遏密故市井初有叫果子之戲其本蓋自至和嘉祐之間叫紫蘇丸洎樂工杜人經十叫子始也京師凡賣一物必有聲韻其吟哦俱不同故市人採其聲調間以詞章以爲戲樂也今盛行於世又謂之吟哦也夢粱錄『卷二十』今街市與宅院往往效京師叫聲以市井諸色歌叫賣合之聲採合宮商成其詞也

快活三『中呂』東京夢華錄『卷七』關撲有名者任大頭快活三之類武林舊事『卷二』舞隊有快活三郎快活三娘二種蓋亦宋時語也

鮑老兒古鮑老『中呂』楊文公詩鮑老當筵笑郭郎武林舊事『卷二』舞隊中有大小斫刀鮑老交袞鮑老則亦宋時語也

四邊靜『中呂』雲麓漫鈔『卷四』巾之制有圓頂方頂磚頂琴頂秦伯陽又以磚頂服去頂上之重紗謂之四邊淨則此亦宋時語也

喬捉蛇『中呂』武林舊事『卷二』舞隊中有喬捉蛇金人院本名目中亦有喬捉蛇一本

撥不斷『仙呂』武林舊事『卷六』唱撥不斷有張駱子黃三二人則亦宋時舊曲也

太平令『仙呂』夢粱錄『卷二十』紹興年間有張五牛大夫因聽動鼓板中有太平令或賺鼓板遂撰爲賺則亦宋時舊曲也

此上十章雖不見於現存宋詞中然可證其爲宋代舊曲或爲宋時習用之語則其有所本蓋無可疑由此推之則其他二百十餘章其爲宋金舊曲者當復不鮮特無由證明之耳

雖元劇諸曲配置之法亦非盡由創造夢粱錄謂宋之纏達引子後只有兩腔迎互循環今於元劇仙呂宮正宮中曲實有用此體例者今舉其例如馬致遠陳摶高臥劇第一折『仙呂』第五曲後實以後庭花金盞兒二曲迎互循環今舉其全折之曲名

仙呂點絳脣　混江龍　油葫蘆　天下樂　醉中天　後庭花　金盞兒　後庭花　金盞兒　醉中天　金盞兒　賺煞

鄭廷玉看錢奴買冤家債主第二折則其例更明

正宮端正好　滾繡毬　倘秀才　滾繡毬　倘秀才　滾繡毬　倘秀才　滾繡毬　倘秀才　塞鴻秋　隨煞

此中端正好一曲當宋纒達中之引子而以滾繡毬倘秀才二曲循還迎互至於四次隨煞則當纒達之尾聲唯其上多塞鴻秋一曲陳摶高臥劇之第四折亦然其全折之曲名如左

正宮端正好　滾繡毬　倘秀才　滾繡毬　倘秀才　叨叨令　倘秀才　滾繡毬　倘秀才　滾繡毬　倘秀才　三煞　二煞　煞尾

元刊無名氏張千替殺妻雜劇第二折亦同

端正好　滾繡毬　倘秀才　滾繡毬　倘秀才　滾繡毬　倘秀才　滾繡毬　叨叨令　尾聲

此亦皆以滾繡毬倘秀才二曲相循環中唯雜以叨叨令一曲他劇正宮曲中之相循環者亦皆用此二曲故中原音韻於此二曲下皆注子母調此種自宋代纒達出毫無可疑可知元劇之構造實多取諸舊有之形式也

且不獨元劇之形式爲然卽就其材質言之其取諸古劇者不少茲列表以明之

元雜劇		宋官本雜劇	金院本名目	其他
作者	劇名			
關漢卿	姑蘇臺范蠡進西施		范蠡	董穎薄媚大曲
同	包待制三勘蝴蝶夢		蝴蝶夢	
同	隋煬帝撁龍舟		撁龍舟	
同	劉盼盼鬧衡州		劉盼盼	
高文秀	劉先生襄陽會		襄陽會	
白樸	鴛鴦簡牆頭馬上一作裴少俊牆頭馬上	裴少俊伊州	鴛鴦簡牆頭馬	
同	崔護謁漿	崔護六么 崔護逍遙樂		
庾天錫	隋煬帝風月錦帆舟		撁龍舟	
同	薛昭誤入蘭昌宮		蘭昌宮	
同	封騭先生罵上元	封涉中和樂		

李文蔚	蔡逍遙醉寫石州慢		蔡消閒	
李直夫	尾生期女渰藍橋		渰藍橋	
吳昌齡	唐三藏西天取經		唐三藏	
同	張天師斷風花雪月	風花雪月爨	風花雪月	
王實父	韓彩雲絲竹芙蓉亭		芙蓉亭	
同	崔鶯鶯待月西廂記	鶯鶯六么		董解元西廂諸宮調
李壽卿	船子和尚秋蓮夢		船子和尚四不犯	
尚仲賢	海神廟王魁負桂英	王魁三鄉題		宋末有王魁戲文
同	鳳皇坡越娘背燈	越娘道人歡		
同	洞庭湖柳毅傳書	柳毅大聖樂		
同	崔護謁漿	見前		
同	張生煮海		張生煮海	

史九敬先	花間四友莊周夢		莊周夢	
鄭光祖	崔懷寶月夜聞箏		月夜聞箏	
范康	曲江池杜甫游春		杜甫游春	
沈和	徐駙馬樂昌分鏡記			南宋有樂昌分鏡戲文
周文質	孫武子教女兵			宋舞隊有孫武子教女兵
趙善慶	孫武子教女兵			同上
無名氏	硃砂擔滴水浮漚記	浮漚傳永成雙 浮漚暮雲歸		
同	逞風流王煥百花亭			宋末有王煥戲文
同	雙鬬醫		雙鬬醫	
同	十様錦諸葛論功		十様錦	

今元劇目錄之見於錄鬼簿太和正音譜者共五百餘種而其與古劇名相同或出於古劇者共三十二種且古劇之目存亡恐亦相半則其相同者想尚不止於此也

由元劇之形式材料兩面研究之可知元劇雖有特色而非盡出於創造由是其創作之時代亦可得而略定焉

九元劇之時地

元雜劇之體創自何人不見於紀載鍾嗣成錄鬼簿所著錄以關漢卿爲首寧獻王太和正音譜以馬致遠爲首然正音譜之評曲也於關漢卿則云觀其詞語乃可上可下之才蓋所以取者初爲雜劇之始故卓以前列蓋正音譜之次第以詞之甲乙論而非以時代之先後其以漢卿爲雜劇之始固與錄鬼簿同也漢卿時代頗多異說楊鐵崖元宮詞云開國遺音樂府傳白翎飛上十三絃大金優諫關卿在伊尹扶湯進劇編此關卿當指漢卿而言雖錄鬼簿所錄漢卿雜劇六十本中無伊尹扶湯而鄭光祖所作雜劇目中有之然馬致遠漢宮秋雜劇中有云不說它伊尹扶湯則說那武王伐紂案武王伐紂乃趙文殷所作雜劇則伊尹扶湯亦必爲雜劇之名馬致遠時代在漢卿之後鄭光祖之前則其所云伊尹扶湯劇自當爲關氏之作而非鄭氏之作其不見於錄鬼簿者亦猶其所作竇娥冤續西廂等亦未爲鍾氏所著錄也楊詩云云正指漢卿則漢卿固逮事金源矣錄鬼簿云漢卿大都人大醫院尹明蔣仲舒堯山堂外紀『卷六十八』則云金末爲太醫院尹金亡不仕則不知所據據輟耕錄『卷二十三』則漢卿至中統初尚存案自金亡至元中統元年凡二十六年果使金亡不仕則似無於元代進雜劇之理寧視漢卿生

於金代仕元爲太醫院尹爲稍當也又鬼董五卷末有元泰定丙寅臨安錢孚跋云關解元之所傳後人皆以解元爲即漢卿堯山堂外紀遂誤以此書爲漢卿所作錢氏元史藝文志仍之案解元之稱始於唐而其見於正史也始於金史選舉志金人亦喜稱人爲解元如董解元是已則漢卿得解自當在金末若元則唯太宗九年『金亡後三年』秋八月一行科舉後廢而不舉者七十八年至仁宗延祐元年八月始復以科目取士遂爲定制故漢卿得解即非在金世亦必在蒙古太宗九年至世祖中統之初固已垂老矣雜劇苟爲漢卿所創則其創作之時必在金天興與元中統間二三十年之中此可略得而推測者也

正音譜雖云漢卿爲雜劇之始然漢卿同時雜劇家業已輩出此未必由新體流行之速抑由元劇之創作諸家亦各有所盡力也據錄鬼簿所載於楊顯之則云與漢卿莫逆交凡有珠玉與公較之於費君祥則云與漢卿交有愛女論行於世於梁進之則云與漢卿世交又如紅字李二花李郎二人皆注教坊劉要和壻按輟耕錄所載院本名目前章既定爲金人之作而云教坊魏武劉三人鼎新編輯劉疑即劉要和金李治敬齋古今黈『卷一』云近者伶官劉子才蓄才人隱語數十卷疑亦此人則其人自當在金末而其壻之時代當與漢卿不甚相遠也他如石子章則元遺山詩集『卷九』有答石子璋兼送其行七律一首李庭寓庵集『卷二』亦有送石子章北上七律一首按寓庵生於金承安三年卒於元至元

十三年其年代與遺山略同如雜劇家之石子章卽遺山寓庵集中之人則亦當與漢卿同時矣
此外與漢卿同時者尙有王實父西廂記五劇錄鬼簿屬之實父後世或謂王作而關續之「都穆南濠詩話王世貞藝苑巵言」或謂關作而王續之者「雍熙樂府卷十九載無名氏西廂十詠」然元人一劇如黃粱夢驌驦裘等恆以數人合作况五劇之多乎且合作者皆同時人自不能以作者與續者定時代之先後也則實父生年固不後於漢卿又漢卿有閨怨佳人拜月亭一劇實甫亦有才子佳人拜月亭劇其所謂者乃金南遷時事事在宣宗貞祐之初距金亡二十年或二人均及見此事故各有此本歟此外元初雜劇家其時代確可攷者則有白仁甫樸據元王博文天籟集序謂仁甫年甫七歲遭壬辰之難又謂中統初開府史公將以所業薦之於朝按壬辰爲金哀宗天興元年時仁甫年七歲則至中統元年庚辰年正三十五歲故於至元一統後尙游金陵蓋視漢卿爲後輩矣

由是觀之則元劇創造之時代可得而略定矣至有元一代之雜劇可分爲三期一蒙古時代此自太宗取中原以後至至元一統之初錄鬼簿卷上所錄之作者五十七人大都在此期中「中如馬致遠尙仲賢戴善甫均爲江浙行省務官姚守中爲平江路吏李文蔚爲江州路瑞昌縣尹趙天錫爲鎭江府判張壽卿爲浙江省掾史皆在至元一統之後侯正卿亦曾游杭州然錄鬼簿均謂之前輩名公才人與漢卿無別或其游宦江浙爲晚年之事矣」其人皆北方人也二一統時代則自至元後至至順後至元間錄

鬼簿所謂已亡名公才人與余相知或不相知者是也其人則南方爲多否則北人而僑寓南方者也二
至正時代錄鬼簿所謂方今才人是也此三期以第一期之作者爲最盛其著作存者亦多元劇之傑作
大抵出於此期中至第二期則除宮天挺鄭光祖喬吉三家外殆無足觀而其劇存者亦罕第三期則存
者更罕僅有秦簡夫蕭德祥朱凱王曄五劇其去蒙古時代之劇遠矣
就諸家之時代今取其有雜劇存於今者著之

第一期

關漢卿　楊顯之　張國賓『一作國賓』　石子章　王實父　高文秀　鄭廷玉　白樸　馬致遠　李文蔚　李直夫　吳昌齡　武漢臣　王仲文　李壽卿　尙仲賢　石君寶　紀君祥　戴善甫　李好古　孟漢卿　李行道　孫仲章　岳百川　康進之　孔文卿　張壽卿

第二期

楊梓　宮天庭　鄭光祖　范康　金仁傑　曾瑞　喬吉

第三期

秦簡夫　蕭德祥　朱凱　王曄

此外如王子一劉東生谷子敬賈仲名楊文奎楊景言湯式其名均不見錄鬼簿元曲選於谷子敬賈仲

名諸劇皆云元人太和正音譜則直以爲明人案王劉諸人不見他書唯賈仲名則元人有同姓名者元史賈居貞傳居貞字仲明眞定獲鹿人官至江西行省參知政事卒於至元十七年年六十三則尚爲元初人似非作曲之賈仲名且正音譜寧獻王所作紀其同時之人當無大謬又谷賈二人之曲雖氣骨頗高而傷於綺麗頗與元曲不類則視爲明初人當無大誤也

更就雜劇家之里居研究之則如左表

大都	關漢卿　王實甫　庾天錫　馬致遠　王仲文　楊顯之
中書省所屬	李好古「保定」　彭伯威「同」　白樸「眞定」　李文蔚「同」　尙仲賢「同」　戴善甫「同」　陳无妄「東平」　王廷秀「益都」　武漢臣「濟南」　岳百川「同」　康進之「棣州」　吳昌齡「西京」
河南江北等處行中書省所屬	趙天錫「汴梁」　陸顯之「同」　鍾嗣成「同」　姚守中「洛陽」　孟漢卿「亳州」
江浙等處行中書省所屬	金仁傑「杭州」　范康「同」　沈和「同」　鮑天祐「同」　陳以仁「同」　范居中「同」

紀君祥
費君祥
費唐臣
張國寶
石子章
李寬甫
梁進之
孫仲章
趙明道
李子中
李時中

侯正卿「同」
史九敬先「同」
江澤民「同」
鄭廷玉「彰德」
趙文殷「同」
陳寧甫「大名」
李進取「同」
宮天挺「同」
高文秀「東平」
張時起「同」

李壽卿「太原」
劉唐卿「同」
喬吉甫「同」
石君寶「平陽」
于伯淵「同」
趙公輔「同」
狄君厚「同」
孔文卿「同」
鄭光祖「同」
李行甫「同」

張鳴善「楊州」
孫子羽「同」

施　惠「同」
黃天澤「同」
沈　拱「同」
周文質「同」
蕭德祥「同」
陸登善「同」
王　曄「同」
王仲元「同」
楊　梓「嘉興」

曾瑞	顧仲清「同」
	張壽卿「同」
王伯成涿州	趙良弼「同」

由右表觀之則六十二人中北人四十九而南人十三而北人之中中書省所屬之地卽今直隸山東西產者又得四十六人而其中大都產者十九人且此四十六人中其十分之九爲第一期之雜劇家則雜劇之淵源地自不難推測也又北人之中大都之外以平陽爲最多其數當大都之五分之二按元史太宗紀太宗二七年耶律楚材請立編修所於燕京經籍所於平陽編集經史至世祖至元二年始徙平陽經籍所於京師則元初除大都外此爲文化最盛之地宜雜劇家之多也至中葉以後則劇家悉爲杭州人中如宮天挺鄭光祖曾瑞喬吉秦簡夫鍾嗣成等雖爲北籍亦均久居浙江蓋雜劇之根本地已移而至南方豈非以南宋舊都文化頗盛之故歟

元初名臣中有作小令套數者唯雜劇之作者大抵布衣否則爲省掾令史之屬蒙古色目人中亦有作小令套數者而作雜劇者則唯漢人「其中唯李直夫爲女直人」蓋自金末重吏自掾史出身者其任用反優於科目至蒙古滅金而科目之廢垂八十年爲自有科目來未有之事故文章之士非刀筆吏無

以進身則雜劇家之多爲掾史固自不足怪也沈德符萬歷野獲編『卷二十五』及臧懋循元曲選序均謂蒙古時代曾以詞曲取士其說固誕妄不足道余則謂元初之廢科目却爲雜劇發達之因蓋自唐宋以來士之競於科目者已非一朝一夕之事一旦廢之彼其才力無所用而一於詞曲發之且金時科目之學最爲淺陋『觀劉祁歸潛志卷七八九數卷可知』此種人士一旦失所業固不能爲學術上之事而高文典冊又非其所素習也適雜劇之新體出遂多從事於此而又有一二天才出於其間充其才力而元劇之作遂爲千古獨絕之文字然則由雜劇家之時代爵里以推元劇創造之時代及其發達之原因如上所推論固非想像之說也

附攷　案金以律賦策論取士逮金亡後科目雖廢民間猶有爲此學者如王博文白仁甫天籟集序謂律賦爲專門之學而太素有能聲『太素仁甫字』號後進之翹楚案仁甫金亡時不及十歲則其作律賦必在科目已廢之後當時人士之熱中科目如此又元代士人不平之氣讀宮天挺范張雞黍劇第一二折可見一斑也

十元劇之存亡

元人所作雜劇共若干種今不可攷明李開先作張小山樂府序云洪武初年親王之國必以詞曲千七百本賜之然寧獻王權亦當時親王之一其所作太和正音譜卷首著錄元人雜劇僅五百三十五本加

以明初人所作亦僅五百六十六本則李氏之言或過矣元鍾嗣成錄鬼簿序作於至順元年而書中紀事訖於至正五年其所著錄者亦僅四百五十八本雖此二書所未著錄而見於他書或尙傳於今者亦尙有之然現今傳本出於二書外者不及百分之五則李氏所云千七百本或兼小令套數言之而其中雜劇至多當亦不出千種又其煊赫有名者大都盡於二書所錄良可信也至明隆萬間而流傳漸少長興臧懋循之刻元曲選也從黃州劉延伯借元人雜劇二百五十種然其所刻百種內已有明初人作六種「兒女團圓　金安壽　城南柳　誤入桃源　對玉梳　蕭淑蘭」則二百五十種中亦非盡元人作矣與臧氏同時刊行雜劇者有無名氏之元人雜劇選海寧陳與郊之古名家雜劇而金陵唐氏世德堂亦有彙刊之本唐氏所刊僅見殘本三種一爲明王九思作餘二種皆元曲選所已刊至元人雜劇選與古名家雜劇二書至爲罕觀存佚已不可知第就其目觀之則元人雜劇選之出元曲選外者僅馬致遠踏雪尋梅羅貫中龍虎風雲會無名氏九世同居符金錠四種耳古名家雜劇正續二集雖多至六十種然幷刻明人之作內同於元曲選者三十九種同於元人雜劇選者一種此外則除明周憲王徐文長汪南溟各四種外所餘唯八種且爲元爲明尙不可知可知隆萬間人所見元曲當以臧氏爲富矣姚士粦見只編謂湯海若先生妙於音律酷嗜元人院本自言篋中所藏多世不常有已至千種朱竹垞靜志居詩話謂山陰祁氏淡生堂所藏元明傳奇多至八百餘部湯氏自言未免過於誇大若祁氏所藏有明

人作在內則其中元劇當亦不過二三百種何元朗四友齋叢說『卷三十七』謂其家所藏雜劇本幾三百種則當時元劇存者其數略可知矣惟錢遵王也是園藏曲則目錄具存其中確爲元人作者一百四十一種而注元明間人及古今無名氏雜劇者凡二百有二種共三百四十三種其後錢書歸泰興季氏季滄葦書目載鈔本元曲三百種一百本當即此書則季氏之元曲三百種當亦含明人作在內也自是以後藏書家罕注意元劇唯黃氏不烈於題跋中時時誇其所藏詞曲之富而其所跋元曲僅太平樂府數種向頗疑其誇大然其所藏元刋雜劇三十種今藏乃顯於世此書木函上刋黃氏手書題字有云元刻古今雜劇乙編士禮居藏不知當時共有幾編而其前尙有甲編則固無疑如甲編種數與乙編同則其所藏元刋雜劇當有六十種可謂最大之祕笈矣今甲編存佚不可知但就其乙編言之則三十種中爲元曲選所無者已有十七種合以元曲選中異元劇九十四種與西廂五劇則今日確存之元劇而爲吾輩所能見者實得一百十六種今從錄鬼簿之次序幷補其所未載者敘錄之如左

關漢卿十三本『凡元刋本均不著作者姓名並識』

關張雙赴西蜀夢『元刋本　錄鬼簿太和正音譜並著錄正音譜作雙赴夢』

閨怨佳人拜月亭『元刋本　錄鬼簿正音譜也是園書目並著錄亭錄鬼簿作庭　錢目作王瑞蘭私禱拜月亭』

錢大尹智寵謝天香『元曲選甲集下　錄鬼簿正音譜也是園書目並著錄』

杜蕊娘智賞金線池『元曲選辛集上　錄鬼簿正音譜也是園書目著錄』

望江亭中秋切鱠旦『元曲選癸集上　錄鬼簿正音譜也是園書目著錄』

趙盼兒風月救風塵『元曲選乙集上　錄鬼簿正音譜也是園書目著錄』

關大王單刀會『元刊本　錄鬼簿正音譜也是園書目著錄　錄鬼薄作烟月舊風塵』

溫太眞玉鏡臺『元曲選甲集下　錄鬼簿正音譜也是園書目著錄』

詐妮子調風月『元刊本　宮錄鬼簿正音譜著錄』

包待制三勘蝴蝶夢『元曲選丁集下　正音譜也是園書目著錄』

感天動地竇娥冤『元曲選壬集下　正音譜也是園書目著錄』

包待制智斬魯齋郎『元曲選戊集下　也是園書目著錄作元無名氏元曲選題元大都關漢卿撰』

崔鶯鶯待月西廂記第五劇『明歸安凌氏覆周定王刊本　近貴池劉氏覆凌本　他本皆改易體例不足信據南濠詩話藝苑卮言皆以第五劇爲漢卿作是也』

高文秀三本

黑旋風雙獻功『元曲選丁集下　錄鬼簿正音譜著錄　錄鬼簿作黑旋風雙獻頭』

須賈誶范叔『元曲選庚集下　錄鬼簿正音譜也是園書目著錄　錄鬼簿作須賈誶范雎』

好酒趙元遇上皇『元刋本　錄鬼簿正音譜也是園書目著錄』

鄭廷玉五本

楚昭王疎者下船『元刋本　元曲選乙集下　錄鬼簿正音譜也是園書目著錄』

包待制智勘後庭花『元曲選己集上　錄鬼簿正音譜也是園書目著錄』

布袋和尚忍字記『元曲選庚集上　錄鬼簿正音譜也是園書目著錄』

看錢奴買寃家債主『元刋本　元曲選癸集上　錄鬼簿正音譜也是園書目著錄』

崔府君斷寃家債主『元曲選庚集上　也是園書目著錄作元鄭廷玉撰元曲選題元無名氏撰』

白樸二本

唐明皇秋夜梧桐雨『元曲選丙集上　錄鬼簿正音譜也是園書目著錄』

裴少俊牆頭馬上『元曲選乙集下　錄鬼簿正音譜也是園書目著錄　錄鬼簿作鴛鴦簡牆頭馬上』

馬致遠六本

江州司馬青衫淚「元曲選己集上　錄鬼簿正音譜也是園書目著錄」

呂洞賓三醉岳陽樓「元曲選丁集下　錄鬼簿正音譜也是園書目著錄」

太華山陳摶高臥「元刋本　元曲選戊集上　錄鬼簿正音譜也是園書目著錄」

破幽夢孤雁漢宮秋「元曲選甲集上　錄鬼簿正音譜也是園書目著錄　錄鬼簿無破幽夢三字」

半夜雷轟薦福碑「元曲選丁集上　正音譜也是園書目著錄」

馬丹陽三度任風子「元刋本　元曲選癸集下　正音譜也是園書目著錄」

李文蔚一本

同樂院燕青博魚「元曲選乙集上　錄鬼簿正音譜也是園書目著錄　錄鬼簿作報寃臺燕青撲魚」

李直夫一本

便宜行事虎頭牌「元曲選丙集上　錄鬼簿正音譜也是園書目著錄　錄鬼簿作武元皇帝虎頭牌」

吳昌齡二本

張天師斷風花雪月『元曲選乙集上　錄鬼簿正音譜著錄　錄鬼簿作張天師夜斷辰鉤月正音譜作辰鉤月』

花間四友東坡夢『元曲選辛集上　正音譜也是園書目著錄』

王實甫二本

崔鶯鶯待月西廂記『明歸安凌氏覆周定王刊本　近覆凌本錄鬼簿正音譜也是園書目著錄』

四丞相歌舞麗春堂『元曲選己集上　錄鬼簿正音譜也是園書目著錄　錄鬼簿四丞相作四大王』

武漢臣三本

散家財天賜老生兒『元刊本　元曲選丙集上　錄鬼簿正音譜也是園書目著錄』

李素蘭風月玉壺春『元曲選丙集下　也是園書目著錄作元無名氏元曲選題武漢臣撰』

包待制智勘生金閣『元曲選癸集下　也是園書目著錄作元無名氏元曲選題武漢臣撰』

王仲文一本

救孝子烈母不認尸『元曲選戊集上　錄鬼簿正音譜著錄』

李壽卿二本

說專諸伍員吹簫『元曲選丁集下　錄鬼簿正音譜也是園書目著錄』

月明和尚度柳翠『元曲選辛集下　錄鬼簿正音譜也是園書目著錄　錄鬼簿作月明三度臨歧柳』

尚仲賢四本

洞庭湖柳毅傳書『元曲選癸集上　錄鬼簿正音譜也是園書目著錄』

尉遲公三奪槊『元刊本　錄鬼簿正音譜著錄』

漢高祖濯足氣英布『元刊本　元曲選辛集上　錄鬼簿正音譜也是園書目著錄　元曲選不著誰作

尉遲公單鞭奪槊『元曲選庚集下　也是園書目著錄』

石君寶三本

魯大夫秋胡戲妻『元曲選丁集上　錄鬼簿正音譜也是園書目著錄』

李亞仙詩酒曲江池『元曲選乙集下　錄鬼簿正音譜著錄』

諸宮調風月紫雲庭『元刊本　錄鬼簿正音譜著錄　錄鬼簿庭作亭又戴善甫亦有宮調風月紫雲亭此不知石作或戴作也』

楊顯之二本

臨江驛瀟湘夜雨『元曲選乙集上　錄鬼簿正音譜也是園書目著錄』

鄭孔目風雪酷寒亭『元曲己選集下　錄鬼簿正音譜也是園書目著錄　鄭孔目錄鬼簿作蕭縣君』

紀君祥一本

趙氏孤兒寃報寃『元刊本　元曲選壬集上　錄鬼簿正音譜也是園書目著錄　寃報寃錢目作大報讎

戴善甫一本

陶學士醉寫風光好『元曲選丁集上　錄鬼簿正音譜也是園書目著錄　陶學士錄鬼簿作陶秀實』

李好古一本

沙門島張生煑海『元曲選癸集下　錄鬼簿正音譜也是園書目著錄　錄鬼簿無沙門島三字』

張國賓三本

公孫汗衫記『元刊本　元曲選甲集下　錄鬼簿正譜目著錄　錄鬼簿公字上有相國寺三字元

曲選作相國寺公孫合汗衫」

薛仁貴衣錦還鄉「元刊本　元曲選乙集下　錄鬼簿正音譜著錄」

羅李郎大鬧相國寺「元曲選壬集下　也是園書目著錄　元無名氏元曲目題元張國賓撰」

石子章一本

秦脩然竹塢聽琴「元曲選壬集上　錄鬼簿正音譜也是園書目著錄」

孟漢卿一本

張鼎智勘魔合羅「元刊本　元曲選辛集下　錄鬼簿正音譜也是園書目著錄　錢目及元曲選作張孔目智勘魔合羅」

李行道一本

包待制智勘灰闌記「元曲選庚集上　錄鬼簿正音譜著錄」

王伯成一本

李太白貶夜郎「元刊本　錄鬼簿正音譜著錄」

孫仲章一本

河南府張鼎勘頭巾「元曲選丁集下　也是園書目著錄　錄鬼簿孫仲章下無此本而陸登善下

有之元曲選題元孫仲章撰」

康進之一本

梁山泊李逵負荆『元曲選壬集下　錄鬼簿正音譜著錄　錄鬼簿作梁山泊黑旋風負荆」

岳伯川一本

岳孔目借鐵拐李還魂『元刊本　元曲選內集下　錄鬼簿正音譜也是園書目著錄　錄鬼簿元曲選作呂洞賓度鐵拐李岳錢目作鐵拐李借尸還魂」

狄君厚一本

晉文公火燒介子推『元刊本　錄鬼簿正音譜著錄」

孔文卿一本

東窓事犯『元刊本　錄鬼簿正音譜也是園書目著錄　錄鬼簿錢目均作秦太師東窓事犯　案金仁傑亦有此本未知孔作或金作也」

張壽卿一本

謝金蓮詩酒紅梨花『元曲選庚集上　錄鬼簿正音譜也是園書目著錄」

馬致遠李時中花李郎紅字李二合作一本

邯鄲道省悟黃粱夢（元曲選戊集上　錄鬼簿正音譜也是園書目著錄　錄鬼簿錢目作開壇闡教黃粱夢）

宮天挺一本

死生交范張雞黍（元刊本　元曲選己集上　錄鬼簿正音譜也是園書目著錄）

鄭光祖四本

傷梅香翰林風月（元曲選庚集下　錄鬼簿正音譜也是園書目著錄　錢目作傷梅香騙翰林風月）

周公輔成王攝政（元刊本　錄鬼簿正音譜著錄）

醉思鄉王粲登樓（元曲選戊集下　錄鬼簿正音譜也是園書目著錄）

迷青瑣倩女離魂（元曲選戊集上　錄鬼簿正音譜也是園書目著錄）

金仁傑一本

蕭何追韓信（元刊本　錄鬼簿正音譜著錄　錄鬼簿作蕭何月夜追韓信）

范康一本

陳季卿悟道竹葉舟（元刊本　元曲選己集下　錄鬼簿正音譜也是園書目著錄）

曾瑞一本

王月英元夜留鞋記『元曲選辛集上　錄鬼簿正音譜也是園書目著錄　錄鬼簿作佳人才子誤元宵』

喬吉甫三本

玉簫女兩世姻緣『元曲選己集下　錄鬼簿正音譜也是園書目著錄』

杜牧之詩酒揚州夢『元曲選戊集下　錄鬼簿正音譜也是園書目著錄』

李太白匹配金錢記『元曲選甲集上　錄鬼簿正音譜也是園書目著錄　錄鬼簿作唐明皇御斷金錢記』

秦簡夫二本

東堂老勸破家子弟『元曲選乙集上　錄鬼簿正音譜也是園書目著錄』

宜秋山趙禮讓肥『元曲選己集下　錄鬼簿正音譜也是園書目著錄』

蕭德祥一本

王翛然斷殺狗勸夫『元曲選甲集下　錄鬼簿也是園書目著錄　錢目作無名氏撰』

朱凱一本

昊天塔孟良盜骨殖『元曲選甲集下　錄鬼簿正音譜著錄　錄鬼簿無昊天塔三字正音譜及元曲選作元無名氏撰』

王曄一本

破陰陽八卦桃花女『元曲選戊集下　錄鬼簿也是園書目著錄　錢目作元無名氏撰』

楊梓一本

霍光鬼諫『元刊本　正音譜著錄作元無名氏撰今據姚桐壽樂郊私語定爲楊梓撰』

李致遠一本

都孔目風雨還牢末『元曲選癸集上　正音譜也是園書目錄著錄均作元無名氏撰元曲選題元李致遼選錢作目小妻大婦還牢末』

楊景賢一本

馬丹陽度脫劉行首『元曲選辛集上　正音譜也是園書目均作無名氏撰　元曲選題元楊景賢撰或與明初之楊景言爲一人』

無名氏二十七本

嚴子陵垂釣七里灘『元刊本　各家均未著錄唯錄鬼簿宮天挺條下有嚴子陵魚釣臺此劇氣骨

亦與宮氏范張雞黍相似疑或即此本」

諸葛亮博望燒屯「元刊本　正音譜也是園書目著錄」

張千替殺妻「元刊本　正音譜著錄作張子替殺妻」

小張屠焚兒救母「元刊本　各家均未著錄」

陳州糶米「元曲選甲集上　未著錄」

玉清菴錯送鴛鴦被「元曲選甲集上　也是園書目著錄」

隨何賺風魔蒯通「元曲選甲集上　未著錄」

爭報恩三虎下山「元曲選甲集下　未著錄」

龐居士誤放來生債「元曲選乙集下　未著錄」

硃砂擔滴水浮漚記「元曲選丙集上　正音譜也是園書目著錄」

包待制智賺合同文字「元曲選丙集上　也是園書目著錄」

凍蘇秦衣錦還鄉「元曲選丙集下　正音譜著錄作蘇秦還鄉又有張儀凍蘇秦一本」

小尉遲將鬬將認父歸朝「元曲選丙集下　也是園書目著錄小尉遲將鬬將將鞭認父」

神奴兒大鬧開封府「元曲選丁集上　正音譜也是園書目著錄」

謝金吾詐拆清風府『元曲選丁集上　未著錄』

龐涓夜走馬陵道『元曲選戊集上　正音譜也是園書目著錄』

朱太守風雪漁樵記『元曲選戊集下　也是園書目著錄』

孟德耀舉案齊眉『元曲選己集上　正音譜也是園書目著錄』

李雲英風送梧桐葉『元曲選庚集下　也是園書目著錄』

兩軍師隔江鬬智『元曲選辛集上　未著錄』

玎玎璫璫盆兒鬼『元曲選辛集下　正音譜也是園書目著錄』

逞風流王煥百花亭『元曲選壬集上　也是園書目著錄』

錦雲堂暗定連環計『元曲選壬集上　正音譜也是園書目著錄　正音選作王允連環計　錢目作錦雲堂美女連環計』

金水橋陳琳抱粧匣『元曲選壬集上　正音譜也是園書目著錄』

風雨像生貨郎旦『元曲選癸集上　正音譜也是園書目著錄』

薩眞人夜斷碧桃花『元曲選癸集上　也是園書目著錄夜斷作夜斬』

馮玉蘭夜月泣江舟『元曲選癸集下　未著錄』

右百十六本我輩今日所據以爲研究之資者實止於此此外零星折數如白樸之箭射雙雕費唐臣之蘇子瞻風雪貶黃州李進取之神龍殿欒巴噀酒趙明道之陶朱公范蠡歸湖鮑天祐之王妙妙死哭秦少游周文質之持漢節蘇武還鄉雍熙樂府中均有一折吾人耳目所及僅至於此至如明李所刊之元人雜劇選古名家雜劇與錢遵王所藏鈔本雖絕不經見要不能遽謂之已佚此外佚籍恐尙有發見之一日但以大數計之恐不能出二百種以上也

十一　元劇之結構

元劇以一宮調之曲一套爲一折普通雜劇大抵四折或加楔子案說文「六」楔櫼也今木工於兩木間有不固處則斫木札入之謂之楔子亦謂之櫼雜劇之楔子亦然四折之外意有未盡則以楔子足之昔人謂北曲之楔子即南曲之引子其實不然元劇楔子或在前或在各折之間大抵用仙呂賞花時或端正好二曲唯西廂記第二劇中之楔子則用正宮端正好全套與一折等其實亦楔子也除楔子計之仍爲四折唯紀君祥之趙氏孤兒則有五折又有楔子此爲元劇變例又張時起之賽花月秋千記今雖不存然據錄鬼簿所紀則有六折此外無聞焉若西廂記之二十折則自五劇構成合之爲一分之則仍爲五此在元劇中亦非僅見之作如吳昌齡之西游記其書至國初尙存其著錄於也是園書目者云四卷見於曹寅楝亭書目者云六卷明凌濛初西廂序云吳昌齡西游記有六本則每本爲一卷矣凌氏又

云王實甫破窰記麗春園販茶船進梅諫于公高門各有二本關漢卿破窰記澆花旦亦有二本此必與西廂記同一體例此外錄鬼簿所載如李文蔚有謝安東山高臥下注云趙公輔次本而於趙公輔之晉謝安東山高臥下則注云次本武漢臣有虎牢關三戰呂布下注云鄭德輝次本而於鄭德輝此劇下則注云次本蓋李武二人作前本而趙鄭續之以成一全體者也餘如武漢臣之曹伯明錯勘贓尙仲賢之崔護謁漿趙子祥之太祖夜斬石守信風月害夫人趙文殷之宦門子弟錯立身金仁傑之蔡琰還朝皆注次本雖不言所續何人當亦續西廂記之類然此不過增多劇數而每劇之以四折爲率則固無甚出入也

雜劇之爲物合動作言語歌唱三者而成故元劇對此三者各有其相當之物其紀動作者曰科紀言語者曰賓曰白紀所歌唱者曰曲元劇中所紀動作皆以科字終後人與白並舉謂之科白其實自爲二事輟耕錄紀金人院本謂教坊魏武劉三人鼎新編輯魏長於念誦武長於筋斗劉長於科汎科汎或即指動作而言也賓白則余所見周憲王自刊雜劇每劇題目下即有全賓字樣明姜南抱璞簡記『續說郛卷十九』曰北曲中有全賓全白兩人相說曰賓一人自說曰白則賓白又有別矣臧氏元曲選序云或謂元取士有塡詞科『中略』主司所定題目外止曲名及韻耳其賓白則演劇時伶人自爲之故多鄙俚蹈襲之語塡詞取士說之妄今不必辨至謂賓白爲伶人自爲其說亦頗難通元劇之詞大抵曲白相

生苟不兼作白則曲亦無從作此最易明之理也今就其存者言之則元曲選中百種無不有白此猶可諉爲明人之作也然白中所用之語如馬致遠薦福碑劇中之曳刺鄭光祖王粲登樓劇中之點湯一爲遼金人語一爲宋人語明人已無此語必爲當時之作無疑至元刊雜劇三十種則有曲無白者誠多然其與元曲選複出者字句亦略相同而有曲白相生之妙恐坊間刊刻時刪去其白如今日坊刊脚本然蓋白則人人皆知而曲則聽者不能盡解此種刊本當爲供觀劇者之便故也且元劇中賓白鄙俚蹈襲者固多然其傑作如老生兒等其妙處全在於白苟去其白則其曲全無意味欲强分爲二人之作安可得也且周憲王時代去元未遠觀其所自刊雜劇曲白俱全則元劇亦當如此愈以知臧說之不足信矣

元劇每折唱者止限一人若末若旦他色則有白無唱若唱則限於楔子中至四折中之唱者則非末若旦不可而末若旦所扮者不必皆爲劇中主要之人物苟劇中主要之人物於此折不唱則亦退居他色而以末若旦扮唱者此一定之例也然亦有出於例外者如關漢卿之蝴蝶夢第三折則旦之外倈兒亦唱尙仲賢之氣英布第四折則正末扮探子唱又扮英布唱張國賓之薛仁貴第三折則丑扮禾旦上唱正末復扮伴哥唱范子安之竹葉舟第三折則首列禦寇唱次正末唱然氣英布劇探子所唱已至尾聲故元刊本及雍熙樂府所選皆至尾聲而止後三曲或後人所加蝴蝶夢薛仁貴中倈及丑所唱者既非本宮之曲且刊本中皆低一格明非曲竹葉舟中列禦寇所唱明曰道情至下端正好曲乃入正劇蓋但

以供點綴之用不足破元劇之例也唯西廂記第一第四第五劇之第四折皆以二人唱今西廂只有明人所刊其爲原本如此抑由後人竄入則不可攷矣

元劇脚色中除末旦主唱爲當場正色外則有淨有丑而末旦二色支派彌繁今舉其見於元劇者則末有外末沖末二末小末旦有老旦大旦小旦旦俫色旦搽旦外旦貼旦等靑樓集云凡妓以墨點破其面爲花旦元劇中之色旦搽旦殆卽是也元劇有外旦外末而又有外外則或扮男或扮女當爲外末外旦之省外末外旦之省爲外猶貼旦之後省爲貼也案宋史職官志凡直館院則謂之館職以他官兼者謂之貼職又武林舊事『卷四』乾淳敎坊樂部有衙前有和顧而和顧人中如朱和蔣甯王原全下皆注云次貼衙前意當與貼職之貼同卽謂非衙前而充衙前『衙前謂臨安府樂人』也然則曰沖曰外曰貼均係一義謂於正色之外又加某色以充之也此外見於元劇者以年齡言則有若孛老卜兒俫兒以地位職業言則有若孤細酸伴哥禾旦曳剌邦老皆有某色以扮之而其自身則非脚色之名與宋金之脚色無異也

元劇中歌者與演者之爲一人固不待言毛西河詞話獨創異說以爲演者不唱唱者不演然元曲選各劇明云末唱旦唱元刊雜劇亦云正末開或正末放則爲旦末自唱可知且毛氏連廂之說元明人著述中從未見之疑其言猶蹈明人杜撰之習卽有此事亦不過演劇中之一派而不足以概元劇也

演劇時所用之物謂之砌末焦理堂易餘籥錄『卷十七』曰輟耕錄有諸雜砌之目不知所謂按元曲殺狗勸夫祗從取砌末上謂所埋之死狗也貨郎旦外旦取砌末付淨科謂金銀財寶也梧桐雨正末引宮娥挑燈拿砌末上謂七夕乞巧筵所設物也陳摶高臥外扮使臣引卒子捧砌末上謂詔書纁帛也冤家債主和尚交砌末科謂銀也誤入桃源正末扮劉晨外扮阮肇帶砌末上謂行李包裹或采藥器具也又淨扮劉德引沙三王留等將砌末上謂春社中羊酒紙錢之屬也余謂焦氏之解砌末是也然以之與雜砌相牽合則頗不然雜砌之解已見上文似與砌末無涉砌末之語雖始見元劇必爲古語案宋無名氏續墨客揮犀『卷七』云問今州郡有公宴將作曲伶人呼細末將來此是何義對曰凡御宴進樂先以弦聲發之然後衆樂和之故號絲抹將來今所在起曲遂先之以竹聲不唯訛其名亦失其實矣又張表臣珊瑚鉤詩話『卷二』亦云始作樂必曰絲末將來亦唐以來如是余疑砌末或爲細末之訛蓋絲抹一語既訛爲細末其義已亡而其語獨存遂誤視爲將某物來之意因以指演劇時所用之物耳

十二元劇之文章、

元雜劇之爲一代之絕作元人未之知也明之文人始激賞之至有以關漢卿比司馬子長者『韓文靖邦奇』三百年來學者文人大抵屏元劇不觀其見元劇者無不加以傾倒如焦里堂易餘籥錄之說可謂具眼矣焦氏謂一代有一代之所勝欲自楚騷以下撰爲一集漢則專取其賦魏晉六朝至隋則專錄

其五言詩唐則專錄其律詩宋專錄其詞元專錄其曲余謂律詩與詞固莫盛於唐宋然此二者果爲二代文學中最佳之作否尙屬疑問若元之文學則固未有尙於其曲者也元曲之佳處何在一言以蔽之曰自然而已矣古今之大文學無不以自然勝而莫著於元曲蓋元劇之作者其人均非有名位學問也其作劇也非有藏之名山傳之其人之意也彼以意興之所至爲之以自娛娛人關目之拙劣所不問也思想之卑陋所不諱也人物之矛盾所不顧也彼但摹寫其胸中之感想與時代之情狀而眞摯之理與秀傑之氣時流露於其間故謂元曲爲中國最自然之文學無不可也若其文字之自然則又爲其必然之結果抑其次也

明以後傳奇無非喜劇而元則有悲劇在其中就其存者言之如漢宮秋梧桐雨西蜀夢火燒介子推張千替殺妻等初無所謂先離後合始困終亨之事也其最有悲劇之性質者則如關漢卿之竇娥寃紀君祥之趙氏孤兒劇中雖有惡人交搆其間而其蹈湯赴火者仍出於其主人翁之意志卽列之於世界大悲劇中亦無媿色也

元劇關目之拙固不待言此由當日未嘗重視此事故往往互相蹈襲或草草爲之然如武漢臣之老生兒關漢卿之救風塵其布置結構亦極意匠慘淡之致寗較後世之傳奇有優無劣也

然元劇最佳之處不在在思想結構而在其文章其文章之妙亦一言以蔽之曰有意境而已矣何以謂

之有意境曰寫情則沁人心脾寫景則在人耳目述事則如其口出是也古詩詞之佳者無不如是元曲亦然明以後其思想結構儘有勝於前人者唯意境則爲元人所獨擅茲舉數例以證之其言情述事之佳者如關漢卿謝天香第三折

（正宮端正好）我往常在風塵爲歌妓不過多見了幾箇筵席回家來仍作箇自由鬼今日倒落在無底磨牢籠內

馬致遠任風子第二折

（正宮端正好）添酒力晚風涼助殺氣秋雲暮尙兀自腳趔趄醉眼模糊他化的我一方之地都食素單則俺殺生的無緣度

語語明白如畫而言外有無窮之意又如竇娥寃第二折

（鬬蝦蟆）空悲戚沒理會人生死是輪迴感著這般病疾值著這般時勢可是風寒暑溼或是飢飽勞役各人證候自知人命關天關地別人怎生替得壽數非干一世相守三朝五夕說甚一家一計又無羊酒緞匹又無花紅財禮把手爲活過日撒手如同休棄不是竇娥忤逆生怕旁人論議不如聽咱勸你認箇自家悔氣割捨的一具棺材停置幾件布帛收拾出了咱家門裏送入他家墳地這不是你那從小兒年紀指腳的夫妻我其實不關親無半點悽愴淚休得要心如醉意似癡便這等嗟嗟怨怨哭

哭啼啼

此一曲直是賓白令人忘其爲曲元初所謂當行家大率如此至中葉以後已罕覯矣其寫男女離別之情者如鄭光祖倩女離魂第三折

(醉春風)空服徧瞑眩藥不能痊知他這腤臢病何日起要好時直等的見他時也只爲這症候因他上得得一會家縹渺呵忘了魂靈一會家精細呵使著軀殼一會家混沌呵不知天地

(迎仙客)日長也愁更長紅稀也信尤稀春歸也奄然人未歸我則道相別也數十年我則道相隔著數萬里爲數歸期則那竹院裏刻徧瑯玕翠

此種詞如彈丸脫手後人無能爲役唯南曲中拜月琵琶差能近之至寫景之工者則馬致遠之漢宮秋第三折

(梅花酒)呀對著這迴野淒涼草色已添黃兎起早迎霜犬褪得毛蒼人搠起纓鎗馬負著行裝車運著餱糧打獵起圍場他他傷心辭漢主我我攜手上河梁他部從入窮荒我鑾輿返咸陽返咸陽過宮墻過宮牆繞迴郎繞廻郎近椒房近椒房月昏黃月昏黃夜生涼夜生涼泣寒螿泣寒螿綠紗窗綠紗窗不思量

(收江南)呀不思量便是鐵心腸鐵心腸也愁淚滴千行美人圖今夜掛昭陽我那裏供養便是我高

燒銀燭照紅妝

(尚書云)陛下回鑾罷娘娘去遠了也『駕唱』

(鴛鴦煞)我煞大臣行說一箇推辭謊又則怕筆尖兒那火編修講不見那花朶兒精神怎趁那草地裏風光唱道佇立多時徘徊半晌猛聽的塞雁南翔呀呀的聲嘹亮却原來滿目牛羊是兀那載離恨的氈車半坡裏響

以上數曲眞所謂寫情則沁人心脾寫景則在人耳目述事則如其口出者第一期之元劇雖淺深大小不同而莫不有此意境也

古代文學之形容事物也率用古語其用俗語者絕無又所用之字數亦不甚多獨元曲以許用襯字故故輒以許多俗語或以自然之聲音形容之此自古文學上所未有也茲舉其例如西廂記第四劇第四折

(雁兒落)綠依依牆高柳半遮靜悄悄門掩清秋夜疎剌剌林梢落葉風昏慘慘雲際穿窗月

(得勝令)驚覺我的是顫巍巍竹影走龍蛇虛飄飄莊周夢蝴蝶絮叨叨促織兒無休歇韻悠悠砧聲兒不斷絕痛煞煞傷別急煎煎好夢兒應難捨冷清清的咨嗟嬌滴滴玉人兒何處也

此猶僅用三字也其用四字者如馬致遠黃粱夢第四折

（叨叨令）我這裏穩不不土坑上迷颩沒騰的坐那婆婆將粗刺刺陳米喜收希和的播那蹇驢兒柳陰下舒著足乞留惡濫的臥那漢子去脖項上婆娑沒索的摸你則早醒來了也麼哥你則早醒來了也麼哥可正是窗前彈指時光過

其更奇絕者則如鄭光祖倩女離魂第四折

（古水仙水）全不想這姻親是舊盟則待教祆廟火刮刮匝匝烈燄生將水面上鴛鴦忒楞楞騰分開交頸疎刺刺沙鞴雕鞍撒了鎖鞓廝琅琅湯偷香處喝號提鈴支楞楞爭絃斷了不續碧玉筝吉丁丁璫精磚上摔破菱花鏡撲通通東井底墜銀瓶

又無名氏貨郎旦劇第三折則用疊字其數更多

（貨郎兒六轉）我則見黯黯慘慘天涯雲布萬萬點點瀟湘夜雨正值著窄窄狹狹溝溝塹塹路崎嶇黑黑黯黯彤雲布赤留赤律瀟瀟灑灑斷斷續續出出律律忽忽魯魯陰雲開處霍霍閃閃電光星注正值著颼颼摔摔風淋淋淥淥雨高高下下凹凹答答一水模糊撲撲簌簌溼溼淥淥疎林人物却便似一幅慘慘昏昏瀟湘水墨圖

由是觀之則元劇實於新文體中自由使用新言語在我國文學中於楚辭內典外得此而三然其源遠在宋金二代不過至元而大成其寫景抒情述事之美所負於此者實不少也

元曲分三種雜劇之外尚有小令套數小令只用一曲與宋詞略同套數則合一宮調中諸曲爲一套與雜劇之一折略同但雜劇以代言爲事而套數則以自叙爲事此其所以異也元人小令套數之佳亦不讓於其雜劇茲各錄其最佳者一篇以示其例略可以見元人之能事也

小令

天淨沙『無名氏　此詞庶齋老學叢談及元刋樂府新聲均不著名氏堯山堂外紀以爲馬致遠撰朱竹垞詞綜仍之不知何據』

枯藤老樹昏鴉小橋流水人家古道西風瘦馬夕陽西下斷腸人在天涯

套數

秋思『馬致遠　見元刋中原音韻樂府新聲』

(雙調夜行船)百歲光陰如夢蝶重回首往事堪嗟昨日春來今朝花謝急罰盞夜闌燈滅(喬木查)秦宮漢闕做衰草牛羊野不恁漁樵無話說縱荒墳橫斷碑不辨龍蛇『慶宣和』投至狐蹤與兎穴多小豪傑鼎足三分半腰折魏耶晉耶『落梅風』天教富不待奢無多時好天良夜看錢奴硬將心似鐵空辜負錦堂風月(風入松)眼前紅日又西斜疾似下坡車晚來清鏡添白雪上牀與鞋履相別莫笑鳩巢計拙葫蘆提一就裝呆(撥不正)利名竭是非絕紅塵不向門前惹綠樹偏宜屋角遮青山

正補牆東缺竹籬茅舍（離亭宴煞）蛩吟能一枕纔寗貼雞鳴後萬事無休歇算名利何年是徹密匝匝蟻排兵亂紛紛蜂釀蜜鬧穰穰蠅爭血裴公綠野堂陶令白蓮社愛秋來那些和露摘黃花帶霜烹紫蟹煮酒燒紅葉人生有限杯幾個登高節囑付與頑童記者便北海探吾來道東籬醉了也

天淨沙小令純是天籟彷彿唐人絕句馬東籬秋思一套周德淸評之以爲萬中無一明王元美等亦推爲套數中第一誠定論也此二體雖與元雜劇無涉可知元人之於曲天實縱之非後世所能望其項背也

元代曲家自明以來稱關馬鄭白然以其年代及造詣論之寗稱關白馬鄭爲妥也關漢卿一空倚傍自鑄偉詞而其言曲盡人情字字本色故當爲元人第一白仁甫馬東籬高華雄渾情深文明鄭德輝淸麗芊緜自成馨逸均不失爲第一流其餘曲家均在四家範圍內唯宮大用瘦硬通神獨樹一幟以唐詩喩之則漢卿似白樂天仁甫似劉夢得東籬似李義山德輝似溫飛卿而大用則似韓昌黎以宋詞喩之則漢卿似柳耆卿仁甫似蘇東坡東籬似歐陽永叔德輝似秦少游大用似張子野雖地位不必同而品格則略相似也明寧獻王曲品躋馬致遠於第一而抑漢卿於第十蓋元中葉以後曲家多祖馬鄭而祧漢卿故寧王之評如是其實非篤論也

元劇自文章上言之優足以當一代之文學又以其自然故故能寫當時政治及社會之情狀足以供史

家論世之資者不少又曲中多用俗語故宋金元三朝遺語所存甚多輯而存之理而董之自足爲一專書此又言語學上之事而非此書之所有事也

十三元院本

元人雜劇之外尚有院本輟耕錄云國朝雜劇院本分而爲二蓋雜劇爲元人所創而院本則金源之遺然元人猶有作之者錄鬼簿「卷下」云屈英甫名彥英編一百二十行及看錢奴院本是也元人院本今無存者故其體例如何全不可考唯明周憲王呂洞賓花月神仙會雜劇中有院本一段此段係憲王自撰或剪裁金元舊院本充之雖不可知然其結構簡易與北劇南戲均截然不同故作元院本觀可即金人院本亦即此而可想像矣今全錄其文如下

末云小生昨日街上閑行見了四箇樂工自山東瀛州來到此處打趁覓錢小生邀他今日在大姐家慶會小生生辰偌早晚還不見來

捹淨同捷譏付末末泥上相見了做院本長壽仙獻香添壽院本上捷云歌聲纔住末泥云絲竹暫停淨云俺四大佳戲向前付末云道甚清才謝樂侵云今日雙秀才的生日您一人要一句添壽的詩捷先云檜柏靑松常四時付末云仙鶴仙鹿獻靈芝末泥云瑤池金母蟠桃宴付淨云都活一千八百歲付末打云這言語不成文章再說淨云都活二千九百歲付末云也不成文章淨云有了有了都活三

萬三千三百歲白了髭鬚白了眉付末云好好到是一個壽星捷云我問你一人要一件祝壽底物捷云我有一幅畫兒上面三個人兒兩個是福祿星君一個是南極老兒問付末云我有一幅畫兒上面四科樹兒兩科是青松翠柏兩科是紫竹靈芝問末泥云我有一幅畫兒上面兩般物兒一個是送酒黃鶴一個是銜花鹿兒淨趍搶云我也有我有一幅圖兒上面一個靶兒我也不識是甚物人都道是春畫兒付末打云這個甚底將來獻壽淨云我子願歡會長生淨趍搶云俺一人要兩般樂器一般是絲一般是竹與雙秀才添壽咱捷云我有一個玉笙有一架銀箏就有一個小曲兒添壽名是醉太平捷唱有一排玉笙有一架銀箏將來獻壽鳳鸞鳴感天仙降庭玉笙吹出悠然興銀箏搊得新詞令都來添壽樂官星祝千年壽寧

末泥云我有也一管龍笛一張錦瑟就有一個曲兒添壽末泥唱

品龍笛鳳聲彈錦瑟泉鳴供筵前添壽老人星慶千春萬齡瑟呵氷蠶吐出絲明淨笛呵紫筠調得聲相應我將這龍笛錦瑟賀昇平飲香醪玉瓶

付末云我也有一面琵琶一管紫簫就有個曲兒添壽付末唱

撥琵琶韻美吹簫管聲齊琵琶簫管慶樽席向筵前奏只琵琶彈出長生意紫簫吹得天仙會都來添壽笑嬉嬉老人星賀喜

淨趨搶云小子兒也有一條弦兒一個孔兒的絲竹就有一個曲兒添壽淨唱彈棉花的木弓吹柴草的火筒這兩般絲竹不相同是俺付淨色的受用這木弓彈了棉花呵一夜溫暖衣衾重這火筒吹著柴草呵一生飽食憑他用這兩般不受飢不受冷過三冬此你樂器的有功

付末打云付淨的巧語能言淨云說遍這絲竹管絃付末云藍采和手執檀板淨云漢鍾離書捧貝筌付末云鐵拐李忙吹玉管淨云白玉蟾舞袖翩翩付末云韓湘子生花藏葉淨云張果老鼙鼓喧闐付末云曹國舅高歌大曲淨云徐神翁慢撫琴絃付末云東方朔學踏談甖淨云呂洞賓掌記詞篇付末云總都是神仙作戲淨云慶千秋福壽雙全付末云問你付淨的辨個甚色淨云哎哎哎我辨個富樂院裏樂探官員付末收住世財紅粉高樓酒都是人間喜樂時末云深謝四位伶官逢場作戲果然是錦心繡口弄月嘲風

此中腳色末泥付末付淨『即副末副淨』三色與輟耕錄所載院本中腳色同唯有捷譏而無引戲案上文說唱皆捷譏在前則捷譏或即引戲捷譏之名亦起於宋武林舊事『卷六』諸色伎藝人中商謎有捷機和尚是也此四色中以付淨付末二色爲重且以付淨色爲尤重較然可見此猶唐宋遺風其中付末打付淨者三次亦古代鶻打參軍之遺而末一段付淨付末各道一句又歐陽公與梅聖俞書所謂如雜劇人上名下韻不來須副末接續者也此一段之爲古曲當無可疑即非古曲亦必全倣古劇爲之

者以其足窺金元之院本故茲著之

院本之體例有白有唱與雜劇無異唯唱者不限一人如上例中捷譏末泥付末付淨各唱醉太平一曲是也明徐充暖姝由筆『續說郛卷十九』曰有白有唱者名雜劇用絃索者名套數扮演戲跳而不唱者名院本雜劇與套數之別既見上章絕非如徐氏之說至謂院本演而不唱則不獨金人院本以曲名者甚多卽上例之中亦有歌曲而水滸傳載白秀英之演院本亦有白有唱可知其說之無根矣且院本一段之中各色皆唱又與南曲戲文相近但一行於北一行於南其實院本與南戲之間其關係較二者之與元雜劇更近以二者一出於金院本一出於宋戲文其根本要有相似之處而元雜劇則出於一時之創造故也

十四南戲之淵源及時代

元劇進步之二大端既於第八章述之矣然元劇大都限於四折且每折限一宮調又限一人唱其律至嚴不容踰越故莊嚴雄肆是其所長而於曲折詳盡猶其所短也至除此限制而一劇無一定之折數一折『南戲中謂之一齣』無一定之宮調且不獨以數色合唱一折幷有以數色合唱一曲而各色皆有白有唱者此則南戲之一大進步而不得不大書特書以表之者也

南戲之淵源於宋殆無可疑至何時進步至此則無可攷吾輩所知但元季既有此種南戲耳然其淵源

所自或反古於元雜劇今試就其曲名分析之則其出於古曲者更較元北曲爲多今南曲譜錄之存者皆屬明代之作以吾人所見則其最古者唯沈璟之南九宮譜二十二卷耳此書前有李維楨序謂出於陳白二譜然其註新增者不少今除其中之犯曲『即集曲』不計則仙呂宮曲凡六十九章羽調九章正宮四十六章大石調十五章中呂宮六十五章般涉調一章南呂宮八十四章黃鐘宮四十章越調五十章商調三十六章雙調八十八章附錄三十九章都五百四十三章而其中出於古曲者如左出於大曲者二十四

劍器令『仙呂引子』　八聲甘州『仙呂慢詞』　梁州令　齊天樂『以上正宮引子』　普天樂『正宮過曲』　催拍　長壽仙『以上大石調過曲』　大勝樂『疑郎大勝樂』　薄媚『以上南呂引子』　梁州序　大勝樂　薄媚袞『以上南呂過曲』　降黃龍『黃鐘過曲』　入破出破『以上越調近詞』　新水令『雙調引子』　六么令『雙調過曲』　薄媚曲破『附錄過曲』　入破第一　破第二　袞第三　歇拍　中袞第五　煞尾　出破『以上黃鐘過曲見琵琶記　七曲相連實大曲之七遍而亡其調名者也』

其出於唐宋詞者一百九十

卜算子　番卜算　探春令　醉落魄　天下樂　鵲橋仙　唐多令　似娘兒　鷓鴣天『以上仙

呂引子」　碧牡丹　望梅花　感庭秋　喜還京　桂枝香　河傳序　惜黃花　春從天上來「以上仙呂過曲」　河傳　聲聲慢　杜韋娘　桂枝香「以上仙呂慢詞」　天下樂　喜還京「以上仙呂近詞」　浪淘沙「羽調近詞」　燕歸梁　七娘子　破陣子　瑞鶴仙　喜遷鶯　縱山月　新荷葉「以上正宮引子」　玉芙蓉　錦纏道　小桃紅　三字令　傾盃序　滿江紅急　醉太平　雙鸂鶒　洞仙歌　醜奴兒近「以上正宮過曲」　安公子「正宮慢詞」　東風第一枝　少年游　念奴嬌　燭影搖紅「以上大石引子」　沙塞子　沙塞子急　念奴嬌序　人月圓「以上大石過曲」　驀山溪　烏夜啼　醜奴兒「以上大石慢詞」　插花三臺「大石近詞」　紛蝶兒　行香子　菊花新　青玉案　尾犯　剔銀燈引　金菊對芙蓉「以上中呂引子」　泣顏回「見太平廣記有哭顏回曲」　好事近　駐馬聽　古輪臺　漁家傲　尾犯序　丹鳳吟　舞霓裳　山花子　千秋歲「以上中呂過曲」　醉春風　賀聖朝　沁園春　柳梢青「以上中呂慢詞」　迎仙客「中呂近詞」　哨徧「般涉調慢詞」　戀芳春　女冠子　臨江仙　一翦梅　虞美人　意難忘　薄倖　生查子　于飛樂　步蟾宮　滿江紅　上林春　滿園春「以上南呂引子」　賀新郎　賀新郎衮　女冠子　解連環　引駕行　竹馬兒　繡帶兒　瑣窗寒　阮郎歸　浣溪沙　五更轉　滿園春　八寶妝「以上南呂過曲」　賀新郎　木蘭花　烏夜

啼「以上南呂慢詞」 絳都春 疎影 瑞雲濃 女冠子 點絳脣 傳言玉女 西地錦 玉漏遲「以上黃鐘引子」 絳都春序 畫眉序 滴滴金 雙聲子 歸朝歡 春雲怨 玉漏遲序 傳言玉女 侍香金童 天仙子「以上黃鐘過曲」 浪淘沙 霜天曉角 金蕉葉 杏花天

祝英臺近「以上越調引子」 小桃紅 雁過南樓 亭前柳 繡停針 祝英臺 憶多嬌 江神子「以上越調過曲」 鳳凰閣 高陽臺 憶秦娥 逍遙樂 澆池游 三臺令 二郎神慢 十二時「以上商調引子」 滿園春 高陽臺 擊梧桐 二郎神 集賢賓 鶯啼序 黃鶯兒「以上商調過曲」 集賢賓 永遇樂 熙州三臺 解連環「以上商調慢詞」 驟雨打新荷「小石調近詞」 眞珠簾 花心動 謁金門 惜奴嬌 寶鼎現 搗練子 風入松慢 海棠春 夜行船 賀聖朝 秋蕊香 梅花引「以上雙調引子」 晝錦堂 紅林檎 醉公子「以上雙調過曲」 柳搖金 月上海棠 柳梢青 夜行船序 惜奴嬌 品令 豆葉黃 字字雙 玉交枝 玉抱肚川撥棹「以上仙呂入雙調過曲」 紅林檎 泛蘭舟「以上雙調慢詞」 帝臺春「附錄引子」 鶴沖天 疎影「以上附錄過曲」

出於金諸宮調者十三

勝葫蘆 美中美「以上仙呂過曲」 石榴花 古輪臺 鵲打兎 麻婆子 茶蘼香傍拍「以

上中呂過曲」　一枝花「南呂引子」　出隊子　神仗兒　啄木兒　刮地風「以上黃鐘過曲」　山麻稭「越調過曲」

出於南宋唱賺者十

賺　薄媚賺「以上仙呂近詞」　賺　黃鐘賺「以上正宮過曲」　本宮賺「大石過曲」　本宮賺　梁州賺「以上南呂過曲」　賺「南呂近詞」　本宮賺「越調過曲　入賺「越調近詞」

同於元雜劇曲名者十有三

靑哥兒「仙呂過曲」　四邊靜「正宮過曲」　紅繡鞋　紅芍藥「以上中呂過曲」紅衫兒「南呂過曲」　水仙子「黃鐘過曲」　秀厮兒　梅花酒「以過越調上曲」　綿近絮「越調搭詞」　梧葉兒「商調過曲」　五供養「雙調過曲」　沈醉東風　雁兒落　步步嬌「以上仙呂入雙調過曲」　貨郎兒「附錄過曲」

其有古詞曲所未見而可知其出於古者如左

紫蘇丸「仙呂過曲」　事物紀原「卷九」吟叫條嘉祐末仁宗上仙四海遏密故市井初有叫果子之戲蓋自至和嘉祐之間叫紫蘇丸洎樂工杜人經十叫子始也京師凡賣一物必有聲韻其吟哦俱不同故市人採其聲調間以詞章以爲戲曲也則紫蘇丸乃北宋叫聲之遺南宋賺詞中猶有此曲兒

第四章

好女兒　縷縷金　越恁好「均中呂過曲」　均見第四章所錄南宋賺詞

耍鮑老「中呂過曲」　又「黃鐘過曲」　鮑老催「黃鐘過曲」　見第八章鮑老兒條

合生「中呂過曲」　見第六章

杵歌「中呂過曲」　園林杵歌「越調過曲」　事物紀原「卷九」有杵歌一條又武林舊事「卷二」舞隊中有男女杵歌

大迓鼓「南呂過曲」　見第三章

劇衰「南呂過曲」山東劉衰「仙呂入雙調過曲」武林舊事「卷四」雜劇三甲內中祗應一甲五人內有次淨劉衰又「卷二」舞隊中有劉衰又金院本名目中有調劉衰一本

太平歌「黃鐘過曲」　南本宮本雜劇段錢手帕爨下註小字太平歌

蠻牌令「越調過曲」　見第八章六國朝條

四國朝「雙調引子」　見第八章六國朝條

破金歌「仙呂入雙調過曲」　此詞云破金必南宋所作也

中都俏「附錄過曲」案金以燕京爲中都元世祖至元元年又改燕京爲中都九年改大都則此爲金

人或元初遺曲也

以上十八章其爲古曲或自古曲出蓋無可疑此外想尙不少總而計之則南曲五百四十三章中出於古曲者凡二百六十章幾當全數之半而北曲之出於古曲者不過能舉其三分之一可知南曲淵源之古也

南戲之曲名出於古曲者其多如此至其配置之法一齣中不以一宮調之曲爲限頗似諸宮調其有一齣首尾只用一曲終而復始者又頗似北宋之傳踏又琵琶記中第十六齣有大曲一段凡七遍雖失其曲名且其各遍之次序與宋大曲不盡合要必有所出可知南戲之曲亦綜合舊曲而成並非出於一時之創造也

更以南戲之材質言之則本於古者更多今日所存最古之南戲僅荆劉拜殺與琵琶記五種耳荆謂荆釵劉謂白兎拜殺則謂拜月殺狗二記此四本與琵琶均出於元明之間「見下」然其源頗古施愚山矩齋雜記云傳奇荆釵記醜詆孫汝權按汝權宋名進士有文集尙氣誼王梅溪先生好友也梅溪劾史浩八罪汝權慫慂之史氏切齒故入傳奇謬其事以汚之溫州周天錫字懋龍嘗辨其誣見竹懶新著施氏之說信否不可知要足備參攷也白兎記演李三娘事然元劉唐卿已有李三娘麻地捧印雜劇則亦非創作矣殺狗則元蕭德祥有王脩然斷殺狗勸夫雜劇拜月之先已有關漢卿閨怨佳人拜月亭王實

甫才子佳人拜月亭二劇琵琶則陸放翁既有滿村聽唱蔡中郎之句而金人院本名目亦有蔡伯喈唱本又祝允明猥談謂南戲余見舊牒其時有趙閎夫榜禁頗述名目如趙眞女蔡二郎等亦不甚多余案元岳伯川呂洞賓度鐵拐李岳雜劇第二折煞尾云你學那守三貞趙眞女羅裙包土將墳臺建則其事正與琵琶記中之趙五娘同岳伯川元初人則元初確有此南戲矣且今日琵琶記傳本第一齣末有四語末二語云有貞有烈趙眞女全忠全孝蔡伯喈此四語實與北劇之題目正名相同則雖今本琵琶記其初亦當名趙眞女或蔡伯喈而琵琶之名乃由後人追改則不徒用其事且襲其名矣然則今日所傳最古之南戲其故事關目皆有所由來視元雜劇對古劇之關係更爲親密也

南戲始於何時未有定說明祝允明猥談『續說郛卷四十六』云南戲出於宣和之後南渡之際謂之溫州雜劇予見舊牒其時有趙閎夫榜禁頗述名目如趙眞女蔡二郎等亦不甚多云云其言出於宣和之後不知何據以余所攷則南戲當出於南宋之戲文與宋雜劇無涉唯其與溫州相關係則不可誣也戲文二字未見於宋人書中然其源則出於宋季元周德淸中原音韻云南宋都杭吳興與切鄰故其戲文如樂昌分鏡等唱念呼吸皆如約韻『謂沈韻納』此但渾言南宋不著其爲何時劉一淸錢唐遺事則云賈似道少時佻㒓尤甚自入相後猶微服閒行或飲於伎家至戊辰己巳間王煥戲文盛行于都下始自太學有黃可道者爲之則戲文於度宗咸淳四五年間既已盛行尚不言其始於何時也葉子奇草

木子則云俳優戲文始於王魁永嘉人作之識者曰若見永嘉人作相國當亡及宋將亡乃永嘉陳宜中作相其後元朝南戲盛行及當亂北院本特盛南戲遂絕案宋官本雜劇中有王魁三鄉題其翻爲戲文不知始於何時要在宋亡前百數十年間至以戲文爲永嘉人所作亦非無據案周密癸辛雜志別集上紀溫州樂淸縣僧祖傑楊髡之黨「中略」旁觀不平乃撰爲戲文以廣其事又撰琵琶記之高則誠亦溫州永嘉人葉盛菉竹堂書目有東嘉韞玉傳奇則宋元戲文大都出於溫州然則葉氏永嘉始作之言祝氏溫州雜劇之說其或信矣元一統後南戲與北雜劇並行靑樓集云龍樓景丹墀秀皆金門高之女俱有姿色專工南戲錄鬼簿謂南北調合腔自沈和甫始又云蕭德祥凡古文俱隱括爲南曲街市盛行又有南曲戲文等以南曲戲文四字連稱則南戲出於宋末之戲文固昭昭矣

然就現存之南戲言之則時代稍後後人稱荆劉拜殺爲元四大家明無名氏亦以荆釵記爲柯丹邱撰世亦傳有元刊本「貴憲劉氏有之余未見然聞繆藝風秘監言中有制義數篇則爲洪武後刊本明矣」然柯敬仲 未聞以製曲稱想舊本當題丹邱子或丹邱先生撰丹邱子者明寧獻王追號也「千頃堂書目有丹邱子太和正音譜二卷譜中亦自稱丹邱先生其實此書乃寧獻王撰故書中著錄訖於明初人也」後人不知見丹邱二字卽以爲敬仲耳白兎記不知撰人殺狗記據靜志居詩話「卷四」則爲徐畛所作畛字仲由淳安人洪武初徵秀才至藩省辭歸則其人至明初尙存其製作之時在元在明

已不可考矣拜月亭『其刻於六十種曲中者易名幽閨記』則明王元美何元朗臧晉叔等皆以爲元施君美『惠』所撰君美杭人卒於至順至正間然錄鬼簿謂君美詩酒之暇唯以塡詞和曲爲事有古今砌話編成一集而無一語及拜月亭雖錄鬼簿但錄雜劇不錄南戲然其人苟有南戲或院本亦必及之如范居中屈彥英蕭德祥等是也則拜月是否出君美手尚屬疑問唯就曲文觀之定爲元人之作當無大謬而其撰人與時代確乎可知者唯琵琶一記耳

作琵琶者人人皆知其爲高則誠然其名則或以爲高拭或以爲高明其字則或以爲則誠或以爲則成蔣仲舒堯山堂外記『卷七十六』高拭字則成作琵琶記者或謂方谷眞據慶元時有高明者避地鄞之櫟社以詞曲自娛『中略』案高明溫州瑞安人以春秋中至正乙酉第其字則誠非則成也或曰二人同時同郡字又同音遂誤耳以上皆蔣氏說王元美藝苑巵言亦云南曲高拭則誠遂掩前後朱竹垞靜志居詩話於高明條下引外紀之說復云涵虛子曲譜有高拭而無高明則蔣氏之言或有所據云云余案元刊本張小山北曲聯樂府前有海粟馮子振燕山高拭題詞此卽涵虛子曲譜中之高拭琵琶乃南曲戲文則其作者自當爲永嘉之高明而非燕山之高拭況明人中如姚福青溪暇筆田藝衡留青日札皆以作琵琶者爲高明當不謬也既爲高明則其字自當爲則誠而非則成至其作琵琶記之時代則據青溪暇筆及留青日札均謂在寓居櫟社之後其寓居櫟社據留青日札及列朝詩集又在方國珍降

元之後按國珍降元者再其初降時尚未據慶元其再降則在至正十六年則此記之作亦在至正十六年以後矣然留青日札又謂高皇帝微時嘗奇此戲案明太祖起兵在至正十二年閏三月若微時已有此戲則當成於十二年以前又日札引一說謂初東嘉以伯喈爲不忠不孝夢伯喈謂之曰公能易我爲全忠全孝當有以報公遂以全忠全孝易之東嘉後果發解案則誠中進士第在至正五年則成書又當在五年以前然明人小說所載大抵無稽之說寧從青溪暇筆及留青日札前說謂成書於避地櫟社之後爲較妥也

由是觀之則現存南戲其最古者大抵作於元明之間而草木子反謂元朝南戲盛行及當亂北院本『此謂元人雜劇』特盛南戲遂絕者果何說歟曰葉氏所記或金華一地之事然元代南戲之盛與其至明初而衰息此亦事實不可誣也沈氏南九宮譜所選古傳奇如劉盼盼王煥韓壽朱買臣古西廂王魁孟姜女冤家債主玩江樓李勉燕子樓鄭孔目牆頭馬上司馬相如進梅諫詐妮子復落倡崔護等其名各與宋雜劇段數金院本名目元人雜劇相同復與明代傳奇不類疑皆元人所作南戲此外命名相類者亦尚有二十餘種亦當爲同時之作也而自明洪武至成宏間則南戲反少沈德符萬曆野獲編『卷二十五』原明之南曲謂四節連環繡襦之屬出於成宏間始爲時所稱則元明之間南曲一時衰熄事或然也觀明初曲家所作雜劇多而傳奇絕少或足證此事歟

十五　元南戲之文章

元之南戲以荊劉拜殺並稱得琵琶而五此五本尤以拜月琵琶爲眉目此明以來之定論也元南戲之佳處亦一言以蔽之曰自然而已矣申言之則亦不過一言曰有意境而已矣故元代南北二戲佳處略同唯北劇悲壯沈雄南戲淸柔曲折此外殆無區別此由地方之風氣及曲之體製使然而元曲之能事則固未有間也

元人南戲推拜月琵琶明代如何元朗臧晉叔沈德符輩皆謂拜月出琵琶之上然拜月佳處大都蹈襲關漢卿閨怨佳人拜月亭雜劇但變其體製耳明人罕覩關劇又尚南曲故盛稱之今擧其例資讀者之比較焉

關劇第一折

(油葫蘆)分明是風雨催人辭故國行一步一太息兩行愁淚臉邊垂一點雨間一行悽惶淚一陣風對一聲長吁氣百忙裏一步一撒索與他一步一提這一對繡鞋兒分不得幫和底稠緊緊粘稉稉帶着淤泥

南戲拜月亭第十三齣

(剔銀燈)『老旦』迢迢路不知是那裏前途去安身在何處『旦』一點點雨間著一行行悽惶淚

一陣陣風對著一聲聲愁和氣『合』雲低天色向晚子母命存亡兀自尚未知

(攞破地錦花)『旦』繡鞋兒分不得幫和底一步步提百忙裏褪了跟兒『老旦』冒雨衝風帶水拖泥『合』步遲遲全沒些氣和力

又如拜月南戲中第三十二齣實爲全書中之傑作然大抵本於關劇第三折今先錄關劇一段如下

旦做入房里科小旦云了夜深也妹子你歇息去波我也特睡也小旦云了梅香安排香案兒去我去燒炷夜香咱梅香云了

(伴讀書)你靠欄檻臨臺榭我準備名香爇心事悠悠憑誰說只除向金鼎焚龍麝與你殷勤參拜遙天月此意也无別

(笑和尚)韻悠悠比及把角品絕碧熒熒投致那鐙兒滅薄設設衾共枕空舒設冷清清不恁迭閑遙遙生枝節悶懨懨怎捱他如年夜梅香云了做燒香科

(倘秀才)天那這一炷香則願削減俺尊君狠切這一炷香則願俺那抛閃下的男兒較些那一个耶娘不間疊不似俺忒啤嗻劣缺

做拜月科云願天下心斷愛的夫妻永無分離教俺兩口兒早得團圓小旦云了做羞科

(叨叨令)元來你深深的花底將身兒遮搽搽的背後把鞋兒捻澁澁的輕把我裙兒拽煴煴的羞得

我腮兒熱小鬼頭直到撞破我也末哥直到撞破我也末哥我一星星都索從頭兒說小旦云了妹子你不知我兵火中多得他本人氣力來我已此忘不下他小旦云了打悲科恁姐夫姓蔣名世隆字彥通如今二十三歲也小旦打悲科做猛問科

(倘秀才)來波我怨感我合哽咽不剌你啼哭你爲甚迭小旦云了你莫不元是俺男兒舊妻妾阿是是是當時只爭箇字兒別我錯呵了應者小旦云了你兩个是親弟兄小旦云了做懽喜科

(呆古朵)似恁的呵喒從今後越索著疼熱休想似在先時節你又是我妹妹姑姑我又是你嫂嫂姐姐小旦云了這般者俺父母多宗派您兄弟无枝葉從今後休從俺耶娘家根脚排只做俺兒夫家親眷者小旦云了若說著俺那相別呵話長

(三煞)他正天行汗病換脈交陽那其間被俺耶把我橫拖倒拽在招商舍硬廝强扶上走馬車誰想舞燕啼鶯翠鸞嬌鳳撞著猛虎獰狼蝠蠍頑蛇又不敢號咷悲哭又不敢囑付丁寧空則索感歎傷嗟據著那凄涼慘切一霎兒似癡呆

(二煞)則就裏先肝腸眉黛千千結烟水雲山萬萬疊他便似烈焰飄風劣心卒性怎禁他後擁前推亂棒胡茄阿誰无个老父誰无个尊君誰无个親耶從頭兒看來都不似俺那狠爹爹

(尾)他把世間毒害收拾徹我將天下憂愁結攬絕小旦云了沒盤纏在店舍有誰人廝抬貼那蕭疎

那淒切生分離斷拋撇從相別那時節音書无信音絕我這些時眼跳腮紅耳輪熱眠夢交雜不寧貼您哥哥暑溼風寒縱較些多被那煩惱憂愁上斷送也　下

拜月南戲第三十二齣全從此出而情節更明白曲盡今亦錄一段以比較之

『旦』呀這丫頭去了天色已晚只見半彎新月斜挂柳梢不免安排香案對月禱告一番爭些誤了

(二郎神慢)拜星月寶鼎中明香滿爇『小旦潛上聽科』　『旦』上蒼這一炷香呵願我拋閃下的男兒疾效些得再覩同歡同悅『小旦』悄悄輕把衣袂拽却不道小鬼頭春心動也『走科』

『旦』妹子到那裏去『小旦』我也到父親行去說『旦扯科』　『小旦』放手我這回定要去

『旦跪科』妹子饒過姐姐能『小旦』姐姐請起那嬌怯無言俛首紅暈滿腮頰

(鶯集御林春)恰纔的亂掩胡遮事到如今漏泄姊妹心腸休見別夫妻每是些周折『旦』敎我難推恁阻罷妹子我一星星對伊仔細從頭說『小旦』姐姐他姓甚麼『旦』姓蔣『小旦』呀他也姓蔣叫做甚麼名字『旦』世隆名『小旦』呀他家在那裏『旦』中都路是家『小旦』呀姐姐你怎麼認得他他是甚麼樣人『旦』是我男兒受儒業

(前腔)『小旦悲科』聽說能姓名家鄉這情苦意切悶海愁山將我心上撇不由人不淚珠流血『旦』我淒惶是正理只合此愁休對愁人說妹子你啼哭爲何因莫非是我男兒舊妻妾

(前腔)『小旦』他須是瑞蓮親兄『旦』呀元來是令兄爲何失散了『小旦』爲軍馬犯闕『旦』是我曉得了散失忙尋相應者那時節只爭个字兒差迭妹子和你比先前又親自今越更著疼熱你休隨著我跟脚久已後是我男兒那枝葉

(前腔)『小旦』我須是你妹妹姑姑你是我嫂嫂又是姐姐未審家兄和你因甚別兩分離是何時節『旦』正遇寒冬冷月恨爹爹將奴拆散在招商舍『小旦』你如今還思量著他麼『旦』思量起痛心酸那其間染病耽疾『小旦』那時怎生割捨得撇了『旦』是我男兒教我怎割捨

(四犯黃鶯兒)『小旦』他直恁太情切你十分忒軟怯眼睜睜忍相拋撇『旦』枉自怨嗟無可計設當不過他搶來推去望前拽『合』意似虺蛇性以蝎螫一言如何訴說

(前腔)『小旦』流水下似馬和車頃刻間途路賒他在窮途逆旅應難捨『旦』那時節呵囊篋又竭藥食又缺他那裏悶懨懨捱不過如年夜『合』寶鏡分裂玉釵斷折何日重圓再接

(尾)自從別後信音絕這些時魂驚夢怯莫不是煩惱憂愁將人斷送也

細較南北二戲則漢卿雜劇固酣暢淋漓而南戲中二人對唱亦宛轉詳盡情與詞偕非元人不辨然則拜月縱不出於施君美亦必元代高手也

拜月亭南戲前有所因至琵琶則獨鑄偉詞其佳處殆兼南北之勝今錄其喫糠一節可窺其一斑

『商調過曲』(山坡羊)『旦』亂荒荒不豐稔的年歲遠迢迢不回來的夫壻急煎煎不耐煩的二親輭怯怯不濟事的孤身體衣典盡寸絲不掛體幾番拚死了奴身已爭奈沒主公婆教誰看取思之命飄飄命怎期難捱實丕丕災共危

(前腔)滴溜溜難窮盡的珠淚亂紛紛難寬解的愁緒骨崖崖難扶持的病身戰兢兢難捱過的時和歲這糠我待不喫你呵教奴怎忍飢我待喫你呵教奴怎生喫思量起來不如奴先死圖得不知親死時思之虛飄飄命怎期難捱實丕丕災共危奴家早上安排些飯與公婆喫豈不欲買些鮭菜爭奈無錢可買不想公婆抵死埋怨只道奴家背他自喫了甚麼東西不知奴家喫的是米膜糠粃又不敢教他知道便使他埋怨殺我我也不敢分說苦這些糠粃怎生喫得下『喫吐科』

(雙調過曲)『孝順歌』『旦』嘔得我肝腸痛珠淚垂喉嚨尙兀自牢咬住糠那你遭礱被舂杵篩你簸揚你喫盡控持好似奴家身狼狽千辛萬苦皆經歷苦人喫著苦滋味兩苦相逢可知道欲吞不去『外淨潛上覷科』

(前腔)『旦』糠和米本是相依倚被簸揚作兩處飛一賤與一貴好似奴家與夫壻終無見期丈夫便是米呵米在他方沒處尋奴家便似糠呵怎的把糠來救得人飢餒好似兒夫出去怎的教奴供膳得公婆甘旨『外淨潛下科』

(前腔)『旦』思量我生無益死又值甚底不如忍飢死了爲怨鬼只一件公婆老年紀靠奴家相依倚只得苟活片時片時苟活雖容易到底日久也難相聚漫把糠來相比這糠尙兀自有人喫奴家的骨頭知他埋在何處『外淨上』『淨云』媳婦你在這裏喫甚麽『旦云』奴家不曾喫甚麽『淨搜奪科』『旦云』婆婆你喫不得『外云』咳這是甚麽東西

(前腔)『旦』這是穀中膜米上皮『外云』呀這便是糠要他何用『旦』將來饆饠可療飢『淨云』咦這糠只好將去餵猪狗如何把來自喫『旦』嘗聞古賢書狗彘食人食也强如草根樹皮『外淨云』恁的苦澀東西怕不噎壞了你『旦』嚼雪吞氈蘇卿猶健餐松食柏到做得神仙侶這糠呵縱然喫些何慮『淨云』阿公你休聽他說謊這糠如何喫得『旦』爹媽休疑奴須是你孩兒的糟糠妻室『外淨看哭科』媳婦我元來錯埋怨了你兀的不痛殺我也

此一齣實爲一篇之警策竹坨靜志居詩話謂聞則誠塡詞夜案燒雙燭塡至喫糠一齣句云糠和米本一處飛雙燭花交爲一吳舒鳬長生殿傳奇序亦謂則誠居櫟社沈氏樓淸夜案歌几上蠟炬二枝光交爲一因名其樓曰瑞光此事固屬附會可知自昔皆以此齣爲神來之作然記中筆意近此者亦尙不乏此種筆墨明以後人全無能爲役故雖謂北劇南戲限於元代可也

十六餘論

一

由此書所研究者觀之知我國戲劇漢魏以來與百戲合至唐而分爲歌舞戲及滑稽戲二種宋時滑稽戲尤盛又漸藉歌舞以緣飾故事於是向之歌舞戲不以歌舞爲主而以故事爲主至元雜劇出而體製遂定南戲出而變化更多於是我國始有純粹之戲曲然其與百戲及滑稽戲之關係亦非全絕此於第八章論古劇之結構時已略及之元代亦然意大利人馬哥朴遊祿記中記元世祖時曲宴禮節云宴畢徹案伎人入優戲者奏樂者倒植者弄手技者皆呈藝於大汗之前觀者大悅則元時戲劇亦與百戲合演矣明代亦然呂毖明宮史「木集」謂鐘鼓司過錦之戲約有百回每回十餘人不拘濃淡相間雅俗並陳全在結局有趣如說笑話之類又如雜劇故事之類各有引旗一對鑼鼓送上所裝扮者備極世間騙局俗態幷閨閫拙婦騃男及市井商匠刁賴詞訟雜耍把戲等項則與宋之雜扮略同至雜耍把戲則又兼及百戲雖在今日猶與戲劇未嘗全無關係也

二

由前章觀之則北劇南戲皆至元而大成其發達亦至元代而止嗣是以後則明初雜劇如谷子敬賈仲名輩矜重典麗尙似元代中葉之作至仁宣間而周憲王有燉最以雜劇知名其所著見於也是園書目者共三十種即以平生所見者論其所自刊者九種刊於雜劇十段錦者十種而一種複出共得十八種

其詞雖諧穩然元人生氣至是頓盡且中頗雜以南曲且每折唱者不限一人已失元人法度矣此後唯王渼陂九思康對山海皆以北曲擅場而二人所作杜甫游春中山狼二劇均鮮動人之處徐文長渭之四聲猿雖有佳處然不逮元人遠甚至明季所謂雜劇如汪伯玉道昆陳玉陽與郊梁伯龍辰魚梅禹金鼎祚王辰玉衡卓珂月人月所作蒐於盛明雜劇中者既無定折又多用南曲其詞亦無足觀南戲亦然此戲明中葉以前作者寥寥至隆萬後始盛而尤以吳江沈伯英璟臨川湯義仍顯祖爲巨擘沈氏之詞以合律稱而其文則庸俗不足道湯氏才思誠一時之雋然較之元人顯有人工與自然之別故余謂北劇南戲限於元代非過爲苛論也

三

雜劇院本傳奇之名自古迄今其義頗不一宋時所謂雜劇其初殆專指滑稽戲言之孔平仲談苑（卷五）山谷云作詩正如作雜劇初時布置臨了須打諢呂本中童蒙訓亦云如作雜劇打猛諢入却打猛諢出夢粱錄亦云雜劇全用故事務在滑稽故第二章所集之滑稽戲宋人恒謂之雜劇此雜劇最初之意也至武林舊事所載之官本雜劇段數則多以故事爲主與滑稽戲截然不同而亦謂之雜劇蓋其初本爲滑稽戲之名後擴而爲戲劇之總名也元雜劇又與宋官本雜劇截然不同至明中葉以後則以戲曲之短者爲雜劇其折數則自一折以至六七折皆有之又舍北曲而用南曲又非元人所謂雜劇矣

院本之名義亦不一金之院本與宋雜劇略同元人既創新雜劇而又有院本則院本殆即金之舊劇也然至明初則已有謂元雜劇爲院本者如草木子所謂北院本特盛南戲遂絕者實謂北雜劇也顧起元客座贅語謂南都萬歷以前大席則用教坊打院本乃北曲四大套者此亦指北雜劇言之也然明文林瑯琊漫鈔『苑錄彙編卷一百九十七』所紀太監阿丑打院本事與萬歷野獲編『卷六十二』所紀郭武定家優人打院本事皆與唐宋以來之滑稽戲同則猶用金元院本之本義也但自明以後大抵謂北劇或南戲爲院本野獲編謂遠本朝院本久不傳今尙稱院本者猶沿宋元之舊也金章宗時董解元西廂尙是院本模範云云其以董西廂爲院本固誤然可知明以後所謂院本實與戲曲之意無異也

傳奇之名實始於唐唐裴鉶所作傳奇六卷本小說家言此傳奇之第一義也至宋則以諸宮調爲傳奇武林舊事所載諸色伎藝人諸宮調傳奇有高郎婦黃淑卿王雙蓮袁太道等夢粱錄亦云說唱諸宮調昨汴京有孔三傳編成傳奇靈怪入曲說唱即碧雞漫志所謂澤州孔三傳首唱諸宮調古傳士大夫皆能誦之者也則宋之傳奇即諸宮調一謂之古傳與戲曲亦無涉也元人則以元雜劇爲傳奇錄鬼簿所著錄者均爲雜劇而錄中則謂之傳奇又楊鐵崖元宮詞云尸諫靈公演傳奇一朝傳到九重知奉宣齋與中書省諸路都教唱此詞案尸諫靈公乃鮑天祐所撰雜劇則九人均以雜劇爲傳奇也至明人則以戲曲之長者爲傳奇『如沈璟北九宮譜等』以與北雜劇相別乾隆間黃文暘編曲海目遂分戲曲爲

雜劇傳奇二種作爨作曲錄從之蓋傳奇之名至明凡四變矣

戲文之名出於宋元之間其意蓋指南戲明人亦多用此語意亦略同唯野獲編始云自北有西廂南有拜月雜劇變爲戲文以至琵琶遂演爲四十餘折幾倍雜劇則戲曲之長者不問北劇南戲皆謂之戲文意與明以後所謂傳奇無異而戲曲之長者北少而南多故亦恆指南戲要之意義之最少變化者唯此一語耳

至我國樂曲與外國之關係亦可略言焉三代之頃廟中已列夷蠻之樂漢張騫之使西域也得摩訶兜勒之曲以歸至晉呂光平西域得龜茲之樂而變其聲魏太武平河西得之謂之西涼樂魏周之際遂謂之國伎龜茲之樂亦於後魏時入中國至齊周二代而胡樂更盛隋志謂齊後主唯好胡戎樂耽愛無已於是繁手淫聲爭新哀怨故曹妙達安未弱安馬駒之徒至有封王開府者『曹妙達之祖曹婆羅門受琵琶曲於龜茲商人蓋亦西域人也』遂服簪纓而爲伶人之事後主亦自能度曲親執樂器悅翫無厭使胡兒閹官之輩齊唱和之北周亦然太祖輔魏之時得高昌伎教習以備饗宴之禮及武帝大和六年羅掖庭四夷樂其後帝娉皇后於北狄得其所獲康國龜茲等樂更雜以高昌之舊並於大司樂習焉故齊周二代並用胡樂至隋初而太常雅樂並用胡聲而龜茲之八十四調遂由蘇祇婆鄭譯而顯當時九部伎除清樂文康爲江南舊樂外餘七部皆胡樂也有唐仍之其大曲法曲大抵胡樂而龜茲之八十四

調其中二十八調尤爲盛行宋教坊之十八調亦唐二十八調之遺物北曲之十二宮調與南曲之十三宮調又宋教坊十八調之遺物也故南北曲之聲皆來自外國而曲亦有自外國來者其出於大曲法曲等自唐以前入中國者且勿論即以宋以後言之則徽宗時蕃曲復盛行於世吳曾能改齋漫錄『卷一』云徽宗政和初有旨立賞錢五百千若用鼓板改作北曲子幷著北服之類並禁止支賞其後民間不廢鼓板之戲第改名太平鼓云云至紹興年間有張五牛大夫聽動鼓板中有太平令因撰爲賺『見上』則北曲中之太平令與南曲中之太平歌皆北曲子又第四章所載南宋賺詞其結構似北曲而曲名似南曲者亦當自蕃曲出而南北曲之賺又自賺詞出也至宣和末京師街巷鄙人多歌蕃曲名曰異國朝四國朝六國朝蠻牌序蓬蓬花等其言至俚一時士大夫皆能歌之『見上』今南北曲中尚有四國朝六國朝蠻牌兒此亦蕃曲而於宣和已時已入中原矣至金人入中國而女眞樂亦隨之而入中原音韻謂女眞風流體等樂章皆以女眞人音聲歌之雖字有舛訛不傷於音律者不爲害也則北曲雙調中之風流體等實女眞曲也此外如北曲黃鐘宮之者刺古雙調之阿納忽古都白唐兀歹阿忽令越調之拙魯速商調之浪來裏皆非中原之語亦當爲女眞或蒙古之曲也

以上就樂曲之方面論之至於戲劇則除撥頭一戲自西域入中國外別無所聞遼金之雜劇院本與唐宋之雜劇結構全同吾輩寧謂遼金之劇皆自宋往而宋之雜劇不自遼金來較可信也至元劇之結構

誠爲創見然創之者實爲漢人而亦大用古劇之材料與古曲之形式不能謂之非外國輸入也

至我國戲曲之譯爲外國文字也爲時頗早如趙氏孤兒則法人特赫爾特 Du Halde 實譯於千七百六十二年至一千八百三十四年而裘利安 Julian 又重譯之又英人大維斯 Davis 之譯老生兒在千八百十七年其譯漢宮秋在千八百二十九年又裘利安所譯尚有灰闌記連環計看錢奴均在千八百三四十年間而拔殘 Bazin 氏所譯尤多如金錢記鴛鴦被賺蒯通合汗衫來生債薛仁貴鐵拐李秋胡戲妻倩女離魂黃粱夢昊天塔惡字記竇娥冤貨郎旦皆其所譯也此種譯書皆據元曲選而元曲選百種中譯成外國文者已達三十種矣

附錄

元戲曲家小傳『今取有戲曲傳於今者爲之傳』

一 雜劇家

關漢卿不知其爲名或字也號已齋叟大都人金末以解元貢於鄉後爲太醫院尹則亦未知其在金世歟元世歟元初大名王和卿滑稽佻達傳播四方中統初燕市有一蝴蝶其大異常王賦醉中天小令由是其名益著漢卿與之善王嘗以譏謔加之漢卿雖極意還答終不能勝王忽坐逝而鼻垂雙涕尺餘人皆歎駭漢卿來弔唁詢其由或曰此釋家所謂坐化也復問鼻懸何物又對曰此玉筯也漢卿曰我道你

不識不是玉箭是嗓咸發一笑或戲漢卿云你被王和卿輕侮半世死後方還得一籌凡六畜勞傷則鼻中常流膿水謂之嗓又愛訐人之過者亦謂之嗓故云爾『錄鬼簿參輟耕錄鬼董跋堯山堂外紀』

高文秀東平人府學生早卒『錄鬼簿』

鄭廷玉彰德人『同上』

白樸字太素一字仁甫號蘭谷隩州人後居眞定故又爲眞定人焉祖元遺山爲作墓表所謂善人白公是也父華字文舉號寓齋仕金貴顯爲樞密院判官金史有傳仁甫爲寓齋仲子於遺山爲通家姪甫七歲遭壬辰之難寓齋以事遠適明年春京城變遺山遂挈以北渡自是不茹葷血人問其故曰俟見吾親則如初嘗罹疫遺山晝夜抱持凡六日竟於臂上得汗而愈蓋視親子姪不啻過之數年寓齋北歸以詩謝遺山云顧我眞成喪家狗賴君曾護落巢兒居無何父子卜築於滹陽律賦爲專門之學而太素有能聲爲後進之翹楚遺山每過之必問爲學次第嘗贈之詩曰元白通家舊諸郎獨汝賢未幾生長見聞學問博覽然自幼經喪亂倉皇失母便有滿目山川之歎逮亡國恒鬱鬱不樂以故放浪形骸期於適意中統初開府史公將以所業薦之於朝再三遜謝棲遲衡門視榮利蔑如也至元一統後徙家金陵從諸遺老放情山水間日以詩酒優遊用示雅志詩詞篇翰在在有之後以子貴贈嘉議大夫掌禮儀院大卿著有天籟詞二卷『金史白華傳錄鬼簿元遺山文集王博文孫大雅天籟集序』

馬致遠號東籬大都人任江浙行省務官『錄鬼簿』
李文蔚眞定人江州路瑞昌縣尹『同上』
李直夫女直人居德興府一稱蒲察李五『同上』
吳昌齡西京人『同上』
王實甫大都人『同上』
武漢臣濟南府人『同上』
王仲文大都人『同上』
李壽卿太原人將仕郎除縣丞『同上』。
尙仲賢眞定人江浙行省務官『同上』
石君寶平陽人『同上』
楊顯之大都人與漢卿莫逆交凡有珠玉與公校之『同上』
紀君祥『一作天祥』大都人與李壽卿鄭廷玉同時『同上』
戴善甫眞定人江浙行省務官『同上』
李好古保定人或云西平人『同上』

張國賓『一作國寶』大都人卽喜時營敎坊句管『同上』

石子章大都人與元遺山李顯卿同時『錄鬼簿遺山集寓庵集』

孟漢卿亳州人『錄鬼簿』

李行道『一作行甫』絳州人『同上』

王伯成涿州人有天寶遺事諸宮調行於世『同上』

孫仲章大都人或云姓李『同上』

岳伯川濟南人或云鎭江人『同上』

康進之棣州人一云姓陳『同上』

狄君厚平陽人『同上』

孔文卿平陽人『同上』

張壽卿東平人浙江省掾史『同上』

李時中大都人『同上』

楊梓字□□海鹽人至元三十年二月元師征爪哇公以招諭爪哇等處宣慰司官隨福建行省平章政事伊克穆蘇以五百餘人船十艘先往招諭之大軍繼進爪哇降公引其宰相昔剌難答吒耶等五十餘

人來迎後爲安撫總使官至嘉議大夫杭州路總管致仕卒贈兩浙都轉運使上戴車都尉追封弘農郡侯謚康惠公節俠風流善音律與武林阿里海涯之子雲石交善雲石翩翩公子所製樂府散套駿逸爲當行之冠即歌聲高引可徹雲漢而公獨得其傳雜劇中有豫讓吞炭霍光鬼諫敬德不伏老皆公自製以寓祖父之意特去其著作姓名耳其後長公國材少公次中復與鮮于去矜交好去矜樂府推揚以故楊氏家僮千指無不善南北歌調者由是州人往往得其家法以能歌名於浙右云『元史爪哇傳元桃桐壽樂郊私語明董穀續澉水志』

宮天挺字大用大名開州人歷學官除釣臺書院山長爲權豪所中事獲辨明亦不見用卒於常州『錄鬼簿』

鄭光祖字德輝平陽襄陵人以儒補杭州路吏爲人方直不妄與人交病卒火葬於西湖之靈芝寺伶倫輩稱鄭老先生皆知其爲德輝也『同上』

范康字子安杭州人明性理善講解能詞章通音律因王伯成有李太白貶夜郎乃編杜子美游曲江一下筆即新奇蓋天資卓異人不可及也『同上』

曾瑞字瑞卿大興人自北來南喜江浙人才之多羨錢唐景物之盛因而家焉神采卓異衣冠整肅優游於市井洒然如神仙中人志不屈物故不願仕自號褐夫江湖之達者歲時餽送不絕遂得以徜徉卒歲

善丹青能隱語小曲有詩酒餘音行於世「同上」

喬吉「一作吉甫」字夢符號笙鶴翁又號惺惺道人太原人美容儀能詞章以威嚴自飭人敬畏之居杭州太乙宮前有題西湖梧葉兒百篇名公爲之序江湖間四十年欲刊行所作竟無成事者至正五年病卒於家嘗謂作樂府亦有法鳳頭豬肚豹尾是也大概起要美麗中要浩蕩結要響亮尤貴在首尾貫串意思清新能若是斯可以言樂府矣明李中麓輯其所作小令爲惺惺道人樂府一卷與小山樂府並刊焉「錄鬼簿參輟耕錄」

秦簡夫初擅名都下後居杭州「錄鬼簿」

蕭德祥號復齋杭州人以醫爲業凡古文俱檃括爲南曲街市盛行所作雜劇外又有南曲戲文等「同上」

朱凱字士凱所編昇平樂府及隱語包羅天地謎韻皆大梁鍾嗣成爲之序「同上」

王曄字日華杭州人能詞章樂府所製工巧又嘗作優戲錄楊鐵崖爲之序云侏儒奇偉之戲出於古亡國之君春秋之世陵轢大諸侯後代離析文義至侮聖人之言爲大劇蓋在誅絕之法而太史公爲滑稽者作傳取其談言微中則感世道者實深矣錢唐王曄集歷代之優辭有關於世道者自楚國優孟而下至金人玳瑁頭凡若干條太史公之旨其有概於中者乎予聞仲尼論諫之義有五始曰譎諫終曰諷諫

且曰吾從者諷乎蓋以諷之效從容一言之中而龍逄比干不獲稱良臣者之所不及也及觀優之寓於諷者如漆城瓦衣雨稅之類皆一言之微有回天倒日之力而勿煩乎牽裾伏蒲之勃也則優戲之伎雖在誅絕而優諫之功豈可少乎他如安金藏之剖腸申漸高之飲酖敬新磨之免戮疲伶楊花飛之易亂主於治君子之論且有謂臺官不如伶官至其錫賚及於彌侯解愁其死也足以愧北面二君者則爰世君子不能不三嘆於此矣故吾於睥之編爲書如此使覽者不徒爲軒渠一噱之助則知睥之感太史氏之感也歟至正六年秋七月序『錄鬼簿東維子文集』

二南戲家

施惠『一云姓沈』字君美杭州人居吳山城隍廟前以坐賈爲業巨目美髯好談笑詩酒之暇唯以塡詞和曲爲事有古今砌話編成一集其好事也如此『錄鬼簿』

高明字則誠溫州瑞安人『玉山草堂雅集列朝詩集皆云永嘉平陽人』以春秋中至正乙酉第授處州錄事後改調浙江閫幕都事轉江西行臺掾又轉福建行省都事初方國珍叛省臣以則誠溫人知海濱事擇以自從後仍以江西福建官佐幕事與幕府論事不合國珍就撫欲留寘幕下不從即日解官旅寓鄞櫟社沈氏以詞曲自娛明太祖聞其名召之以老病辭歸卒於寧海則誠所交皆當世名士嘗往來無錫顧阿瑛玉山草堂阿瑛選[illegible]詩入草堂雅集稱其長才碩學爲時名流其爲浙幕都事與[illegible]溫州也

會稽楊維楨與東山趙汸作序送之嘗有岳鄂王墓詩云奠向中州歎黍離英雄生死係安危內廷不下班師詔絕漠全收大將旗父子一門甘伏節山河萬里竟分支孤臣尙有埋身地二帝游魂更可悲又嘗作烏寶傳「謂鈔也」雖以文爲戲亦有裨於世敎其卒也孫德暘以詩哭之曰亂離遭世變出處嘆才難墜地文將喪憂天寢不安名題前進士爵署舊郎官一代儒林傳眞堪入史刊所著有柔克齋集「輟耕錄玉山草堂雅集東維子文集留青日札列朝詩集靜志居詩話」

徐畛字仲田淳安人明洪武初徵秀才至藩省辭歸嘗謂吾詩文未足品藻唯傳奇詞曲不多讓古人有葉兒樂府滿庭芳云烏紗裹頭淸霜籬落黃葉林邱淵明彭澤辭官後不事王侯愛的是靑山舊友喜的是綠酒新蒭相拖逗金樽在手爛醉菊花秋比于張小山馬東籬亦未多遜有巢松集「靜志居詩話」

附考　元代曲家與同時人同姓名者不少就見聞所及則有三白賁三劉時中三趙天錫二馬致遠二趙良弼二秦簡夫二張鳴善中州集有白賁汴人自上世以來至其孫淵俱以經術著名此一白賁也元遺山善人白公墓表次子賁「卽仁甫仲父」則陝州人此又一白賁也曲家之白无咎亦名賁姚際恒好古堂書畫記白賁字无咎大德間錢唐人是也元史世祖紀以劉時中爲宣慰使安輯大理此一劉時中也遂昌雜錄又有劉時中名致曲家之劉時中則號逋齋洪都人官學士陽春白雪所謂古洪劉時中者是也「此與遂昌雜錄之劉時中時代略同或係一人」世祖武臣有趙天錫冠氏人

元史有傳遂昌雜錄謂今河南行省參事宛邱趙公名頤字子期其先府君宛邱公諱祐字天錫爲江浙行省照磨此又一趙天錫也曲家之趙天錫則汴梁人官鎭江府判者也馬致遠其一製曲者爲大都人一爲金陵人卽馬文璧「琬」之父見張以寧翠屏集趙良弼一爲世祖大臣元史有傳一爲東平人卽見於錄鬼簿者也秦簡夫一名略陵川人與元遺山同時一爲製曲者卽錄鬼簿所謂見在都下擅名近歲來杭者也張鳴善一名擇平陽人「或云湖南人」爲江浙提學謝病隱居吳江見王逢梧溪集一爲揚州人宣慰司令史則製曲者也元代曲家名位既微傳記更闕恐世或疑爲一人故附著焉

增補曲苑木集

◎王國維

曲錄

曲苑木集

曲錄序

戲曲之興、由來遠矣、宣和之末、始見萌芽、乾淳以還、漸多纂述、泗水潛夫紀武林之雜劇、南村野叟錄金人之院本、醜齋點鬼、丹邱正音、著錄斯開、蒐羅尤盛、上自洪武諸王就國之裝『見李開先張小山小令跋』下訖天崇私家插架之軸、則有若章邱之李『列朝詩集李開先小傳』臨川之湯『姚士粦見只編卷中』黃州之劉、『靜志居詩話卷十五臧懋循條下』山陰之淡生、『同上卷十六祁承璞條下』海虞之述古、『錢曾也是園書目』富者千餘、次亦百數、然中麓諸家、未傳目錄、也是一編僅窺崖略、存什一於千百、或有錄而無書、暨乎國朝亦有撰著、然傳奇彙攷之作、僅見殘鈔、廣陵進御之書、惟存總目、放失之阨、斯爲甚矣、鄙薄之原、抑有由焉、粤自貿絲抱布、開敘事之端、織素裁衣、肇代言之體、追原戲曲之作、實亦古詩之流、所以窮品性之纖微、極遭遇之變化、激蕩物態、抉發人心、舒軫哀樂之餘、摹寫聲容之末、婉轉附物、怊悵切情、雖雅頌之博徒、亦滑稽之魁桀、惟語取易解、不以鄙俗爲嫌、事貴翻空、不以謬悠爲諱、庸人樂於染指、壯夫薄而不爲、遂使陋巷言懷、人人青紫、香閨寄怨、字字桑間、抗志極於利祿、美談止於蘭勺、意匠同於千手、性格歧於一人、豈託體之不尊、抑作者之自棄也、然而明昌一編、盡金源之文獻、吳興百種、抗皇元之風雅、百年之風會成焉、三朝之人文繫焉、況乎第其卷帙、軼兩宋之詩餘、論其體裁、闡有明之制義、攷古者徵其事、論世者觀其心、游藝者玩其辭、知音者辨其律、此則石渠存目、不廢雍熙、洙泗刪詩、猶存鄭衛者矣、國維雅好聲詩、粗諳流別、痛往籍之日喪、懼來者之無徵、是用博稽故簡、撰爲總目、存佚未見、未敢頌言、時代姓名、粗具條理、爲書六卷、爲目三千有奇、非徒爲考鏡之資、亦欲作搜討之助、補三朝之志所不敢言、成一家之書、請俟異日、宣統改元夏五月海寧王國維自序、

曲錄卷一

海寧王國維

宋金雜劇院本部

王煥一本

宋黃可道撰劉一淸錢唐遺事云湖山歌舞沈酣百年賈似道少時佻撻尤甚自入相後猶微服閒或飲於倡家至戊辰己巳間王煥戲文盛行於都下始自太學有黃可道者爲之一倉官諸妾見之至於羣奔遂以言去云云

樂昌分鏡一本

宋無名氏撰周德淸中原音韻云沈約之韻乃閩浙之音而製中原之韻者南宋都杭吳興與切鄰故其戲文如樂昌分鏡等類唱念呼吸皆如約韻則此本德淸猶及見之矣

王魁一本

宋無名氏撰明葉子奇草木子云俳優戲文始於王魁永嘉人作之識者曰若見永嘉人作相宋當亡及宋將亡乃永嘉陳宜中作相其後元朝南戲盛行及當亂北院本特盛南戲遂絕

爭曲六么一本「六么卽綠腰宋史樂志敎坊十八調中中呂調南呂調仙呂調均有綠腰曲」

扯攔六么一本「原注云三睥」

敎聲六么一本

鞭帽六么一本

衣籠六么一本
厨子六么一本
孤奪旦六么一本
士子高六么一本
崔護六么一本
骰子六么一本
照道六么一本
鴛鴦六么一本
大宴六么一本
驢精六么一本
女生外向六么一本
慕道六么一本
三偌慕道六么一本
雙攔哮六么一本

趕厥夾六么一本
羹湯六么一本
索拜瀛府一本『瀛府曲名宋史樂志教坊部正宮南呂宮中均有瀛府曲』
厚熟瀛府一本
哭骰子瀛府一本
醉院君瀛府一本『院君一作縣君』
懊骨頭瀛府一本『懊一作燠』
賭錢望瀛府一本
四僧梁州一本
三索梁州一本
詩曲梁州一本
頭錢梁州一本
食店梁州一本

法事饅頭梁州一本
四哮梁州一本『梁州一作伊州』
領伊州一本『宋史樂志教坊部越調歇指調中均有伊州曲』
鐵指甲伊州一本
鬧五伯伊州一本
裴少俊伊州一本
食店伊州一本
桶擔新水一本『桶一作橋宋史樂志教坊部雙調中有新水調曲新水或即新水調之略也』
雙哮新水一本
燒花新水一本
簡帖薄媚一本『宋史樂志教坊部道調宮南呂宮中均有薄媚曲』
請客薄媚一本
錯取薄媚一本
傳神薄媚一本
九妝薄媚一本
本事現薄媚一本
打調薄媚一本
拜褥薄媚一本
鄭生遇龍女薄媚一本
土地大明樂一本『宋志教坊部大石調中有大明樂』
打毬大明樂一本
三爺老大明樂一本
列女降黃龍一本『降黃龍黃鐘宮曲名宋志無考』

雙旦降黃龍一本

柳玭上官降黃龍一本

入寺降黃龍一本

偷標降黃龍一本

趕厥胡渭州一本『宋志教坊部所奏小石調林鐘商雲韶部所奏越調中皆有胡渭州曲』

單番將胡渭州一本

銀器胡渭州一本

看燈胡渭州一本『原注云三厥』

打地鋪逍遙樂一本『逍遙樂宋詞有之亦入曲雙調宋志無考』

病鄭逍遙樂一本

崔護逍遙樂一本

[氵遷]湎逍遙樂一本

單打石州一本『宋志教坊部越調中有石州曲』

和尚那石州一本『和尚一作石和』

趕厥石州一本

塑金剛大聖樂一本『宋志教坊部道調宮有大聖樂曲』

單打大聖樂一本

柳毅大聖樂一本

霸王中和樂一本『宋志教坊部黃鐘宮有中和樂曲』

馬頭中和樂一本

大打調中和樂一本

喝貼萬年歡一本『宋志教坊部中呂宮有萬年歡曲』

託合萬年歡一本

迓鼓兒熙州一本『熙州宋詞有之樂志無考』
駱駝熙州一本
二郎熙州一本
大打調道人歡一本『宋志教坊部中呂調有道人歡曲』
會子道人歡一本
雙拍道人歡一本『雙一作打』
越娘道人歡一本
打勘長壽仙一本『宋志教坊部般涉調中有長壽仙曲』
偖賣旦長壽仙一本
分頭子長壽仙一本
棊盤法曲一本
孤和法曲一本

藏瓶兒法曲一本
車兒法曲一本
病爺老劍器一本『宋志教坊部中呂宮黃鐘宮中均有劍器曲』
霸王劍器一本
黃傑進延壽樂一本『宋志教坊部仙呂宮有延壽樂曲』
義養娘延壽樂一本
扯籃兒賀皇恩一本『籃一作檻宋志教坊部林鐘商有賀皇恩曲』
催妝賀皇恩一本『原注云三偖』
封涉中和樂一本
唐輔採蓮一本『宋志教坊部雙調中有採蓮曲』
雙哮採蓮一本

病和採蓮一本
諸宮調霸王一本
諸宮調卦冊兒一本
相如文君一本
崔智韜艾虎兒一本
王宗道休妻一本「宗一作崇」
李勉負心一本
四鄭舞楊花一本
四偌皇州一本
檻偌寶金枝一本「原注云蘯瓦寶一作保宋志
敎坊仙呂宮有保金枝曲」
浮漚傳永成雙一本
浮漚暮雲歸一本
老孤嘉慶樂一本

兩相宜萬年芳一本
進筆慶雲樂一本「宋志敎坊歇指調中有慶雲
樂」
裴航相遇樂一本「宋志敎坊歇指調中有君臣
相遇樂」
能知他泛清波一本「宋志林鐘商中有泛清波
曲」
三釣魚泛清波一本
五柳菊花新一本
夢巫山彩雲歸一本「宋志仙呂調有彩雲歸曲」
青陽觀碑彩雲歸一本
四小將整乾坤一本
四季夾竹桃花一本
禾打千秋樂一本「秋一作春宋志敎坊十八調

四十六曲中有千春樂而無千秋樂則自以作
春爲是』
牛五郎能金征一本『宋志南呂調有能金鉦曲
征當作鉦』
新水爨一本『爨院本之別名見陶宗儀輟耕錄』
三十拍爨一本
天下太平爨一本
百花爨一本
三十六拍爨一本
四子打三教爨一本
孝經借衣爨一本
大孝經孫爨一本
喜朝天爨一本
說月爨一本

風花雪月爨一本
醉青樓爨一本
宴瑤池爨一本
錢手帕爨一本『原注云小字太平歌掐一作拍』
詩書禮樂爨一本
醉花陰爨一本
錢爨一本
鶻鶻一本『鶻一作鶻』
借聽爨一本
大徹底錯爨一本
黃河賦爨一本
睡爨一本
門兒爨一本
上借門兒爨一本

抹紫粉爨一本
夜半樂爨一本
火發爨一本
借衫爨一本
燒餅爨一本
調燕爨一本
棹孤舟爨一本
木蘭花爨一本
月當廳爨一本
醉還醒爨一本
鬧夾棒爨一本
撲胡蝶爨一本
鬧八妝爨一本
鍾馗爨一本

銅博爨一本
戀雙雙爨一本
惱子爨一本
像生爨一本
金蓮子爨一本
思鄉早行孤一本『輟耕錄院本五人一曰孤裝
寧王權太和正音譜云孤當場裝官者』
睡孤一本
迓鼓孤一本
論禪孤一本
諱藥孤一本『藥一作樂』
大暮故孤一本
小暮故孤一本
老姑遣妲一本『姑一作孤妲卽旦也』
孤慘一本

雙孤慘一本『原注云骨突肉』
三孤慘一本
四孤醉留客一本
四孤夜宴一本
四孤好一本
四孤披頭一本
四孤擂一本
病孤三鄉題一本
王魁三鄉題一本
强三偖鄉題一本
文武問命一本
兩同心卦鋪兒一本
一井金卦鋪兒一本
滿皇州卦鋪兒一本

變貓卦鋪兒一本
白苧卦鋪兒一本
探春卦鋪兒一本
慶時豐卦鋪兒一本
三哮卦鋪兒一本
三哮揭榜一本
三哮上小樓一本
三哮文字兒一本
三哮一檐脚一本
襤哮合房一本
襤哮店休妲一本
襤哮負酸一本『胡應麟少室山房筆叢世謂秀才爲措大元人以秀才爲細酸倩女離魂首摺末扮細酸爲王文擧是也』

秀才下酸擂一本
急慢酸一本
眼藥酸一本
食藥酸一本
風流藥一本
黃元兒一本
論淡一本
醫淡一本
醫馬一本
調筆驢兒一本
雌虎一本『原注云崔智韜』
解熊一本
鶻打兎變二郎一本『鶻打兎曲名見董解元西廂』

二郎神變二郎神一本『二郎神曲名見唐崔令欽教坊記』
毀廟一本
入廟霸王兒一本
單調霸王兒一末
單調宿一本
單背影一本
單頂戴一本
單唐突一本
單折洗一本
單兜一本
單搭手一本
雙搭手一本
雙厥送一本

雙厥投拜一本
雙打毬一本
雙頂戴一本
雙園子一本
雙索帽一本
雙三教一本
雙虞候一本
雙養娘一本
雙快一本『快一抉作』
雙捉一本
雙禁師一本
雙羅羅啄木兒一本『啄木兒曲調名』
賴房錢啄木兒一本
闖城啄木兒一本

大雙頭蓮一本
小雙頭蓮一本
大雙慘一本
小雙慘一本
小雙索一本
雙排軍一本
醉排軍一本
雙賣妲一本
三入舍一本
三出舍一本
三笑月中行一本
三登樂院公狗兒一本
三教安公子一本『安公子曲名』
三社爭賽一本

三頂戴一本
三偌一貫驢一本
三盲一偌一本
三敎鬧著棋一本
三借窯貨兒一本
三獻身一本
三敎化一本
三京下書一本
三短妲一本
打三敎菴宇一本
普天樂打三敎一本
滿皇州打三敎一本
領三敎一本
三韃醉還醒一本
三姐黃鶯兒一本
賣花黃鶯兒一本
大四小將一本
四小將一本
四國朝一本
四脫空一本
四敎化一本
泥孤一本〔右凡二百八十本見周密武林舊事卷十題日官本雜劇段數〕
君聖臣賢爨一本
楊飯一本
四偌少年游一本〔右三本見武林舊事卷一係南宋聖節所用者〕
右二百八十四種宋無名氏撰雜劇之名始見

於宋史樂志志稱眞宗不喜鄭聲而或爲雜劇詞未嘗宣布於外則北宋初葉雜劇固已有脚本唯無傳于後世者且幷亡其目耳右二百餘種大率以所演之事繫所歌之曲甚例與陶宗儀輟耕錄所載院本名目相同且有十餘本互見

月明法曲一本

鄆王法曲一本

燒香法曲一本

送香法曲一本

上墳伊州一本

燒花新水一本『與前官本雜劇重出或一本也』

熙州駝駱一本『宋官本雜劇有駱駝熙州是一本』

列良羸府一本『羸府當爲瀛府之訛』

病鄭逍遙樂一本『與宋官本雜劇重出樂是一本』

四皓逍遙樂一本

四酸逍遙樂一本

賀貼萬年歡一本『宋官本雜劇有喝貼萬年歡不知卽此本否』

掙麋降黃龍一本

列女降黃龍一本『與宋官本雜劇重出當是一本右十四種陶宗儀輟耕錄題日和曲院本』

壺堂春一本

太湖石一本

金明池一本『詞調名』

爕竈山一本

六變妝一本
萬歲山一本
打草陣一本
賞花燈一本
錯入內一本
問想思一本
探花街一本
斷上皇一本
打毬會一本
春從天上來一本「右十四種輟耕錄題上皇院本打毬會一本元無名氏有雜劇當自此出春從天上來則調名宋詞元曲不用金明池同」
柳絮風一本
紅索冷一本

牆外道一本
共粉淚一本
楊柳枝一本
蔡消閑一本「金蔡丞相松年號蕭閑老人元李文蔚有蔡蕭閑醉寫石州慢雜劇當自此本出」
方偷眼一本
畫堂前一本
呆太守一本
夢周公一本
梅花底一本
三笑圖一本
窄布衫一本
呆秀才一本

隔年期一本
賀方回一本
王安石一本
斷三行一本
競尋芳一本
雙打梨花院一本『右二十種輟耕錄題曰題目院本』
悲怨霸王一本
范增霸王一本
草馬霸王一本
散楚霸王一本
三官霸王一本
補塑霸王一本『右六種輟耕錄題曰霸王院本
愚意霸王亦調名因創調之人始詠霸王即以名其調故有范增霸王三官霸王等異名』
喬記孤一本
旦判孤一本
計算孤一本
雙判孤一本
百戲孤一本
唷啪孤一本
燒棗孤一本
孝經孤一本
菜園孤一本
貨郎孤一本
合房酸一本
麻皮酸一本
花酒酸一本

狗皮酸一本
還魂酸一本
別離酸一本
王纙酸一本
謁食酸一本
三揲酸一本
哭貧酸一本
插撥酸一本
酸孤旦一本
毛詩旦一本
老孤遺旦一本「宋官本雜劇亦有此目當是一本」
纏三旦一本
禾哨旦一本

哮賣旦一本
貧富旦一本
書樻兒一本
紙襴兒一本
蔡奴兒一本
剃毛兒一本
喜牌兒一本
卦冊兒一本
繡篋兒一本
粥碗兒一本
似娘兒一本「宋人詞調即醜奴兒之異名」
卦舖兒一本
師婆兒一本
教學兒一本

鷄鴨兒一本
黄丸兒一本
稜角兒一本
田牛兒一本
小丸兒一本
醜奴兒一本
病襄王一本
馬明王一本
鬧學堂一本
鬧浴堂一本
寬布衫一本
泥布衫一本
趕湯瓶一本
紙湯瓶一本

鬧旗亭一本
芙蓉亭一本「元王實父有雜劇當自此出」
壞食店一本
鬧酒店一本
壞粥店一本
莊周夢一本
花酒夢一本
蝴蝶夢一本「元關漢卿有蝴蝶夢雜劇當自此出」
三出舍一本
三入舍一本「右二本與宋官本雜劇重出當是一本」
瑤池會一本
八仙會一本

蟠桃會一本
洗兒會一本
藏鬮會一本
打五臟一本
蘭昌宮一本「元庾天錫有薛昭誤入蘭昌宮雜劇當自此出
廣寒宮一本
鬧結親一本
倦成親一本
强風情一本
大論情一本
三園子一本
紅娘子一本
太平還鄉一本

衣錦還鄉一本
四論藝一本
殿前四藝一本
競敲門一本
都子撞門一本
呆大郎一本
四酸擂一本
問前程一本
十様錦一本「元無名氏有十様錦諸葛論功雜劇或自此出」
長歷館一本
獺將軍一本
兩相同一本
競花枝一本

五變妝一本
白牡丹一本
洪福無疆一本
赤壁鏖兵一本
窮相思一本
金壇謁宿一本
調雙漸一本
官吏不和一本
鬧巡鋪一本
判不由已一本
大勘刀一本
同官不睦一本
鬧平康一本
趕門不上一本

寶花容一本
同官賀授一本
無鬼論一本
四酸諱喏一本
鬧衚衕一本
雙藥盤街一本
鬧文林一本
四國來朝一本
雙捉壻一本
酒色財氣一本
醫作媒一本
風流藥院一本
監法童一本
漁樵問話一本

鬬鵪鶉一本『鬬鵪鶉越調曲名』
杜甫游春一本『元范康有曲江池杜甫游春雜劇當自此出』
鴛鴦簡一本『元白朴有鴛鴦簡牆頭馬上劇或自此出』
四酸提候一本
滿朝歡一本『宋詞調名』
月夜聞箏一本『元鄭光祖有雜劇』
鼓角將一本
鬧芙蓉城一本
雙鬬醫一本
張生煮海一本『元尙仲賢孝好古有雜劇』
賒饅頭一本
文房四寶一本

謝神天一本
陳橋兵變一本
雙揭榜一本
矇啞質庫一本
雙福神一本
院公狗兒一本
告和來一本
佛印燒猪一本
酸賣徠一本『元曲中謂童晉爲徠』
琴劍書箱一本
花前飲一本『詞律拾遺收無名氏花前飲一調在詞曲之間』
五鬼聽琴一本
白雲庵一本

迓鼓二郎一本『迓鼓仙呂曲名』
壞道場一本
獨脚五郎一本
賣花聲一本『宋詞調名入曲中呂宮名昇平樂』
進奉伊州一本
錯上墳一本
醫五方一本
打五鋪一本
拷梅香一本
四道姑一本
隔簾聽一本『隔簾聽宋詞調名』
硬行蔡一本
義養娘一本
[口店]師姨一本

論秋蟬一本
劉盼盼一本『元關漢卿有劉盼盼鬧衡州劇當自此出』
牆頭馬一本『元白朴有牆頭馬上劇此馬字下當有上字』
刺董卓一本
鋸周村一本
四拍板一本
大論談一本
撻龍舟一本『元關漢卿有雜劇』
擊梧桐一本
淬藍橋一本『元李直夫有水淬藍橋雜劇』
入桃園一本『王實父有誤入桃園雜劇』
雙防送一本

海棠春一本『宋詞調名』
香藥車一本
四方和一本
九頭頂一本
鬧元宵一本
趕材禾一本
眼藥孤一本『與宋官本雜劇重出當是一本』
兩同心一本
更漏子一本『詞調名』
陰陽孤一本
提頭巾一本
三索債一本
防送哨一本
借賣旦一本

是耶酸一本
怕水酸一本
回回梨花院一本
晉宣成道記一本『右一百八十九種輟耕錄題曰諸雜劇大小院本』
海棠軒一本
海棠園一本
海棠怨一本
海棠院一本
魯李王一本
慶七夕一本
再相逢一本
風流婿一本
王子端捲簾記一本

柴雲迷因季一本
張與夢孟楊妃一本
女狀元春桃記一本
粉牆梨花院一本
娓女梨花院一本
龐方溫道德經一本
大江東注一本
吳彥諱一本
不抽闌一本
不撅簾一本
紅梨院一本
玎璫天賜暗姻緣一本『右二十一種輟耕錄題曰院么』
鬧夾棒六么一本

鬧夾棒法曲一本
望瀛法曲一本『望瀛當作望宋瀛史樂志法曲部其曲二一曰道調宮望瀛』
分拐法曲一本
宋宣道人歡一本
逍遙樂打馬鋪一本
播䌽延壽樂一本
諱老長壽仙一本『長壽仙般涉調中曲名董西廂用之元曲無』
夜半樂打明皇一本『夜半樂詞調名』
歡呼萬里一本
山水日月一本
集賢賓打三教一本『集賢賓商調曲名』
打白雪歌一本

地水火風一本
夜深深三磕胞一本
佳景堪游一本
琴棋書畫一本
喜遷鶯剗草鞋一本「喜遷鶯黃鐘宮曲名」
太公家教一本
十五郎一本
滕王閣鬧八妝一本
春夏秋冬一本
風花雪月一本
上小樓袁頭子一本
噴水胡倫一本
汀注論語一本
恨秋風鬼黠偕一本

詩書禮樂一本
論語謁食一本
下角瓶大醫淡一本
再遊恩地一本
累受恩深一本
送羹湯放火子一本
擂鼓孝經一本
香茶酒果一本
船子和尚四不犯一本
徐演黃河一本
單兜望梅花一本「望梅花詞調名」
皇都好景一本
四偖大提猴一本
雙聲疊韻一本「雙聲疊韻乃黃鐘宮及中呂宮

曲調名惟董西廂中用之元人不用」

上皇四軸畫一本
三偌一卜一本
調猿卦鋪一本
悼刀饅頭一本
河轉迓鼓一本
背箱伊州一本
酒樓伊州一本
蓑衣百家詩一本
埋頭百家詩一本
偷酒牡丹香一本
雪詩打樊噲一本
抹麪長壽仙一本
四偌買諢一本

四偌祈雨一本
松竹龜鶴一本
王母祝壽一本
四偌抹柴粉一本
四偌劈馬樁一本
截紅鬧浴堂一本
和燕歸梁一本
蘇武和番一本
羹湯六么一本『與宋官本雜劇重出當是一本』
河陽舅舅一本
偌請都子一本
雙女賴飯一本
一貫質庫兒一本
私媒質庫兒一本

清朝無事一本
豐稔太平一本
一人有慶一本
四海民和一本
金皇聖德一本
皇家萬歲一本
背鼓千字文一本
變龍千字文一本
擡盒千字文一本
錯打千字文一本
木驢千字一本
埋頭千字文一本
講來年好一本
講聖州序一本

講樂章序一本
講道德經一本
神農大說藥一本
食店提猴一本
人參腦子爨一本
斷朱溫爨一本
變二郎爨一本
講百果爨一本
講百花爨一本
講蒙求爨一本
講百禽爨一本
講心字爨一本
變柳七爨一本
三跳澗爨一本

打王樞密爨一本
水酒梅花爨一本
調猿香字爨一本
三分食爨一本
煎布衫爨一本
賴布衫爨一本
雙揲紙爨一本
謁金門爨一本
跳布袋爨一本
文房四寶爨一本
開山五花爨一本『右一百七種輟耕錄題曰諸雜院爨內百家詩質庫兒千字文雖不見傳記似是曲調之名』
打三十一本

打謝樂一本
打八哥一本
錯打了一本
錯取兒一本
說狄青一本
憨郭郎一本『大石調曲名』
枝頭巾一本
小鬧擲一本
鶯哥貓兒一本
大陽唐一本
小陽唐一本
歇貼韻一本
三般尿一本
大鰲睡一本

小鶯睡一本
大分界一本
小分界一本
雙雁兒一本
唐韻六貼一本
我來也一本
情知本分一本
喬捉蛇一本『中呂曲調名』
鐺鍋釜竈一本
代元保一本
母子御頭一本
揹苗兒一本
山梨柿子一本
打淡的一本

一日一箇一本
村城詩一本
胡椒雖小一本
蔡伯喈一本『陸游劍南詩稿斜陽古柳趙家莊負鼓盲翁正作場死後是非誰管得滿村聽唱蔡中郎此本不知較南宋盲詞同異若何要爲東嘉琵琶祖本』
遮截架解一本
窄磚兒一本
三打步一本
穿百倬一本
盤榛子一本
四魚名一本
四坐山一本

提頭帶一本
天下樂一本「仙呂曲調名」
四怕水一本
四門兒一本
說古人一本
山麻稭一本「山麻稭越調曲名唯董西廂用之元人不用」
喬道傷一本
黃風蕩蕩一本
貪狼觀一本
通一毋一本
串梆子一本
拖下來一本
啞伴哥一本

劉千劉義一本
歡會旗一本
生死鼓一本
搗練子一本「雙調曲名」
三拳頭一本
酒糟兒一本
淨瓶兒一本「大石調曲名」
賣官衣一本
苗青根白一本
調笑令一本「越調曲名」
鬪鼓笛一本
柳青娘一本「正宮曲名」
調劉袞一本
請車兒一本

身邊有藝一本
論仃兒一本
霸王草一本
難古典一本
左必來一本
香供養一本
合五百一本
嬭嬭噴一本
一借一與一本
己己己一本
舞秦始皇一本
學像生一本
支是饅黃一本
打調却一本

驢娍白守一本
呆木大一本『黃山谷鼓笛令詞副靖傳語木大鼓兒裏且打一和副靖郎副淨則木大亦脚色之名也』
定魂刀一本
說罰錢一本
年紀大小一本
打扇一本
盤蛇一本
相眼一本
告假一本
捉記一本
照淡一本
朦睡一本

投河一本
略通一本
調賊一本
多筆一本
僉押一本
扯狀一本
羅打一本
記水一本
求楞一本
燒奏一本
轉花枝一本
計頭兒一本
長蟜憐一本
歇後語一本

蘆子語一本
迴且語一本
大支散一本『右一百九本輟耕錄題曰衝撞引首』
襄陽會一本『元高文秀有劉玄德獨赴襄陽會雜劇當自此出』
驢軸不了一本
鞭敲金鐙一本
門簾兒一本
衙府則例一本
天長地久一本
金合楞一本
天下太平一本
歸塞北一本

春夏秋冬一本
鬭百草一本
叫子蓋頭一本
大劉備一本
石榴花詩一本
啞漢書一本
說古棒一本
唱柱杖一本
日月山河一本
胡餅大一本
糟搵地一本
屋裏藏一本
罵呂布一本
張天覺一本

打論語一本
十果頑一本
十般乞一本
還故里一本
劉金帶一本
四草蟲一本
四廚子一本
四妃豔一本
望長安一本
長安住一本
罵江南一本
風花雪月一本
錯寄書一本
睡起敎柱一本

打婆東一本
三文兩撲一本
大對景一本
小護鄉一本
少年游一本「詞調名」
打青提一本
千字文一本
酒家詩一本
三拖旦一本
睡馬杓一本
四生厲一本
喬唱諢一本
桃李子一本
麥屯兒一本

大菜園一本
打喬聖一本
杏湯來一本
謝天地一本
十隻脚一本
請生打納一本
建成一本
縛食一本
毬棒爨一本「爨與燄同燄段亦院本之意但差簡耳取其如火燄易明而易滅也」
破巢爨一本
開封爨一本
鞍子爨一本
打虎爨一本

四王豔一本
蝗蟲豔一本
撅子豔一本
七捉豔一本
修行豔一本
般調豔一本
棗兒豔一本
蠻子豔一本
快樂豔一本
慈烏豔一本
眼裏喬一本
訪戴一本
衆半一本
陳蔡一本

范蠡一本
扯休書一本
鞭桼一本
机杌掃竹一本
感吾智一本
諸宮調一本
金鈴一本
彫出板來一本
套靴一本
舌智一本
俯飲一本
敘髮多一本
襄陽府一本
仙哥兒一本「右九十二種輟耕錄題曰拴搐豔」

段」
照天紅一本
琴家弄一本
著棋名一本
衮骰子一本
樂人名一本
悶葫蘆一本
握龜一本「右七種賭撲名」
說駕頑一本
敵待詔一本
上官赴任一本
押刺花赤一本「右四種官職名」
青鵰一本
老鴉一本

斷料一本
鷹鷂鵰鶻一本「右四種飛禽名」
石竹子一本
調狗一本
散水一本「右三種花名」
廚雞偖一本
蘑菇菜一本「右二種喫食名」
成佛板一本
爺娘佛一本「右二種佛名」
盤驢一本
害字一本
劉三一本
一板子一本「右四種雜字兒」
擻酒一本

三元四子一本『右二種酒下名』
孟姜女一本
遮蓋了一本
詩頭曲尾一本
虎皮袍一本『右四種唱尾聲』
杜大伯一本
大黃一本『右二種猜謎』
禿醜生一本
窗下僧一本
坐化一本
唐三藏一本『右四種和尚家門』
入口鬼一本
則要胡孫一本
大燒餅一本

清閒眞道本一本『右四種先生家門』
大口賦一本
六十八頭一本
拂袖便去一本
紹運圖一本
十二月一本
胡說話一本
風魔賦一本
療丁賦一本
撞著駱駝一本
看馬胡孫一本『右十種秀才家門』
說卦彖一本
由命賦一本
混星圖一本

柳籔箕一本
二十八宿一本
春從天上來一本「右六種列良家門」
萬民快樂一本
咬的嚮一本
莫延一本
九斗一石一本
共牛一本「右五種禾下家門」
三十六風一本
傷寒一本
合死漢一本
馬庇勃一本
安排鍬钁一本
三百六十骨節一本

便攤賦一本「右七種大夫家門」
針兒線一本
甲仗庫一本
軍鬧一本
陣敗一本「右四種卒子家門」
方頭賦一本
水龍吟一本「右二種謅頭家門」
脚言脚語一本
則是便是賊一本「右二種邦老家門
後人收一本
桃李子一本
上一上一本「右三種都下種門」
睽聞上古一本
刀包待制一本

緝兒來一本『右三種孤下家門』
罷筆賦一本
是故榜一本『右二種司吏家門』
一遍生活一本『右仵作行家門』
受胎成氣一本『右撅徠家門以上八十八種輟耕錄題曰打略拴搐又賭撲名七種之前尚有星象名果子名草名軍器名神道名燈火名衣裳名鐵器名書籍名節令名蠶桑名縣道名州府名相撲名法器名門名草名軍名魚名菩薩名則有其目而無其曲又賭撲名中著棋名樂人名怨亦爲目而非曲當屬傳寫之誤
模石江一本
梅妃一本
浴佛一本

三教一本
姜武一本
救駕一本
趙娥娥一本
石婦吟一本
孌貓一本
水母一本
玉環一本
走鸚哥一本
上料一本
瞎脚一本
易基一本
武則天一本
告子一本

拔蛇一本
鹿皮一本
新太公一本
黃巢一本
恰來一本
蛇師一本
沒字碑一本
臥草一本
衲襖一本
封碑一本
鋸周村一本
史弘肇一本
懸頭梁上一本『右三十種輟耕錄題曰諸雜砌』

右六百九十種見陶宗儀輟耕錄卷二十五院本名目、余定爲金人之作、其目淩亂詭異、不可鈞稽、約舉之、有以調名者『如金明池之類』、有以所譜之事名者、『如賞花燈之類』、有以曲之所譜之人名者、『如蔡消閒之類』、有以曲之首句名者、『如清朝無事之類』、有以事係扮演之人者、『如菜園孤之類』、有以事繫曲調者、『如四皓逍遙樂之類』、何以知爲金人之作、中有金皇聖德一本、一證也、其以調名者、如山麻稭、水龍吟、雙聲疊韻、各調惟金時董解元西廂中用之、元人從未用此數調、二證也、董西廂多用宋人詞調、此目中之以調名者、亦詞曲相半、三證也、中有十餘本同南宋官本雜劇、四證也、惟此種院本大柢出於伶人之手者多、出于士大夫之手者少耳、

曲錄卷二

雜劇部上

劉阮誤入天台洞一本『明寧獻王權太和正音譜作誤入桃園』

呂太后人彘戚夫人一本

江州司馬青衫淚一本『明臧懋循元曲選本明陳與郊古名家雜劇本』

風雪騎驢孟浩然一本

呂洞賓三醉岳陽樓一本『子元曲選本古名家雜劇本』

王祖師三度馬丹陽一本

太華山陳摶高臥一本『元曲選本古名家雜劇本明息機子元人名雜劇選本』

孟朝雲風雪歲寒亭一本

凍吟詩踏雪尋梅一本『元人雜劇選本也是園書目作孟浩然踏雪尋梅太和正音譜有此本而無風雪騎驢孟浩然一本或二本關目略同歟』

呂蒙正風雪齋後鐘一本

大人先生酒德頌一本

破幽夢孤雁漢宮秋一本『元曲選本上十二本見元鍾嗣成錄鬼簿』

半夜雷轟薦福一本『元曲選本古名家雜劇本』

馬丹陽三度任風子一本『元曲選本古名家雜劇本上二本見太和正音譜』

右十四種元馬致遠撰致遠號東籬大都人江浙行省務官案元有兩馬致遠錢謙益列朝詩

集甲十三有張學士以甯題馬致遠淸溪曉渡圖自注云致遠廣西憲掾子琬從余學琬字文璧秦淮人則其父非大都之馬致遠也『太和正音譜馬東籬之詞如朝陽鳴鳳又云其詞典雅淸麗可與靈光景福相頡頏有振鬣長鳴萬馬皆瘖之意又若神鳳飛鳴于九霄豈可與凡鳥共語哉宜列羣英之上』

東海郡于公高門一本

韓彩雲絲竹芙蓉亭一本

曹子建七步成章一本

蘇小卿月夜販茶船一本

孝父母明達賣子一本

才子佳人拜月亭一本

四大王歌舞麗春堂一本『元曲選本四大王元曲選作四丞相』

趙光普進梅諫一本

呂蒙正風雪破窰記一本

陸績懷橘一本

詩酒麗春園一本

雙渠怨一本『樂府紀聞大名民家有男女以私情不遂赴水者後三日二尸相抱出水濱是年此陂荷花無不並蔕李治賦雙蕖怨詞云云此劇疑譜此事然則渠當作蕖太和正音譜作雙題怨似誤都穆南濠詩話引此正作雙蕖怨』

嬌紅記一本『右均見錄鬼簿尙有西廂記入第四卷傳奇部玆不錄』

右十三種元王實父撰實父大都人案實父所作麗春堂雜劇譜金完顏某事而劇末云早先

聲把煙塵掃蕩從今後四方八荒萬邦齊仰賀
當今皇上以所禱金皇作結則此劇之作尚在
金世實父亦有金入元者矣
『太和正音譜曰王實父之詞如花間美人又
曰鋪敘委婉深得騷人之趣極有佳句如玉環
之出浴華池綠珠之採蓮洛浦』
關張雙赴西蜀夢一本
董解元醉走柳絲亭一本
丙吉教子立宣帝一本
薄太后走馬救周勃一本
太常公主認先皇一本
曹太后死哭劉夫人一本
荒墳梅竹鬼團圓一本
劉夫人寫恨萬花堂一本

閨怨佳人拜月亭一本『也是園書目作王瑞蘭
私禱拜月亭太和正音譜亦作拜月亭卽幽閨
記祖本』
呂蒙正風雪破窰記一本
風月狀元三負心一本
晏叔原風月鷓鴣天一本
沒興風雪瘸馬記一本
錢大尹智寵謝天香一本『元曲選本古名家雜
劇本』
金銀夾鈔三告狀一本
姑蘇臺范蠡進西施一本
蘇氏造織錦回文一本
開封府蕭王勘龍衣一本
介休縣敬德降唐一本

杜蘂娘智賞金綫池一本『元曲選本古名家雜劇本』
昇仙橋相如題柱一本
金谷園綠珠墜樓一本
漢匡衡鑿壁偷光一本
柳花亭李婉復落倡一本
風雪狄梁公一本
望江亭中秋切鱠旦一本『元曲選本元人雜劇選本』
甲馬營降生趙太祖一本
賢孝婦風雪雙賀車一本
屈勘宣華妃一本
雙提屍冤報汴河冤一本
月落江梅怨一本

老女壻金馬玉堂春一本
煙月舊風塵一本『也是園書目作趙盼兒風月救風塵太和正音譜元曲選亦作救風塵元曲選本古名家雜劇本』
宋上皇御斷鴛鴦簿一本
管寧割席一本
崔玉簫擔水澆花一本
晉國公裴度還帶一本『也是園書目作山神廟裴度還帶』
隋煬帝牽龍舟一本
白衣相高鳳漂麥一本
唐明皇哭香囊一本
孫康映雪一本
唐太宗哭魏徵一本

鄧夫人哭存孝一本
關大王單刀會一本元刊卅種本、孤本元明雜劇本
溫太眞玉鏡臺一本『元曲選本古名家雜劇本』
武則天肉醉王皇后一本
翠華妃對玉釵一本『太和正音譜作對玉釧』
漢元帝哭昭君一本
劉盼盼鬧衡州一本『太和正音譜作鬧邢州』
劉夫人救啞子一本
呂無雙銅瓦記一本
風流孔目春衫記一本
萱草堂玉簪記一本
錢太尹鬼報緋衣夢一本『也是園書目作錢大尹智勘緋衣夢』
醉孃子三撇一本『太和正音譜作三撇嵌』

楚雲公主酹江月一本
詐妮子調風月一本
魯元公主三噉赦一本『右五十八本見錄鬼簿』
感天動地竇娥冤一本『元曲選本古名家雜劇本』
包待制三勘蝴蝶夢一本『元曲選本續古名家雜劇本』
狀元堂陳母教子一本『右三本見太和正音譜也是園書目』
劉夫人慶賞五侯宴一本『右見也是園書目』
包待制智斬魯齋郎一本『元曲選本古名家雜劇本元曲選題大都關漢卿撰』
姻緣簿一本『見太和正音譜疑卽錄鬼簿末上皇御斷鴛鴦簿附錄於此』

右六十三種元關漢卿撰漢卿號已齋叟大都人官大醫院尹按楊維楨元宮詞云開國遺音樂府傳白翎飛上十三絃大金優諫關卿在伊尹扶湯進劇編此關卿當指漢卿則漢卿猶逮事金矣然伊尹扶湯雜劇據錄鬼簿及太和正音譜乃鄭德輝作豈楊詩之誤歟抑漢卿自有此簿而不傳於世歟

『太和正音譜曰關漢卿之詞如瓊筵醉客又曰觀其詞語乃可上可下之才蓋所以取者初爲雜劇之始故卓以前列』

『輟耕錄大名王和卿滑稽佻達傳播四方中統初燕市有一蝴蝶其大異常王賦醉中天小令曰撐破莊周夢兩翅駕東風三百處名園一採一箇空難道風流種謊殺尋芳蜜蜂輕輕的飛動賣花人攝過橋東由是其名益著同時有關漢卿者亦高才風流人也王嘗以譏謔加之關雖極意還答終不能勝王忽坐逝而鼻垂雙涕尺餘人皆歎駭關來弔唁詢其由或對曰此釋家所謂坐化也復問鼻懸何物又對曰此玉筋也關云我道你不識不是玉筋是嗓咸發一笑或戲關云你被王和卿輕侮半世死後方還得一籌凡六畜勞傷則鼻中常流膿水謂之嗓病又愛訐人之過者亦謂之嗓故云爾』

秋紅風月鳳皇船一本

唐明皇秋夜梧桐雨一本『元曲選本古名家雜劇本』

鴛鴦簡牆頭馬上一本『元曲選本古名家雜劇本元曲選也是園書目均作裴少俊牆頭馬上

」
韓翠蘋御水流紅葉一本
唐明皇游月宮一本
董秀英花月東墻記一本
漢高祖斬白蛇一本
祝英臺死嫁梁山伯一本
閻師道趕江一本
楚莊王夜宴絕纓會一本
蕭翼智賺蘭亭記一本
泗上亭長一本『太和正音譜作高祖歸莊』
崔護謁漿一本
蘇小小月夜錢唐夢一本
薛瓊瓊月夜銀箏怨一本『右十五本見錄鬼簿』
李克用箭雙雕一本『右見李玉北詞廣正譜』

右十七種元白朴撰朴字仁甫後改字太素號蘭谷眞定人父華字文舉號寓齋金樞密院判金史有傳錄鬼簿云朴贈嘉議大夫掌禮儀院太卿『維案金史白華傳華隩州人錄鬼簿云仁甫眞定人殆以其父子卜築滹陽時言之耳』

『太和正音譜曰白仁甫之詞如鵬摶九霄又曰風骨磊𥖁詞源滂沛若大鵬之起北溟奮翼淩乎九霄有一舉萬里之志宜冠于首』

『元王博文天籟集序曰元白爲中州世契兩家子弟每舉長慶故事以詩文相往來太素即寓齋仲子於遺山爲通家姪甫七歲遭壬辰之難寓齋以事遠適明年春京城變遺山遂挈以北渡自是不茹葷血人問其故曰俟見吾親則

如初嘗罹疫遺山晝夜抱持凡六日竟於臂上得汗而愈蓋視親子姪不啻過之讀書穎悟異常兒日親炙遺山謦欬談笑悉能默記數年寓齋北歸以詩謝遺山云顧我眞成喪家狗賴君曾護落巢兒居無何父子卜築於滹陽律賦爲專門之學而太素有能聲號後進之翹楚者遺山每過之必問爲學次第嘗贈之詩曰元白通家舊諸郎獨汝賢未幾生長見聞學問博覽然自幼經喪亂蒼皇失母便有滿目山川之歎逮亡國恆鬱鬱不樂以故放浪形骸期於適意中統初開府史公將以所業薦之於朝再三遜謝棲遲衡門視榮利篾如也」

「明孫大雅天籟集序先生少有志天下已而事乃大謬顧其先爲金世臣既不欲高蹈遠引以抗其節又不欲使爵祿以干其身於是屈已降志玩世滑稽徙家金陵從諸遺老放情山水間日以詩酒優游用示雅志以忘天下詩詞篇翰在在有之」

「王鵬運天籟集跋康熙中六安楊氏希洛以曝書亭訂本授梓卷首有仁甫小像末附摭遺爲所製曲」

黑旋風鬭雞會一本

黑旋風詩酒麗春園一本

黑旋風窮風月一本

黑旋風大鬧牡丹園一本

黑旋風喬教學一本

黑旋風敷衍劉耍和一本「耍和太和正音譜作耍和錄鬼簿于紅字李二花李郎二人下皆注

云敎坊劉要和壻輟耕錄謂敎坊色長魏武劉
三人鼎新編輯院本魏長于念誦武長于筋斗
劉長于念誦卽此人也』
黑旋風雙獻頭一本『元曲選本太和正音譜元
曲選均作雙獻頭』
老郞君養子不及父一本
病樊噲打呂青一本『太和正音譜作打呂胥案
史記樊噲列傳以呂后女弟呂須爲婦胥須由
音同而誤又由胥而誤爲青耳』
黑旋風借尸還魂一本
劉先主襄陽會一本
禹王廟霸王舉鼎一本
窮秀才雙弃瓢一本
忠義士班超投筆一本

煙月門神訴寃一本
五鳳樓潘安擲果一本
須賈誶范睢一本『元曲選本』
好酒趙元遇上皇一本
周瑜謁魯肅一本
木叉行者鏁水母一本
伍子胥弃子走樊城一本
豹子尙書謊秀才一本
豹子秀才不當差一本
豹子令史自請俸一本
太液池兒女並頭蓮一本
風月害夫人一本
相府門廉頗負荊一本
鄭元和風雪打瓦罐一本

御史臺趙堯辭金一本
醉秀才戒酒論杜康一本
志公和尚開啞禪一本『太和正音譜作問啞禪』
宣帝問張敞畫眉一本『右三十二本見錄鬼簿』
雙獻頭武松大報讐一本
保成公竟赴澠池會一本『右二本見也是園書目』
右三十四種元高文秀撰文秀東平人府學生蚤卒
『太和正音譜曰高文秀之詞如金瓶牡丹』
楚昭王疎者下船一本『元曲選本』
宋上皇御斷鳳皇釵一本
齊景公驅馬奔陣一本『太和正音譜作驛馬奔陳』

包待制智勘後庭花一本『元曲選本』
采石渡漁父辭劍一本
吹簫女悔敎鳳皇兒一本
冷臉劉斌料到底一本
尉遲公鞭打李道煥一本『太和正音譜作打李奐恐譖敬德打任城王道宗事』
布袋和尚忍字記一本『元曲選本元人雜劇選本』
子爲夢秋夜欒城驛一本
孟縣宰因禍致福一本
賣兒女沒興王公綽一本
風月郎君雙敎化一本
一百二十行販揚州一本
寃報寃貧兒乍富一本

看錢奴買寃家債主一本『元曲選本』
曹伯明復勘贓一本
漢高祖哭韓信一本
風月七眞堂一本
蕭丞相復勘贓一本
孫恪遇猿一本
孟姜女送寒衣一本
奴殺主因禍折福一本『右二十三本見錄鬼簿』
崔府君斷寃家債主一本『元曲選本元人雜劇選本元曲選題元無名氏撰今從也是園書目定爲廷玉撰』
右二十四本元鄭廷玉撰廷玉彰德人
『太和正音譜曰鄭廷玉之詞如佩玉鳴鑾』
常何薦馬周一本
隋煬帝江月錦帆舟一本
裴航遇雲英一本
孟嘗君雞鳴度關一本
列女青綾臺一本
會稽山買臣負薪一本
玉女琵琶怨一本
薛昭誤入蘭昌宮一本
秋夜凌波夢一本
封隲先生罵上元一本
英烈士周處三害一本
蘇小卿麗春園一本
秋月蕊珠宮一本
楊太眞霓裳怨一本
楊太眞華清宮一本『右見鬼錄簿太和正音譜』

右十五種元庾天錫撰天錫字吉甫大都人中書省掾除員外郎

『太和正音譜曰庾吉甫之詞如奇峯散綺』

張子房圯橋進履一本

漢武帝死哭李夫人一本

謝安東山高臥一本『錄鬼簿云趙公輔次本鹽咸韻』

蔡逍遙醉寫石州慢一本『逍遙當作蕭閑蕭閑老人金蔡松年別號也松年在翰林日奉使高麗東夷故事每上國使來館有侍伎松年于使還日爲賦石州慢詞見蕭閑老人明秀集第五卷今明秀集四卷以下已佚元楊朝英陽春白雪載之』

謝玄破符堅一本『也是園書目作破符堅蔣神靈應』

盧亭亭擔水澆花一本

金水題紅怨一本

秋夜芭蕉雨一本

燕青射雁一本

報冤臺燕青撲魚一本『元曲選本元曲選也是園書目均作同樂院燕青博魚』

濯錦江魚雁傳情一本『右均見錄鬼簿』

風雪推車記一本『太和正音譜作風月推車旦』

右十二種元李文蔚撰文蔚眞定人江州路瑞昌縣尹

『太和正音譜曰李文蔚之詞如雪壓蒼松』

武元皇帝虎頭牌一本『元曲選本』

潁考叔孝諫莊公一本

風月郎君怕媳婦一本

鄧伯道棄子留姪一本

宦門子弟錯立身一本
尾生期女渰藍橋一本
歹鬭娘子勸丈夫一本
念奴敎樂府一本
晏元叔風月夕陽樓一本『宴元叔疑當作宴叔原』
俏郎君占斷風光好一本
謊郎君敗壞盡風光好一本『右十一本見錄鬼簿』
火燒祆廟一本『見太和正音譜』
右十二種元李直夫撰直夫女直人德興府住即蒲察李五也
『太和正音譜曰李直夫之詞如梅邊月影』
唐三藏西天取經一本
張天師夜祭辰鈎月一本『元曲選本元曲選作張天師斷風花雪月』
浣紗女抱石投江一本
鬼子母揭鉢記一本
哪吒太子眼睛記一本
狄青撲馬一本
浪子回回賞黃花一本
貨郎末泥一本
月夜走昭君一本『右九本見錄鬼簿』
花間四友東坡夢一本『元曲選本元曲選題吳昌齡撰並見太和正音譜』
搜胡洞一本『見太和正音譜』
右十一種元吳昌齡撰昌齡西京人
『太和正音譜曰吳昌齡之詞如庭草交翠』
抱姪擕男魯義姑一本
趙太子叛立天子班一本

虎牢關三戰呂布一本
鄭瓊娥梅雪玉堂春一本
女元師掛甲朝天一本
謝瓊雙千里關山怨一本
曹伯明錯勘贓一本
四哥哥神助一本
窮韓信登壇拜將一本
散家財天賜老生兒一本『元曲選本元人雜劇選本德人叔本華意志及寫象之世界第三冊詩論中述英人大闢曾譯此才於千八百十七年在倫敦出板迄今九十餘年矣右十本見錄鬼簿』
提頭鬼一本『見太和正音譜』
李素蘭風月玉壺春一本『元曲選本』
包待制智勘生金閣一本『元曲選本右二本元曲選題武漢臣撰』
右十三種元武漢臣撰漢臣濟南府人
『太和正音譜曰武漢臣之詞如遠山疊翠』
淮陰縣韓信乞食一本
齊賢母三教王孫賈一本
洛陽令董宣張項一本
諸葛亮秋風五丈原一本
感天地王祥臥冰一本
趙太祖夜斬石守信一本
七星壇諸葛公祭風一本
救孝子烈母不認尸一本『元曲選』
漢張良辭朝歸山一本
孟月梅寫恨錦江亭一本』右均見錄鬼簿太和

正音譜』
右十種元王仲文撰仲文大都人
『太和正音譜曰王仲文之詞如劍氣騰空』
說專諸伍員吹簫一本『元曲選本』
月明三度臨岐柳一本『元曲選本郎月明和尚
度柳翠』
鼓盆歌莊子嘆骷髏一本
司馬昭復奪受禪臺一本
船子和尚秋蓮夢一本
呂太后夜鎖鑑湖亭一本
呂太后定計斬韓信一本
呂太后祭滻水一本
呂無雙遠波亭一本
辜負呂無雙一本『錄鬼簿云與遠波亭關目同

右均見錄鬼簿太和正音譜』
右十種元李壽卿撰壽卿太原人將仕郎除縣
丞
『太和正音譜曰李壽卿之詞如洞天春曉又
曰其詞雍容典雅變化幽玄造語不凡非神仙
中人孰能致此』
陶淵明歸去來辭一本
海神廟王魁負桂英一本
鳳皇坡越娘背燈一本
洞庭湖柳毅傳書一本『元曲選本』
張生煑海一本
崔護謁漿一本
沒興花前秉燭旦一本『太和正音譜作秉燭達
旦誤』

武成廟諸葛論功一本『也是園作玉清殿諸葛論功』
尉遲公三奪槊一本『元曲選本』
漢高祖濯足氣英布一本『元曲選本右均見錄鬼簿太和正音譜』
右十種元尚仲賢撰仲賢眞定人江浙行省務官
『太和正音譜曰尚仲賢之詞如山花獻笑』
魯大夫秋胡喜妻一本『元曲選本』
李亞仙詩酒曲江池一本『元曲選本古名家雜劇本』
呂太后醢彭越一本
趙二世醉走雪香亭一本
柳眉兒金錢記一本

張天師斷歲寒三友一本
窮解子納驛一本
東吳小喬哭周瑜一本
士女秋香怨一本
諸宮調風月紫雲亭一本『右見錄鬼簿太和正音譜』
右十種元石君寶撰君寶平陽人
『太和正音譜曰石君寶之詞如羅浮梅雪』
臨江澤瀟湘夜雨一本『元曲選本』
蕭縣君風雪酷寒亭一本『元曲選本古名家雜劇本二書俱作鄭孔目風雪酷寒亭』
醜駙馬射金錢一本
蒲魯忽劉屠大拜門一本
黑旋風喬斷案一本

大報寃兩世辨劉屠一本『太和正音譜有小劉屠恐卽此本』

劉泉進瓜一本

借通縣跳神師婆旦一本『右均見錄鬼簿』

右八種元楊顯之撰顯之大都人

『太和正音譜曰楊顯之之詞如瑤臺夜月』

『錄鬼簿顯之與漢卿莫逆之交凡有珠玉與公較之』

趙氏孤兒寃報寃一本『元曲選本』

韓湘子三度韓退之一本

曹伯明錯勘贓一本

信安王斷復販茶船一本

李元眞松陰記一本

驢皮記一本『右均見錄鬼簿太和正音譜』

右六種元紀君祥撰君祥大都人與李壽卿鄭廷玉同時

『太和正音譜曰紀君祥之詞如雪裏梅花』

丁香回回鬼風月一本

莽和尚復奪珍珠船一本『太和正音譜作珍珠旗』

呂太后餓劉友一本

尉遲公病小秦王一本

白門斬呂布一本

狄梁公智斬武三思一本『右均見錄鬼簿』

右六種元于伯淵撰平陽人

『太和正音譜曰于伯淵之詞如翠柳黃鸝』

陶秀實醉寫風光好一本『元曲選本古名家雜劇本』

柳耆卿詩酒翫江樓一本『也是園書目作玩江亭』
關大王三捉紅衣怪一本
伯俞泣杖一本
宮調風月紫雲亭一本『右均見錄鬼簿太和正音譜』
右五種元戴善甫撰善甫眞定人江浙行省務官
『太和正音譜曰戴善甫之詞如荷花映水』
秦始皇坑儒焚典一本
周亞夫屯細柳營一本
石頭和尚草庵歌一本
鹽客三告狀一本『右均見錄鬼簿太和正音譜』
右四種元王廷秀撰廷秀山東益都人淘金千戶
『太和正音譜曰王廷秀之詞如月印寒潭』
霸王垓下別虞姬一本
昭居出塞一本
賽花月秋千記一本
沈香太子劈華山一本『右均見錄鬼簿』
右四種元張時起撰時起字才英東平府學生居長蘆
『太和正音譜曰張時起之詞如雁陣驚寒』
太祖夜斬石守信一本
崔和擔土一本
風月害夫人一本『右均見錄鬼簿』
斝夫人一本『太和正音譜無風月害夫人而有此本疑字形之誤姑附於此』

右四種元趙子祥撰
『太和正音譜曰趙子祥之詞如馬嘶芳草』
褚遂良拉詔立東宮一本
神武門逢萌挂冠一本
漢太守郝廉留錢一本『右均見錄鬼簿太和正音譜』
右三種元姚守中撰守中洛陽人平江路吏牧庵學士燧之姪也
『太和正音譜曰姚守中之詞如秋月揚輝』
張生煮海一本『元曲選本』
趙太祖鎮凶宅一本
巨靈劈華岳一本『也是園書目作劈華山神香救母右均見錄鬼簿太和正音譜』
右三種李好古撰好古保定人或云西平人案宋末元初有兩李好古一作碎錦詞者自署鄉貢免解進士一字敏仲見趙開禮陽春白雪此李好古或即二人中之一然曲家多以字行則怨又是一人矣
『太和正音譜曰李好古之詞如孤松掛月』
試湯餅何郎傅粉一本
買愛卿金錢剪燭一本『太和正音譜作金釵剪燭』
右二種元趙天錫撰天錫汴梁人鎮江府判輟耕錄載宛邱趙天錫爲吾邱衍買妾事殆即其人非元史立傳之趙天錫也
『太和正音譜曰趙天錫之詞如秋水芙蓉』
滎陽城火燒紀信一本
陵母伏劍一本『右均見錄鬼簿太和正音譜』

右二種元顧仲清撰仲清東平人

「太和正音譜曰顧仲清之詞如鵬鶚冲霄」

黃貴孃秋夜竹窗雨一本

秦脩然竹塢聽琴一本「元曲選本續古名家雜劇本元人雜劇選本右均見錄鬼簿太和正音譜」

右二種元石子章撰子章大都人

「太和正音譜曰石子章之詞如蓬萊瑤草」

關盼盼春風燕子樓一本

元侯克中撰克中字正卿號艮齋先生眞定人

「四庫全書提要正卿幼喪明聆群兒誦書不終日能悉記其所授稍長習詞章自謂不學可造詣既而悔之以爲刋華食實莫首于理原易以求乃爲得之於是精意讀易著書名大易通義年至九十餘而卒有艮齋詩集十四卷」

「周密癸辛雜識云方回年登希歲適卒獻之與之同庚其子成文與乃翁爲慶且徵友朋之詩仇仁近有句云姓名不入六臣傳容貌堪傳九老碑且作方句云老尙留樊素貧休比范丹方嘗有句今生窮似范丹於是方大怒其褒卒貶已遂摭六臣之語以此比今上爲朱温必欲告官殺之諸友皆爲謝過不從仇遂謀之北客侯正卿正卿訪之徐扣曰聞仇仁近得罪于虛谷何耶方曰此子無禮遂比今上爲朱温侯笑曰仇亦止言六臣今比上爲朱温者執事也方色變侯遂索其詩之元本手碎之乃已

花間四友莊周夢一本「也是園書目作老莊周一枕蝴蝶夢」

元史九敬先撰錄鬼簿作史九散人眞定人武昌萬戶

張鼎智勘魔合羅一本『元曲選本續古名家雜劇本』

元孟漢卿撰漢卿亳州人

漢丞相丙吉問牛喘一本

元李寬夫撰寬夫大都人刑部令史除廬州合肥縣尹

包待制智賺灰闌記一本『元曲選本』

元李行道撰行道錄鬼簿作行甫絳州人

才子佳人菊花會一本

元費君祥撰君祥大都人

『錄鬼簿曰與漢卿交有愛女論行于世』

蘇子瞻風雪貶黃州一本　孤本元明雜劇本

斬鄧通一本

漢丞相韋賺籯金一本

右三種元費唐臣撰唐臣大都人君祥之子

『太和正音譜曰費唐臣之詞如三峽波濤又曰風神聳秀氣勢縱橫放則驚濤拍天斂則山川倒影自是一般氣象』

糊突包待制一本

元江澤民撰澤民眞定人見鍾嗣成錄鬼簿而太和正音譜及王世貞藝苑卮言均作汪澤民汪字叔志婺源人官集賢直學士死宣州之難諡文節元史有傳文節死事遠在嗣成作錄鬼簿之後今錄鬼簿中澤民在已死才人之列則自以從姓江爲是

風月兩無功一本

元陳寧夫撰寧夫太和正譜音作定夫大名人

東海郡于公高門一本

趙光普進梅諫一本

右二種元梁進之撰進之大都人警巡院判除縣尹又除大興府判除知和州

「太和正音譜曰梁進之之詞如花裏啼鶯」

李大白貶夜郎一本

張騫泛浮槎一本「右二本見錄鬼簿太和正音譜」

與劉滅項一本「無名氏九宮大成譜有此本數闋」

右三種元王伯成撰伯成涿州人

「太和正音譜曰王伯成之詞如紅鶯戲波」

金章宗斷遺留文書一本

卓文君白頭吟一本

河南府張鼎勘頭巾一本「元曲選本續古名家雜劇本元曲選題孫仲章撰然錄鬼簿孫仲章下無此本而陸登善下有之恐元曲選誤也」

右三種元孫仲章撰仲章或云姓李大都人

「太和正音譜曰孫仲章之詞如秋風鐵笛」

韓湘子三赴牡丹亭一本

陶朱公范蠡歸湖一本

右二種元趙明道撰明道太和正音譜作明遠大都人

「太和正音譜曰趙明遠之詞如太華晴雲」

晉謝安東山高臥一本「汴本」

棲鳳堂倩女離魂一本

右二種元趙公輔撰公輔平陽人儒學提舉

『太和正音譜曰趙公輔之詞如空岩淸嘯』
賈充宅韓壽偷香一本
翟子弑齊君一本
右二種元李子中撰子中大都人知事除縣尹
『太和正音譜曰李子中之詞如淸廟朱瑟』
神龍殿欒巴噀酒一本
窮解子破雨傘一本
司馬昭復奪受禪臺一本
右三種元李進取撰進取大名人官醫大夫
『太和正音譜曰李進取之詞如壯士舞劍』
羅光遠夢斷楊貴妃一本
呂洞賓度鐵拐李岳一本『元曲選本』
右二種元岳伯川撰伯川濟南府人或云鎭江
人

『太和正音譜曰岳伯川之詞如秀林樵響』
梁山泊黑旋風負荊一本『元曲選本』
黑旋風老收心一本
右二種元康進之撰進之一云姓陳棣州人
宋上皇碎冬淩一本
元陸顯之撰顯之汴梁人
『錄鬼簿云顯之有好兒趙正話本』
火燒介子推一本
元狄君厚撰君厚平陽人
秦太師東窗事犯一本
元孔文卿撰文卿平陽人
謝金蓮詩酒紅梨花一本『元曲選本古名家雜
劇本』
元張壽卿撰壽卿東平人浙江省掾吏

李三娘麻地捧印一本

禁順摘椹養母一本

右二種元劉唐卿撰唐卿太原人皮貨所提舉錄鬼簿曰唐卿在文彥博席上曾詠博山銅細裊香風者「輟耕錄虞邵庵先生集在翰苑時宴散散學士家歌兒順時秀者唱今樂府其折桂令起句云將博山銅細裊香風一句而兩韻名曰短柱極不易作先生愛其新奇」「其詞見楊朝英陽春白雪曰博山銅細裊香風雨行紗籠燭影搖紅翠袖殷勤捧金鐘半露春葱唱好是會受用文章巨公綺羅叢醉眼朦朧夜宴將終十二簾攏月轉梧桐其詞頗美但署姚牧庵作不署唐卿也」

四不知月夜京孃怨一本

元彭伯威撰又云郭安道撰伯威一作伯成保定人

宋仁宗御覽托公書一本

會稽山越王嘗膽一本

宋上皇御賞鳳皇樓一本

生死交范張雞黍一本「元曲選本元入雜劇選本」

嚴子陵釣魚臺一本

濟飢民汲黯開倉一本「右均見錄鬼簿太和正音譜」

右六種元宮天挺撰天挺字大用大名開州人歷學官除釣臺書院山長卒于常州

「太和正音譜曰宮大用之詞如西風雕鶚其

詞鋒犀利神彩燁然若健翮摩空下視林藪使
狐兎縮頸」
李太白醉寫秦樓月一本
醜齊后無鹽破連環一本
陳後主玉樹後庭花一本
放太甲伊尹扶湯一本「也是園書目作立成湯
伊尹耕莘」
三落水鬼泛采蓮船一本
秦趙高指鹿爲馬一本
㩳梅香翰林風月一本「元曲選本元人雜劇選
本」
崔懷寶月夜聞箏一本
辭思鄉王粲登樓一本「元曲選本」
周公輔成王攝政一本

王太后碎印哭孺子一本
迷青瑣倩女離魂一本「元曲選本古名家雜劇
選本」
虎牢關三戰呂布一本
齊景公哭晏嬰一本
謝阿蠻梨園樂府一本「太和正音譜作梁園樂
府」
周亞夫細柳營一本
紫雲孃一本「右均見錄鬼簿太和正音譜」
哭孫子一本「見太和正音譜」
鍾離春智勇定齊一本「見也是園書目」
右十九種元鄭光祖撰光祖字德輝平陽襄陵
人以儒補杭州路吏
「太和正音譜曰鄭德輝之詞如九天珠玉」

玉津園智斬韓太師一本
秦太師東窗事犯一本
蕭何月夜追韓信一本
周公旦抱子投朝一本
長孫皇后鼎鑊諫一本
蔡琰還朝一本
蘇東坡夜宴西湖夢一本『右均見錄鬼簿太和正音譜』
右七種元金仁傑撰仁傑字志甫杭州人建康崇寧務官
『太和正音譜曰金志甫之詞如西山爽氣』
陳季卿悟道竹葉舟一本『元曲選本　元曲選作誤上竹葉舟』
曲江池杜甫游春一本『右均見錄鬼簿太和正音譜』
右二種元范康撰康字子安杭州人
『太和正音譜曰范子安之詞如竹裏鳴泉』
才子佳人誤元宵一本『即留鞋記　元曲選本　元人雜劇選本』
元曾瑞撰瑞字瑞卿大興人寓居錢唐
祈甘雨貨郎朱蛇記一本
徐駙馬樂昌分鏡記一本
鄭玉娥燕山逢故人一本
鬧法場郭興阿揚一本『右均見錄鬼簿正音譜』
瀟湘八景一本
歡喜冤家一本『右二本見正音譜然錄鬼簿亦錄疑散曲也』
右六種元沈和撰和字和甫杭州人後居江州

「太和正音譜曰沈和甫之詞如翠屏孔雀

錄鬼簿以南北調合腔自和甫始如瀟湘八景歡喜冤家極爲工巧後居江州近年方卒江西稱爲蠻子關漢卿者是也」

王妙妙死哭秦少游一本

史魚尸諫衛靈公一本

忠義士班超投筆一本

貪財漢爲富不仁一本

摘星樓比干剖腹一本

英雄士楊震辭金一本

漢丞相宋弘不諧一本「右均見錄鬼簿正音譜」

右七種元鮑天祐撰天祐字吉甫杭州人崑山州吏

「太和正音譜曰鮑吉甫之詞如老蛟泣珠

周定王元宮詞云尸諫靈公演傳奇一朝傳到九重知奉宣齎與中書省諸路都教唱此詞即吉甫所作衛靈公也」

孝烈女曹娥泣江一本「中二折汪勉之作」

元鮑天祐汪勉之合撰勉之慶元人由學官歷浙東帥府令史

十八騎誤入長安一本

錦堂風月一本「右均見錄鬼簿正音譜」

右二種元陳以仁撰以仁字存甫杭州人

「太和正音譜曰陳存甫之詞如湘江雪竹」

春夜梨花雨一本

元趙良弼撰良弼字君卿別作君祥東平人嘉興路吏調杭州

怨風月嬌雲認玉釵一本
玉簫女兩世因緣一本「元曲選本 古名家雜劇本」
杜牧之詩酒揚州夢一本「元曲選本 古名家雜劇本」
死生交託妻寄子一本
馬光勘祖風塵一本「太和正音譜作勘風情」
荊公遣妾一本
唐明皇御斷金錢記一本「元曲選本 續古名家雜劇本 元人雜劇選本」
節婦牌一本
賢孝婦一本
九龍廟一本
燕樂毅黃金臺一本「右均見錄鬼簿」

右十一種元喬吉撰字夢符太原人
「太和正音譜曰喬夢符之詞如神鼇鼓浪
錄鬼簿喬夢符號笙鶴翁又號惺惺道人美容儀能詞章以威嚴自飭人敬畏之居杭州太乙宮前有趙西湖梧葉兒百篇名公爲之序江湖間四十年欲刊行所作竟無成事者至正五年二月病卒於家
輟耕錄喬孟符吉博學多能以樂府稱嘗云作樂府亦有法曰鳳頭猪肚豹尾六字是也大概起要美麗中要浩蕩結要響亮尤貴在首尾貫串意思清新能若是斯可以言樂府矣」
楚大夫屈原投江一本
鴛鴦牡丹記一本
千里投人一本

右三種元睢景臣撰景臣後字景賢揚州人
『太和正音譜曰睢景臣之詞如鳳管秋聲
錄鬼簿維楊諸公俱作高祖還鄉套數唯公哨
徧製作新奇皆出其下又有南呂一枝花題情
云人間燕子樓被冷鴛鴦錦酒空鸚武盞釵折
鳳皇金亦爲工巧人所不及也』

鏡新磨戲諫唐莊宗一本

孫武子教女兵一本

持漢節蘇武還鄉一本

春風杜韋孃一本

右四種元周文質撰文質字仲彬建德人後居
杭州就路吏
『太和正音譜曰周仲彬之詞如平原孤阜』

楚大夫屈原投江一本

火燒正陽門一本

子房貨劍一本

醉游阿房宮一本『右均見錄鬼簿』

手卷記一本『見太和正音譜』

右五種元吳弘道撰弘道字仁卿號克齋先生
歷仕府判
『太和正音譜曰吳仁卿之詞如碧山明月』

東堂老勸破家子弟一本『元曲選本　元人雜
劇選本』

義士死趙禮讓肥一本『元曲選本　元人雜劇
選本』

天壽太子邢臺記一本

玉溪館一本

陶賢母剪髮待賓一本

右五種元秦簡夫撰案中州集有秦略字簡夫陵川人輩行長于元遺山非此人也

『太和正音譜曰秦簡夫之詞如峭壁孤松』

孫武子敎女兵一本

唐太宗驪山七德舞一本

醉寫滿庭芳一本

村學堂一本

燒樊城糜竺收資一本『右均見錄鬼簿』

執笏諫一本

姜肱共被一本『右見太和正音譜』

右七種元趙善慶撰善慶字文賢饒州樂平人別作趙孟慶字可寶

『太和正音譜曰趙可寶之詞如藍田美玉』

田單復齊一本

孟宗哭竹一本

昇仙橋相如題柱一本

宋上皇三恨李師師一本

敬德撲馬一本『右均見錄鬼簿』

右五種元屈子敬撰

王脩然斷殺狗勸夫一本『元曲選本』

四大王歌舞麗春園一本

包待制三勘蝴蝶夢一本

四春園一本

小孫屠一本『右均見錄鬼簿』

右五種元蕭德祥撰德祥杭州人以醫爲業

張鼎勘頭巾一本

開倉糶米一本『右見錄鬼簿』

右二種元陸登善撰登善字仲良揚州人

昊天塔孟良盜骨殖一本『元曲選本　元曲選題無名氏撰』

醉走黃鶴樓一本『右均見錄鬼簿』

右二種元朱凱撰凱字士凱里居未詳

破陰陽八卦桃花女一本『元曲選本』

臥龍岡一本

雙賣華一本『右均見錄鬼簿』

右三種元王曄撰曄字日華杭州人『楊維楨鐵崖文集優戲錄序太史公爲滑稽者作傳取其談言微中錢唐王曄集列代之優辭有關于世道者自楚國優孟而下至金人玳瑁頭凡若干條太史公之旨其有慨于中者乎』

東海郡于公高門一本

袁盎卻坐一本

私下三關一本『右均見錄鬼簿』

右三種元王仲元撰仲元杭州人

杜秋娘夜月紫鸞簫一本

元孫子羽撰子羽儀徵人

包待制判斷煙花鬼一本

黨金蓮夜月瑤琴怨一本『右見錄鬼簿正音譜』

右二種元張鳴善撰鳴善揚州人宣慰司令史『太和正音譜曰張鳴善之詞如綵鳳刷羽輟耕錄張鳴善作北樂府水仙子譏時云鋪眉苫眼早三公裸袖揎拳享萬鍾胡言亂語成時用大綱來都是烘(上聲)說英雄誰是英雄五眼雞岐山鳴鳳兩頭蛇南陽臥龍三腳貓渭水

非熊」
豫讓吞炭一本
霍光鬼諫一本
敬德不伏老一本「右見鹽邑志林中樂郊私語」
右三種元楊梓撰梓字□□海鹽人官至浙江路總管追封弘農郡公謚康惠
「元姚桐壽樂郊私語海鹽少年多善歌樂府皆出於澉川楊氏當康惠公梓存時節俠風流善音律與武林阿里海涯之子雲石交善雲石翩翩公子無論所製樂府散套駿逸爲當行之冠即歌聲高引可徹雲漢而康惠獨得其傳今雜劇中有豫讓吞炭霍光鬼諫敬德不伏老皆康惠自製以寓祖父之意第去其著作姓名耳其後長公國材次公少中復與鮮于去矜交好去矜亦樂府擅場以故楊氏家僮千指無有不善南北歌調者由是杭州人往往得其家法以能歌名于浙右云」
馮諼收券一本
詐游雲夢一本
錢神論一本
斬陳餘一本
章臺柳一本
鄭莊公一本
蟠桃會一本「右均見朱士凱錄鬼簿後序」
右七種元鍾嗣成撰嗣成字繼先號醜齋大梁人有錄鬼簿行于世
「太和正音譜曰鍾繼先之詞如騰空寶氣」
都孔目風雨還牢末一本「元曲選本　古名家

雜劇本　太和正音作無名氏元曲選題李致遠撰』
元李致遠撰
『太和正音譜曰李致遠之詞如玉匣昆吾』
馬丹陽度脫劉行首一本『元曲選本　續古名家雜劇本　正音譜作無名氏元曲選題元楊景賢撰』
元楊景賢撰與明初之楊景言或是一人
宋太祖龍虎風雲會一本『續古名家雜劇本元人雜劇選本　見也是園書目』
元羅本撰本字貫中武林人
玉嬌春一本
鴛鴦塚一本『右見李玉北詞廣正譜』
右二種元邾經撰經字仲誼仁和人元進士有玩齋集見輟耕錄列朝詩集明詩綜但北詞廣正譜于上二本皆注朱仲誼而仲誼于青樓集跋及錄鬼簿題詞亦自稱朱經仲義則邾朱固通用也
肅霜裘一本『見太和正音譜』
元范居中施惠黃天澤沈拱合撰居中字子正號氷壺惠字君美一云姓沈天澤字德潤拱字拱之均杭州人
開壇闡教黃粱夢一本『元曲選本　古名家雜劇本』
元馬致遠李時中花李郎紅字李二合撰時中大都人
張果老度脫啞觀音一本
渡孟津武王伐紂一本

宦門子弟錯立身一本『右均見錄鬼簿』
右三種元趙文敬撰文敬一作明鏡彰德人敎坊色長
相國寺公孫汗衫記一本『元曲選本』
漢高祖衣錦還鄉一本
薛仁貴衣錦還鄉一本『元曲選本　右均見錄鬼簿正音譜』
羅李郎大鬧相國寺一本『元曲選本題張國賓撰』
右四本元張國賓撰國賓一作酷貧大都人敎坊管勾
折擔兒武松打虎一本
病楊雄一本
板踏兒黑旋風一本『正音譜作板杏兒　右均見錄鬼簿』
右三種元紅字李二撰李二京兆人敎坊劉耍和壻
莽張飛大鬧相府院一本
㩻懆判官釘一釘一本『右均見錄鬼簿正音譜』
勘吉平一本『見北詞廣正譜』
右三種元花李郎撰花李郎錄鬼簿但作李郎云劉耍和壻但于黃粱夢下又云花李郎學士豈李郎與花李郎一爲倡人一爲士大夫歟抑以倡人而進爲學士歟

曲錄卷三

雜劇部下

辨三教一本

勘妬婦一本
烟花判一本
瑤天笙鶴一本
白日飛昇一本
九合諸侯一本
私奔相如一本
豫章三害一本
肅淸瀚海一本
客窗夜話一本
獨步大羅天一本
楊娭復落娼一本『右見太和正音譜』

右十二種明寧獻王權撰王太祖第十六子洪武二十四年就封大寧永樂元年改封南昌晚慕沖舉自號臞仙涵虛子丹邱先生均其別號也上十二本太和正音譜題丹邱先生蓋其自稱之詞如此

『列朝詩集江右俗故質朴、儉于文藻、士人不樂聲譽王弘奬風流、增益標勝、博學好古諸書無所不窺旁通釋老尤深于史、凡羣書有祕本、莫不刊布國中所著有通鑑博論二卷漢書祕史二卷、史斷一卷、文譜八卷、詩譜一卷、神隱肘後神樞各二卷、壽域神方四卷活人心二卷、大古遺音二卷、異域志一卷、遐齡洞天志二卷、運化玄樞琴阮啟蒙各一卷、乾坤生意、神奇祕譜各三卷、采芝吟四卷、其他注纂數十種、經子九流、星歷醫卜、黃冶諸術、皆具古今著述之富無逾王者、又作家訓六篇寧國儀範七十四章』

天香圃牡丹品一本

十美人慶賞牡丹園一本
蘭紅葉從良烟花夢一本
瑶池會八仙慶壽一本
河嵩神靈芝慶壽一本
四事花月賽嬌容一本
南極星度脫海棠仙一本
文殊菩薩降獅子一本
關雲長義勇辭金一本
惠禪師三度小桃紅一本
搊搜判官喬斷鬼一本
豹子和尚自還俗一本
甄月娥春風慶朔堂一本
美因緣風月桃源會一本
宣平巷劉金兒復落倡一本

福祿壽仙官慶會一本
神后山秋獮得騶虞一本
黑旋風仗義疎財一本
小天香半夜朝元一本
張天師明斷辰勾月一本
李妙清花裏悟眞如一本
洛陽風月牡丹仙一本『盛明雜劇本』
李亞仙花酒曲江池一本
清河縣繼母大賢一本
趙貞姬身後團圓夢一本
劉盼春守志香囊怨一本『盛明雜劇本』
紫陽仙三度常椿壽一本『古名家雜劇本』
東華仙三度十長生一本『古名家雜劇本』
羣仙慶壽蟠桃會一本『古名家雜劇本』

呂洞賓花月神仙會一本『古名家雜劇本　右均見也是園書目』

右三十種明周憲王有燉撰王周定王長子洪熙元年襲封景泰三年薨

『列朝詩集憲王遭世隆平奉藩多暇勤學好古留心翰墨製誠齋樂府傳奇若干種音律諧美流傳內府至今中原絃索多用之李夢陽汴中元宵絕句曰中山孺子倚新粧趙女燕姬總擅場齊唱憲王新樂府金梁橋外月如霜由今思之東京夢華之感可勝道哉王詩有誠齋錄新錄諸集傳于世』

劉晨阮肇誤入桃源一本『元曲選本　古名家雜劇本、　元人雜劇選本』

海棠風一本

楚陽臺一本

鶯燕蜂蝶一本『右見正音譜』

右四種明王子一撰

『太和正音譜曰王子一之詞如長鯨飲海又曰風神蒼古才思豐豔如漢廷老吏之詞不容一字增減其高處如披狠玕而叫閶闔』

嬌紅記一本

月下老世間配偶一本『右見正音譜』

右二種明劉東生撰

『太和正音譜曰劉東生之詞如海嶠雲霞又云鎔意鑄詞繊無塵氣可與王實父輩並驅』

呂洞賓三度城南柳一本『元曲選本　古名家雜劇本　元人雜劇選本』

枕中記一本

雪恨鬧陰司一本「右見正音譜」
右三種明谷子敬撰
「太和正音譜曰谷子敬之詞如昆山片玉」
嬌紅記一本
風月瑞仙亭一本「右見正音譜」
右二種明湯式撰式字舜民號菊莊寧波人
「太和正音譜曰湯舜民之詞如錦屏春風」
風月海棠亭一本
史教坊斷生死夫妻一本「右見正音譜」
右二種明楊景言撰
「太和正音譜曰楊景言之詞如雨中之花」
鐵拐李度金童玉女一本「元曲選本　古名家雜劇本　右見正音譜」
荊楚臣重對玉梳記一本「元曲選本　古名家雜劇本」
蕭淑蘭情寄菩薩蠻一本「元曲選本」
呂洞賓桃柳昇仙夢一本「古名家雜劇本　右見也是園書目」
右四種明賈仲名撰仲名一作仲明
「太和正音譜曰賈仲名之詞如錦幄瓊筵」
翠紅鄉兒女兩團圓一本「元曲選本　元人雜劇選本」
王魁不負心一本
封隲遇上元一本
玉盒記一本「右見正音譜」
右四種明楊文奎撰
「太和正音譜曰楊文奎之詞如匡廬叠翠」
黃廷道夜走流星馬一本「見也是園書目」

明黃元吉撰也是園書目作元明黃元吉蓋亦明初人也

杜子美沽酒游春一本

明王九思撰九思字敬夫號渼陂鄠縣人弘治丙辰進士授檢討值劉瑾亂政翰林悉調部屬敬夫獨得吏部不數月長文選瑾敗降壽州同知勒致仕

「藝苑危言王敬夫將塡詞以厚貲募國工杜門學案琵琶三絃習諸曲盡其技而後出之又曰敬夫與康德涵俱以詞曲名一時其秀麗雄爽康大不如也評者以敬夫聲價不在關漢卿馬東籬下

列朝詩集敬夫之再謫以及永錮皆長沙李西厓柄國時事盛年屛棄無所發怒作爲歌謠及杜甫春游雜劇力詆西涯流轉騰涌關隴之士雜然和之嘉靖初纂修實錄議起敬夫有言于朝者曰游春記李林甫固指西涯楊國忠得非石齋賈婆婆得非南塢耶吏部聞之縮舌而止」

東郭先生誤救中山狼一本

明康海撰海字德涵號對山武功人弘治十五年狀元授翰林院修撰正德中落職

「列朝詩集正德初逆瑾恨李獻吉代韓尚書草疏繫詔獄必欲殺之獻吉獄急出片紙曰對山救我秦人皆言瑾恨不能致德涵德涵往獻吉可生也德涵曰吾何惜一官不救李死乃往謁瑾瑾不喜盛稱德涵眞狀元爲關中增光德涵曰海何足言今關中自有三才古今稀少瑾

驚問曰何也德涵曰老先生之功業張尙書之政事李郎中之文章瑾曰李郎中非李夢陽耶應殺無赦德涵曰應則應矣殺之關中少一才矣歡飲而能明日瑾奏上赦李瑾遂欲超拜吏部侍郎德涵力辭之乃寢瑾敗坐落職爲民又曰楊侍郎廷儀過滸西德涵留飲甚歡自起彈琵琶勸酒楊言家兄在內閣殊相念何不以尺書通問德涵發怒擲琵琶撞之楊走追而罵之曰吾豈效王維假作伶人借琵琶討官做耶歸田三十餘年其沒也以山人巾服歛遺囊蕭然大小鼓却有三百副其風致可思也朱彝尊靜志居詩話德涵坐援獻吉遂挂淸議歸田之後耽心詞曲其小令曰眞個是不精不細醜行藏怪不得沒頭沒腦受災殃從今後花底朝朝醉人間事事忘剛方從落了膺和滂荒唐周旋了籍與康論者原其心而悲之』

花月妓(陳)偷納錦郎一本

鄭耆老義配好因緣一本『右見也是園書目』

右二種明陳鐸撰鐸字大聲邳州人官指揮使『藝苑巵言陳大聲金陵將家子所爲散套既多蹈襲亦淺才情然字句流麗可入絃索三弄列朝詩集陳大聲以樂府名于世所爲散套穩協流麗審宮節羽不差毫末山水仿沈啓南自爲詩題其上人知大聲善樂府不知其能畫又不知其工於詩也』

宴淸都洞天元記一本『見也是園書目』

蘭亭會一本『見黃文暘曲海目』

太和記六本『見也是園書目及曲海目每本四

折凡六本」

右八種明楊慎撰慎字用修號升庵新都人官翰林院修撰謫戍雲南

「藝苑巵言楊狀元慎才情蓋世所著有洞天元記陶情樂府續陶情樂府流膾人口而不爲當家所許蓋楊本蜀人故多川調不甚諳南北本腔也摘句如費長房縮不就相思地女媧氏補不完離恨天別淚銅壺共滴愁腸蘭焰同煎和愁和恨經歲經年又傲霜雪鏡中紫髯任光陰眼前赤電仗平安頭上青天皆佳句也第它曲多剽元人樂府如嫩寒生花底風風兒踈剌刺諸闋一字不改掩爲己有蓋楊多鈔錄祕本不知久已流傳人間矣」

四聲猿一本「第一折漁陽弄　第二折翠鄉夢　第三折代父從軍　第四折求凰得鳳　盛明雜劇本　古名家雜劇本」

明徐渭撰渭字文清一字文長山陰人

「列朝詩集胡少保宗憲督師浙江招致幕府筦書記督府勢嚴重文武將吏莫敢仰視文長戴敝烏巾衣白布澣衣非時直闖門入長揖就座奮袖縱談幕中有急需召之不至夜深開戟門以待偵者還報徐秀才方泥飲大醉叫呶不可致也少保聞顧稱善文長知兵好奇計少保餌王徐諸虜用間鈎致皆與密議當是時上方崇禱祀急青詞當國者謂文長文能當上意聘致之文長知其與少保有郄弗應少保下請室文長懼及發狂後坐罪論死繫獄張宮諭元忭力救乃解年七十三卒」

紅線女一本『盛明雜劇本』
紅綃一本
右二種明梁辰魚撰辰魚字伯龍崑山人
『靜志居詩話伯龍雅擅詞曲所撰江東白苧妙絕時人時邑人魏良輔能喉轉音聲始變弋陽海鹽爲崑腔伯龍塡浣紗記付之王元美詩所云吳閶白面冶游兒爭唱梁郎雪豔詞是巳同時又有陸九疇鄭思笠包郎郎戴梅川輩更唱迭和清詞豔曲流播人間今已百年傳奇家曲別本弋陽子弟可以改調歌之惟浣紗不能故是詞家老手』
遠山戲一本『盛明雜劇本　古名家雜劇本
卽張敞畫眉京兆記』
高唐夢一本『盛明雜劇本　古名家雜劇本
卽楚襄王夢游高唐記』
洛水悲一本『盛明雜劇本　古名家雜劇本
卽曹植懷思洛神記』
五湖游一本『盛明雜劇本　古名家雜劇本
卽范蠡歸泛五湖記』
右四種明汪道昆撰道昆字伯玉號南溟歙縣人官至兵部左侍郎
梁狀元不伏老一本『盛明雜劇本』
明馮惟敏撰惟敏字汝行號海浮臨朐人官保定府通判
『藝苑卮言北調如李空同王浚川何粹夫韓苑洛何太華許少華俱有樂府而未之盡見予所知者李尙寶先芳張職方重劉侍御時達皆可觀近時馮通判惟敏獨爲傑出其板眼務頭

攙搶緊緩無不曲盡而才氣亦足發之止用本色過多北音大繁爲白璧微纇耳列朝詩集汝行善度近體樂府盛傳于東郡余所見梁狀元不伏老雜劇當在王渼陂杜甫春游之上』

昭君出塞一本『盛明雜劇本』

文姬入塞一本『盛明雜劇本』

義犬記一本『盛明雜劇本』

右三種明陳與郊撰與郊字廣野號玉陽仙史海甯人官太常寺少卿

崑崙奴一本『盛明雜劇本』

明梅鼎祚撰鼎祚字禹金宣城人

『列朝詩集禹金弃舉子業肆力詩文撰述甚富有鹿裘六十五卷好聚書嘗與焦弱侯馮開之暨虞山趙玄度訂約蒐訪期三年一會于金陵各出其所得異書逸典互相讎寫事雖未就其志尙可以千古矣』

紅線記一本『見客座贅語』

明胡汝嘉撰汝嘉字懋禮號秋宇金陵人嘉靖己丑進士在翰林以言事忤政府出爲藩參

『顧起元客座贅語先生文雅風流不操常律所著小說書數種多奇豔間亦有閨閣之靡人所不忍言如蘭芽等傳者今皆秘不傳所著女俠韋十一娘傳記程德瑜云云託以詬當事者也其紅線雜劇大勝梁辰魚』

獨樂園司馬入相一本『見也是園書目』

明桑紹梁撰

鬱輪袍一本『盛明雜劇本』

眞傀儡一本『盛明雜劇本』

長安街一本

沒奈何一本『右見黄文暘曲海目』

右四種明王衡撰衡字辰玉太倉人大學士錫爵之子官翰林院編修

武陵春一本『盛明雜劇本』

蘭亭會一本『盛明雜劇本』

寫風情一本『盛明雜劇本』

午日吟一本『盛明雜劇本』

南樓月一本『盛明雜劇本』

赤壁遊一本『盛明雜劇本』

龍山宴一本『盛明雜劇本』

同甲會一本『盛明雜劇本』

右八種明許潮撰潮字時泉靖州人

北邙說法一本『盛明雜劇本』

團花鳳一本『盛明雜劇本』

易水寒一本『盛明雜劇本』

天桃紈扇一本『盛明雜劇本』

碧蓮繡符一本『盛明雜劇本』

丹桂鈿盒一本『盛明雜劇本』

素梅玉蟾一本『盛明雜劇本』

灌將軍使酒罵座一本

金翠寒衣記一本『右二本見也是園書目』

右九種明葉憲祖撰憲祖字美度一字相攸號梅栢又號槲園居士餘姚人官至工部郎中以私議魏忠賢生祠事削籍

鞭歌妓一本『盛明雜劇本』

簪花髻一本『盛明雜劇本』

霸亭秋一本『盛明雜劇本』

右三種明沈自徵撰自徵字君庸吳江人

虬髯翁一本『盛明雜劇本』

顛倒因緣一本『見曹寅楝亭書目』

右二種明淩初成撰

青虬記一本『見黃文暘曲海目』

明林章撰章字初文福清人

『列朝詩集世宗末年倭冠犯閩初文年十三上書督府求自試行間萬歷元年以春秋舉于鄉累上不第嘗走塞上從戚大將軍游座上作灤陽宴別序酒末三巡詩序並就將軍持千金爲壽緣手散去挈家僑寓金陵性好公正發憤南曹曲法斷梗陽之獄攘臂直之坐繫金陵獄三年出獄旅燕京十年關白之亂兩上書請出海上用奇兵勦賊報聞而已戊戌己亥間復抗疏請止礦稅兼陳立兵行鹽之策上感動下內閣票擬舉行四明相承中人指閣其事密揭請逮治即日下獄暴病而死天下惜之

有情癡一本『盛明雜劇本』

脫囊穎一本『盛明雜劇本』

右二種明徐元暉撰

廣陵月一本『盛明雜劇本』

明汪廷訥撰廷訥字昌朝一字無如休寧人官鹽運使

逍遙遊一本『盛明雜劇本』

明王應遴撰應遴字雲來禮部員外郎紹興山陰人

桃花人面一本『盛明雜劇本』

英雄成敗一本『盛明雜劇本』
死裏逃生一本『盛明雜劇本』
紅顏年少一本
花舫緣一本『右五本見曲海目然花舫緣恐卽
　卓珂月作也』
眼兒媚一本『見焦循曲考』
　右六種明孟稱舜撰稱舜字子若又作子適會
稽人
花舫緣一本『盛明雜劇本』
　明卓人月撰人月字珂月仁和人
紅蓮債一本『盛明雜劇本』
　明陳汝元撰汝元字太乙會稽人
錯轉輪一本『盛明雜劇本』
　明祁元孺撰

蕉鹿夢一本『盛明雜劇本』
　明車任遠撰任遠字梲齋上虞人
一文錢一本『盛明雜劇本』
　明徐復祚撰復祚字陽初里居未詳
絡水絲一本『盛明雜劇本』
春波影一本『盛明雜劇本』
　右二種明徐士俊撰士俊原名翽字三有號野
君仁和人
『國朝杭郡詩輯野君工雜劇所撰多至六十
餘種佳者欲與王關馬鄭抗手』
櫻桃園一本『盛明雜劇本』
　明王澹翁撰
餓方朔一本『見焦循曲考』
　明孫源文撰源文字南公無錫人

西臺記一本『見焦循曲考』
明陸世廉撰世廉字起頑號生公又號晚庵長洲人宏光時官光祿卿入　國朝隱居不出
蘇園翁一本
秦廷筑一本
金門戟一本
雙合喜一本
鬧門神一本『右見焦循曲考』
右五種明茅僧曇撰僧曇名里不詳按列朝詩集云茅維字孝若歸安人鹿門先生子嘗以所作雜劇屬余序已而語人曰虞山輕我近舍湯臨川而遠引關漢卿馬東籬是不欲以我代臨川也其兀傲如此僧曇豈孝若別號歟
倚門一本
再醮一本
淫僧一本
偷期一本
孌童一本
懼內一本『右見焦循曲考』
右六種李斗揚州畫舫錄引焦里堂曲考云總題陌花軒雜劇黃方印撰案客座贅語卷九云黃上舍方儒著陌花軒詞小令以軒名推之則方印當作方儒方儒金陵人
藍采和一本
阮步兵一本
鐵氏女一本『右三本名秋風三疊見黃文暘曲海目』
挑燈劇一本

碧紗籠一本

女紅紗一本『右三本見無名氏傳奇彙考』

右六種明來集之撰集之號元成子蕭山人崇正間進士大學士宗道之子

曲江春一本『盛明雜劇本』

魚兒佛一本『盛明雜劇本』

右二種明僧湛然撰湛然一號寓山居士

男王后一本『盛明雜劇本』

明秦樓外史撰

再生緣一本『盛明雜劇本』

明衡燕室撰

齊東絕倒一本『盛明雜劇本』

明竹癡居士撰

相思譜一本『盛明雜劇本』

明吳中情奴撰

鴛鴦夢一本

明女士葉小紈撰小紈字蕙綢吳江人工部郎中葉紹袁次女適同縣沈永楨

『列朝詩集葉仲韶少而韶令有衛洗馬潘散騎之目宛君年十六來歸生三女長曰紈紈次曰蕙綢幼曰小鸞小鸞年十七字崑山張氏將行而卒未幾紈紈以哭妹來歸亦死葉氏宛君神傷心死又三載而卒仲韶於是集宛君之詩曰鸝吹紈紈之詩曰愁言小鸞之詩曰返生香及哀挽傷悼之作都爲一集而蕙綢鴛鴦夢傷姊妹而作者亦附見焉總名曰午夢堂十集盛行於世』

櫻桃夢一本

靈寶刀一本『右見曲海目』
右二種明商漫卿撰字里不詳
玉淸庵錯送鴛鴦被一本『元曲選本續古名家
雜劇本』
陳州糶米一本『元曲選本』
隨何賺風魔蒯通一本『元曲選本』
爭報恩三虎下山一本『元曲選本』
龐居士誤放來生債一本『元曲選本』
硃砂擔滴水浮漚記一本『元曲選本』
包龍圖智賺合同文字一本『元曲選本』
凍蘇秦衣錦還鄉一本『元曲選本』
小尉遲將鬭將認父歸朝一本『元曲選本』
神奴兒大鬧開封府一本『元曲選本』
謝金吾詐拆淸風府一本『元曲選本』

龐涓夜走馬陵道一本『元曲選本』
朱太守風雪漁樵記一本『元曲選本』
孟德耀舉案齊眉一本『元曲選本』
李雲英風送梧桐葉一本『元曲選本 古名家
雜劇本』
兩軍師隔江鬭智一本『元曲選本』
玎玎璫璫盆兒鬼一本『元曲選本』
風雨像生貨郎旦一本『元曲選本』
薩眞人夜斷碧桃花一本『元曲選本』
馮玉蘭夜月泣江舟一本『元曲選本』
逞風流王煥百花亭一本『元曲選本』
錦雲堂暗定連環計一本『元曲選本 元人雜
劇選本』
金水橋陳琳抱粧匣一本『元曲選本』

張公藝九世同居一本『元人雜劇選本』
趙匡義智取符金錠一本『元人雜劇選本』
幸上苑帝妃春游一本『古名家雜劇本』
泛西湖秦蘇賞夏一本『古名家雜劇本　此本
　恐卽金仁傑之蘇東坡夜宴西湖夢』
醉學士韓陶月宴一本『古名家雜劇本　此本
　恐卽戴善甫之陶將士醉寫風光好』
憶故人戴王訪雪一本『古名家雜劇本』
漢鍾離度脫藍采和一本『續古名家雜劇本』
龍濟山野猿聽經一本『續古名家雜劇本』
二郎神醉射鎖魔鏡一本『續古名家雜劇本』
諸葛亮博望燒屯一本
鄭月蓮秋夜雲窗夢一本『正音譜作秋夜芸窗
夢』

忠義士豫讓吞炭一本『疑卽楊梓撰』
下高麗敬德不伏老一本『疑卽楊梓撰』
賢達婦荊娘盜果一本『正音譜作京娘盜果』
劉千病打獨角牛一本
蘇子瞻醉寫赤壁賦一本
施仁義劉宏嫁婢一本
關雲長千里獨行一本
孝順賊魚水白蓮池一本
雁門關存孝打虎一本
狄青復奪衣襖車一本
摩利支飛刀對箭一本
行孝道郭巨埋兒一本『右十四本見太和正音
　譜及也是園書目』
夢天台一本

望思臺一本
蟠桃會一本
燕山夢一本
罟罟旦一本
四國旦一本
還牢旦一本
硃砂記一本
紙扇記一本
賢孝牌一本
昇仙會一本
打毬會一本
打陳平一本
祭三王一本
三賢婦一本

聖姑姑一本
雙鬬醫一本
桂花精一本
黃花塞一本
水簾寨一本
銷金帳一本
望香亭一本
霍光鬼諫一本『疑卽楊梓撰』
綵扇題詩一本
田單火牛一本
袁覺拖笆一本
繼母大賢一本
楊香跨虎一本
田眞泣樹一本

螺螄末泥一本
雪裏報冤一本
佳人寫恨一本
才子留情一本
化胡成佛一本
陶侃拏蘇峻一本
燒阿房宮一本
夜月杜鵑啼一本
張子替殺妻一本
智賺三件寶一本
敬德撾怨鼓一本
任千四顆頭一本
任貴五顆頭一本
智賺鬼劈口一本

搥碎黃鶴樓一本
盧仝七碗茶一本
卓文君駕車一本
刀劈史鴉霞一本
策立陰皇后一本
搬運太湖石一本
風雪包待制一本
柳成錯背妻一本
郭桓打官糧一本
黃魯直打到底一本
張順水裏報冤一本
一丈青鬧元宵一本
危太僕後庭花一本『太僕當作太樸太樸危素字此本疑郎素撰』

包待制雙勘丁一本

明皇村落會佳期一本

哀哀怨怨後庭花一本

風流娘子兩相宜一本

拂塵子仁義禮智信一本『右六十一種見太和正音譜』

趙宗讓肥一本『疑卽秦簡夫作之趙禮讓肥』

魯元公主一本『疑卽關漢卿之魯元公主三噉赦』

收心猿意馬一本『疑卽賈仲名之度金童玉女』

夜月荆娘墓一本『疑卽彭伯威之四不知夜月京娘怨』

張儀凍蘇秦一本『疑卽凍蘇秦衣錦還鄉　右五種見太和正音譜題無名氏撰或五本均有次本故附于此』

樊事眞金篦刺目一本『見元雪蓑釣隱靑樓集』

捽表諫一本

閥閱舞射柳蕤丸記一本『上二本元人作』

伍子胥鞭伏柳盜跖一本

十八國臨潼鬪寶一本

田穰苴伐晉興齊一本

後七國樂毅圖齊一本

吳起敵秦掛帥印一本

守貞婦孟母三遷一本

莊周半世胡蝶夢一本

羊角哀鬼戰荆軻一本

四公子夷門元宵宴一本

巫娥女醉赴陽臺夢一本
運機謀隨何騙英布一本
韓元帥暗度陳倉一本
漢公卿衣錦還鄉一本
司馬相如題橋記一本
馬援撾打聚獸牌一本
雲臺聚二十八將一本
漢姚期大戰邳仝一本
寇子翼定時捉將一本
鄧禹定計捉彭寵一本
邳鄲璋昆陽大戰一本
金穴富郭況游春一本
施仁義岑母大賢一本
十樣錦諸葛論功一本

曹操夜走陳倉道一本
陽平關五馬破曹一本
走鳳雛龐統掠四郡一本
周公瑾得志娶小喬一本
張翼德單戰呂布一本
莽張飛大鬧石榴園一本
諸葛亮掛印氣張飛一本
諸葛亮石伏陸遜一本
老陶謙三讓徐州一本
壽亭侯五關斬將一本
關大王月下斬貂蟬一本
關雲長古城聚義一本
關雲長單刀劈四寇一本
關雲長大破蚩尤一本

壽亭侯怒斬關平一本
張翼德三出小沛一本
劉關張桃園三結義一本
米伯通衣錦還鄉一本
張益德大破香林莊一本
陶淵明東籬賞菊一本
長安城四馬投唐一本
魏徵改詔風雲會一本
程齩金斧劈老君堂一本
徐茂功智降秦叔寶一本
尉遲公鞭打單雄信一本
十八學士登瀛州一本
唐李靖陰山破虜一本
立功勳慶賞端陽一本

賢達婦龍門隱秀一本
衆僚友喜賞浣花溪一本
招凉亭賈島破風詩一本
李存孝大戰葛從周一本
狗家疃五虎困彥章一本
朱全忠五路犯太原一本
李嗣源復奪紫泥宣一本
飛虎峪存孝打虎一本
壓關樓疊掛午時牌一本
存仁心曹彬下江南一本
八大王開詔救忠臣一本
楊六郎調兵破天陣一本
焦光贊活拏蕭天祐一本
趙匡胤打董達一本

穆陵關下打韓通一本
宋大將岳飛精忠一本
十探子大鬧延安府一本
蘇東坡誤入佛游寺一本
張于湖誤宿女貞觀一本
魯智深喜賞黃花峪一本
梁山五虎大劫牢一本
梁山七虎鬧銅臺一本
宋公明排九宮八卦陣一本
王矮虎大鬧東平府一本
小李廣大鬧元宵夜一本
宋公明劫法場一本
宋公明喜賞新春會一本
周王誠齋一本

奉天命三保下西洋一本
保國公安邊破虜一本
英國公平定安南一本
五學士明講春秋一本
王閨香夜月四春園一本
李瓊奴月夜江陵怨一本
海門張仲村樂堂一本
崔驢兒指腹成婚一本
女姑姑說法升堂記一本
淸廉官長勘金環一本
若耶溪漁樵問話一本
雷澤遇仙記一本
徐伯株貧富興衰記一本
薛包認母一本

認金梳孤兒尋母一本
鵲奔亭蘇娥自許嫁一本
王文秀渭塘奇遇一本
秦月娥誤失金環記一本
賽金蓮花月南樓記一本
風月南牢記一本
慶豐門蘇九淫奔記一本
僧尼共犯一本
釋迦佛雙林坐化一本
觀音菩薩魚籃記一本
許眞人拔宅飛昇一本
孫眞人南極登仙會一本
呂翁三化邯鄲店一本
呂純陽點化度黃龍一本

呂洞賓戲白牡丹一本
邊洞元慕道昇仙一本
李雲卿得悟昇眞一本
王蘭卿服信明眞傳一本
證無爲太平仙記一本
瘸李岳詩酒玩江亭一本
太乙仙夜斷桃符記一本
南極星度脫海棠仙一本
時眞人四聖鎖白猿一本
二郎神鎖齊天大聖一本
猛烈哪吒三變化一本
灌口二郎斬健蛟一本
寶光殿天眞祝萬壽一本「以下敎坊編輯」
衆神仙慶賞蟠桃會一本

祝聖壽金母獻蟠桃一本
降丹墀玉聖慶長生一本
衆神聖慶賀元宵節一本
祝聖壽萬國來朝一本
爭玉板八仙過滄海一本
慶豐年五鬼鬧鍾馗一本
南極星金鑾慶壽一本
賀萬壽拜舞黄金殿一本
獻禎祥祝延萬壽一本
西王母祝壽瑶池會一本
紫微宫慶賀長春壽一本
賀萬壽五龍朝旨一本
衆天仙慶賀長生會一本
慶冬至共享太平宴一本

賀昇平羣仙祝壽一本
慶千秋金母賀延年一本
廣成子祝賀齊天壽一本
黄眉翁賜福上延年一本
感天地朝羣聖一本『右一百四十二本見也是園書目』
燕孫臏用智捉袁達一本『錢塘丁氏善本書室藏明鈔殘本』
趙蘇卿一本『見雍熙樂府及莊親王北詞宫譜』
征方臘一本
諸葛平蜀一本
十面埋伏一本
端陽走驃騎一本

割耳寄一本
叔寶不伏老一本
刺顏良一本
子陵辭詔一本『右八本見雍熙樂府此書多選
雜劇此八本疑亦是也』
藍關記一本
跨海征東一本『右二本見北詞廣正譜』
右二百六十六種元無名氏撰
通天臺一本
臨春閣一本
右二種國朝吳偉業撰偉業字駿公太倉人官
祭酒
雙鶯傳一本『盛明雜劇本』
國朝袁于令撰于令原名韞玉字令昭號籜庵
吳縣人官荊州府知府
空堂話一本『見焦循曲考』
國朝鄒兑金撰兑金字叔介
汨羅江一本
黃鶴樓一本
滕王閣一本『右見曲考』
右三種國朝鄭瑜撰瑜西神人
『尤侗曲腋自序近見西神鄭瑜著汨羅江一
劇殊佳但隱括騷經入曲未免有聱牙之病』
孤鴻影一本
夢幻緣一本『右見曲考』
右二種國朝周如璧撰如璧號芥庵里居未詳
續西廂一本『見曲考』
國朝查繼佐撰繼佐字伊璜號東山海寧人

衛花符一本『見曲考』
國朝堵庭棻撰庭棻字伊仒一字芬木無錫人
順治丁亥進士官歷城縣知縣
讀離騷一本
弔琵琶一本
桃花源一本
黑白衛一本
清平調一本『只一折』
右五種國朝尤侗撰侗字同人一字展成號西
堂長洲人官翰林院檢討
『西堂曲腋自序予所作讀離騷曾進　御覽
命敎坊裝演供奉此自　先帝表忠微意非洞
簫玉笛之比也王阮亭最喜黑白衛攜至雉皋
付冒辟疆家伶親爲顧曲　阮亭題尤展成新
樂府南苑西風御水流殿前無復按梁州飄零
法曲人間徧誰付當年菊部頭蓋指此』
龍舟會一本『船山遺書本』
國朝王夫之撰夫之字而農號船山衡陽人
祭皐陶一本『見黃文暘曲海目題二鄉亭主人
撰二鄉亭宋琬亭名也』
國朝宋琬撰琬字玉叔號荔裳萊陽人官四川
按察使荔裳中年爲怨家告訐逮繫請室此本
殆即其繫獄時作也
芙蓉城一本『見無名氏傳奇彙考』
國朝龍燮撰燮字二爲號改庵望江人舉博學
鴻詞授檢討左遷大理寺評事
城南寺一本『見曲考』
國朝黃家舒撰家舒字漢臣無錫人

櫻桃宴一本『見曲考』
國朝張來宗撰
旗亭燕一本『見曲考』
國朝張龍文撰龍文字掌霖武進人
脫穎一本
茅廬一本
章臺柳一本
韋蘇州一本
申包胥一本『右見曲考』
右五種國朝張國壽撰
北門鎖鑰一本『見曲考』
國朝高應玘撰
買花錢一本
大轉輪一本

浮西施一本
拈花笑一本『右見曲海目』
右四種國朝徐石麟撰石麟字又陵江都人案
傳奇彙考載國朝徐善撰大轉輪雜劇善字長
公江都人與石麟里相同疑石麟一名善字長
公非別一人也
裴航遇仙一本
張旭觀公孫大娘舞劍一本
鬱輪袍一本『右見曲海目題石牧撰石牧黃兆
森字也』
右三種國朝黃兆森撰兆森字石牧上海人
揚州夢一本
續離騷一本『右見曲海目題抱犢山農撰』
右二種國朝稽永仁撰永仁字留山號抱犢山

農無錫人與范文貞公承謨同死耿精忠之亂
四蟬娟一本「第一折詠雪第二折簪花第三折闘茗第四折畫竹用四聲猿體例見傳奇彙考」
國朝洪昇撰昇字昉思號稗畦錢塘人
珊瑚珠一本
舞霓裳一本
藐姑仙一本
青錢贖一本
焚書鬧一本
罵東風一本
三茅庵一本
玉山宴一本「右見曲海目云未刻本」
右八種國朝萬樹撰萬樹字花農一字紅友宜興人
「宜興縣志本傳吳大司馬興祚總督兩廣愛其才延至幕一切奏議皆出其手暇則製曲爲新聲甫脫稿大司馬即令家伶捧笙璈按拍高歌以侑觴所塡樂府凡二十餘種又以詩餘譜舊圖多舛亂成詞律二十卷士林珍之所著有堆絮園集」
四紘秋一本
一片石一本
忉利天一本
右三種國朝蔣士銓撰士銓字清容一字心餘號苕生鉛山人官翰林院編修
後四聲猿一本
國朝桂馥撰馥字未谷曲阜人官永平知縣

半臂寒一本
長公妹一本
中郎女一本『右見曲考』
右三種國朝南山逸史撰
盧從史一本
老客歸一本
長門賦一本
燕子樓一本『右見曲海目日鋤經堂樂府』
右四種國朝華玉山樵撰
義犬記一本
淮陰侯一本
中山狼一本
蔡文姬一本『右見曲海目』
右四種國朝林於閣主人撰

驀忽因緣一本『見曲海目』
國朝空觀主人撰
鈿盒奇緣一本
蟾蜍佳偶一本
義妾存孤一本
人鬼夫妻一本『右見曲海目』
右四種國朝西泠外史無枝甫合撰
鯁詩讖一本『見曲考』
國朝土室道人撰
不了緣一本『見曲考』
國朝碧蕉軒主人撰
蓬島瓊瑤一本
花木題名一本『右見曲考』
萬家春一本

萬古情一本
豆棚閒話一本『上三本名三幻集』
勘鬼獄一本
瑤池會一本
翠微亭一本
補天夢一本
可破夢一本
王維一本
裴航一本
杜牧一本
飲中八仙一本『上四本名四才子　右十二本
均見曲曲目』
右十四種國朝無名氏撰

曲錄卷四

傳奇部上

西廂一本『明閔刻朱墨本』
金董解元撰解元輟耕錄云金章宗時人名里無考毛西河詞話謂解元爲金章宗學士太和正音譜謂其仕元初製北曲均失考也
『明胡應麟少室山房筆叢西廂記雖出唐人鶯鶯傳實本金董解元董曲今尚行世精工巧麗備極才情而字字本色言言古意當是古今傳奇鼻祖金人一代文獻盡此矣然其曲乃優人絃索彈唱者非搬演雜劇也
施國祁禮耕堂叢說此本爲海陽黃嘉惠刻定爲董西廂分上下二卷無齣名關目行間全載

宮調引子尾聲率塡樂府方言不採類書故實曲多白少不注工尺是流傳讀本與院妓劉麗華口授者不同靑引云解元史失其名時論其品如朱汗碧驪神采駿逸此又涵虛子評自所未及」

西廂記一本『六十種曲本』

元王實父撰關漢卿續

『藝苑卮言西廂久傳爲關漢卿撰邇來乃有以爲王實夫者謂至郵亭而止又云至碧雲天黃花地而止此後乃漢卿所補也初以爲好事者傳之妄及閱太和正音譜王實夫十三本以西廂爲首漢卿六十一本不載西廂則亦可據

維案雍熙樂府卷十九有滿庭芳西廂十詠反謂漢卿撰而實父續成之可見明人之於西廂未有定論也」

天寶遺事一本

元王伯成撰此書合諸套數而成曲白敍事合而爲一體例略似董西廂故太和正音譜及北詞廣正譜言援引此本皆云套數不云傳奇然亦傳奇類也

金縢記一本

明鬱藍生曲品題元喬吉撰黃文暘曲海目仍之然不知何據

幽閨記一本『六十種曲本又名拜月亭』

舊云元施惠撰惠字君美見卷二案此本自明王世貞何良俊臧懋循等均以爲君美作然錄鬼簿但謂君美詩酒之暇唯以塡詞和曲爲事有古今砌話編成一集而不言其有是本不知何

誡之言何所據也
『藝苑巵言琵琶記之下拜月亭是元人施君美撰亦佳元朗謂勝琵琶則大謬也中間雖有一二佳曲然無詞家大學問一短也既無風情又無裨風教二短也歌演終場不能使人墮淚三短也
靜志居詩話何元朗臧晋叔皆精曲律元朗許施君美幽閨出高則誠琵琶之上王元美目爲好奇之過晉叔笑曰是惡知所謂幽閨者哉』

荆釵記一本『六十種本』

明寧王權撰明鬱藍生曲品題柯丹邱撰黃文暘曲海目仍之蓋舊本當題丹邱先生鬱藍生不知丹邱先生爲寧獻王道號故遂以爲柯敬仲耳

『藝苑巵言荆釵近俗而時動人』

琵琶記一本『六十種曲本』

明高明撰明字則誠永嘉平陽人至正五年張士堅牓中第授處州錄事辟丞相掾方谷眞叛省臣以溫人知海濱事擇以自從與幕府論事不合谷眞就撫欲留寘幕下卽日解官旅寓鄞之櫟社太祖聞其名召之以老病辭還卒於家有柔克齋集

案作琵琶記者古人多以爲高拭蔣仲舒堯山堂外記謂作琵琶記者乃高拭其字則誠竹垞靜志居詩話引之而復云涵虛子曲譜有高拭而無高明則蔣氏之言或有所據王元美藝苑巵言亦云南曲高拭則誠遂掩前後是明人均以則誠爲拭也然維案元刋張小山北曲聯樂

府三卷前有海粟馮子振燕山高拭題詞此即涵虛子曲譜中之高拭而作琵琶者自爲永嘉之高明不容混爲一人也

『明姚福青溪暇筆元末永嘉高明避世鄞之櫟社以詞曲自娛見劉後村有死後是非誰管得滿村聽唱蔡中郎之句因編琵琶記用雪伯喈之恥國朝遣使徵辟不就既卒有以其記進者上覽畢曰五經四書在民間如五穀不可缺此記如珍羞百味富貴家其可無耶其見推許如此

藝苑卮言高則誠琵琶記其意欲譏當時一士大夫而託名蔡伯喈不知其說偶閱說郛所載唐人小說牛相國僧孺之子繁與同人蔡生邂逅文子交尋同舉進士才蔡生欲以女弟適之蔡已有妻趙矣力辭不得後牛氏與趙處能卑順自將蔡仕至節度副使其姓事相同一至於此則誠何不直舉其人而顧誣衊賢者至此耶

維案此與國朝汪師韓談書錄所載元人周達觀誠齋雜記之說略同

又謂則誠元本止書館相逢又謂賞月掃松二闋爲朱教諭所補亦好奇之談非實錄也　此駁臧晉叔之說

則誠所以冠絕諸劇者不唯其琢句之工使事之美而已其體貼人情處委曲必盡描寫物態彷彿如生問答之際了不見扭造所以佳耳至於腔調偶有未諧譬見鍾王墨跡不得其合處當精思以求詣不當執末以議本也

少室山房筆叢西廂主韻度風神太白之詩也

琵琶主名理倫敎少陵之作也西廂本金元世習而琵琶特創規矱無古無今似尤難至才情雖琵琶大備故當讓彼一籌也

靜志居詩話顧仲瑛輯元耆舊詩爲玉山雅集中錄高則誠作稱其長才碩學爲時名流可知則誠不專以詞曲擅美也世傳琵琶記爲薄倖王四而作此殆不然陸務觀詩云斜陽古柳趙家莊負鼓盲翁正作場死後是非誰管得滿村聽唱蔡中郎是南渡日已演作小說矣聞則誠塡詞夜案燒雙燭塡至喫糠一齣句云糠和米本一處飛雙燭花交爲一洵異事也」

殺狗記一本『六十種曲本』

明徐𤴓撰𤴓字仲由淳安人洪武初徵秀才至藩省辭歸有巢松集

『靜志君詩話識曲者目荊劉拜殺爲元四大家殺狗記則仲由所撰也其言曰吾詩文未足品藻唯傳奇詞曲不多讓古人蓋自知之審矣葉兒樂府滿庭芳云烏紗裹頭淸霜籬落黃葉林邱淵明彭澤辭官後不事王侯愛的是靑山舊友喜的是綠酒新蒭相拖逗金尊在手爛醉菊花秋比於張小山馬東籬亦未多遜」

五倫記一本

投筆記一本

舉鼎記一本『右三本見無名氏傳奇彙考』

羅囊記一本『見黃文暘曲海目』

右四種明邱濬撰濬字仲深號瓊山瓊州人官至大學士謚文莊

『藝苑巵言五倫全備是文莊元老大儒之作

不免腐爛
明鬱藍生曲品五倫記內送行步躡雲霄曲歌者習之或謂文莊此記以蓋鍾情麗集之愆耳鍾情麗集文莊少作紀少年遇合事也」
香囊記一本「六十種曲本」
明邵宏治撰宏治字文明常州人官給事中
「藝苑卮言香囊雅而不動人」
金印記一本「見曲品傳奇彙考曲海目」
明蘇復之撰
連環記一本「見曲品傳奇彙考曲海目」
明王濟撰濟字雨舟浙之烏鎮人官橫州通判
雙忠記一本
金丸記一本
精忠記一本「六十種曲本　右三本見傳奇彙考曲海目」
右三種明姚茂良撰茂良字靜山武康人
千金記一本「六十種曲本」
還帶記一本
四節記一本「右三本見曲品傳奇彙考曲海目」
右三種明沈采撰采號練川里居不詳
銀瓶記一本
三元記一本「六十種曲本」
龍泉記一本
嬌紅記一本「右四本見曲品傳奇彙考曲海目」
右四種明沈受先撰受先字壽卿里居未詳
五福記一本「見傳奇彙考」

明徐時勉撰字里未詳
寶劍記一本
斷髮記一本『右見曲品傳奇彙考曲海目』
右二種明李開先撰開先字伯華號中麓章邱人官至太常寺少卿能歸
『列朝詩集伯華罷歸治田產蓄聲伎徵歌度曲爲新聲小令搊彈放歌自謂馬東籬張小山無以過也爲文一篇輒萬言詩一韻輒百首不循格律詼諧調笑信手放筆所著詞多於文文多於詩又改定元人傳奇樂府數百卷蒐集市井豔詞詩禪對類之屬多流俗瑣碎士大夫所不道者嘗謂古來才士不得乘時枋用非以樂事繫其心往往發狂病死今借此以坐銷歲月暗老豪傑耳

藝苑卮言北人自王康後推山東李伯華伯華以百闋傍妝臺爲德涵所賞今其辭尚存不足道也所爲南劇寶劍登壇記亦是改其鄉先輩之作二記余見之尚在拜月荊釵之下耳而自負不淺一日問余何如琵琶記余謂公辭之美不必言第令吳中教師十人唱過隨腔字改妥乃可傳李怫然不樂罷』
想當然一本『見傳奇彙考曲海目』
明盧柟撰柟字次楩一字子木大名濬縣人
『列朝詩集柟博聞强記落筆數千言不休爲人跅弛好使酒罵坐嘗醉榜其役夫旬日役夫夜死于牆殞令禽治柟當柟抵坐繫獄獄中威奮益讀其所攜書著幽鞠放招賦以自廣東郡謝榛携柟賦游長安見諸貴人絮而泣曰生有

一盧柟觀其死而不救乃從千古惘惘哀沅而弔湘乎吳人陸光祖爲濬令平反其獄得免死走謁榛于鄴榛方客趙康王所康王立召見爲上客諸王邸以康王故爭客柟柟酒酣耳熱罵座如故邸中人爭掩耳避之後徧走吳會無所遇歸益落魄嗜酒病三日卒柟騷賦最爲王元美所稱詩律不如茂秦之細而才氣渾放實可以驅駕七子幸其早死不與時賢爭名故諸人皆久而惜之』

鳴鳳記一本『六十種曲本』

明王世貞撰世貞字元美太倉人官至刑部尚書

『元美藝苑卮言中論曲之言有可資參考者列舉如左』

曲者詞之變自金元入中國所用胡樂嘈雜淒緊緩急之間詞不能按乃更爲新聲以媚之諸君如貫酸齋馬東籬王實甫關漢卿張可久喬夢符鄭德輝宮大用白仁甫輩咸富有才情兼喜聲律以故遂擅一代之長所謂宋詞元曲殆不虛也但大江以北漸染胡語時時採掇而沈約四聲遂缺其一東南之士未盡顧曲之周郎逢掖之間又稀辨撾之王應稍稍復變新體號爲南曲高拭則誠遂掩前後大抵北主勁切雄麗南主清峭柔遠雖本才情務諧俚俗譬之同一師承而頓漸分教俱爲國臣而文武異科今談曲者往往合而舉之良可笑也

凡曲北字多而調促促處見筋南字少而調緩緩處見眼北則辭情多而聲情少南辭情少而

聲情多北力在絃南力在板北宜和歌南宜獨
奏北氣易粗南氣易弱此吾論曲三昧語』
浣紗記一本『六十種曲本　傳奇十種本』
明梁辰魚撰字里見上卷
雙烈記一本『見傳奇彙考』
章臺柳一本『見顧起元客座贅語』
右二種明張四維撰四維字治卿元城人
玉玦記一本『六十種曲本』
大節記一本『右見曲品傳奇彙考曲海目』
五福記一本『見傳奇彙考』
右三種明鄭若庸撰若庸字中伯號虛舟崑山
人
『列朝詩集中伯早歲以詩名吳下趙康王聞
其名走幣聘入鄴客王父子間王父子親逢迎
接席與交賓主之禮於是海內游士爭擠豎而
之趙以中伯與謝榛故也中伯在鄴王爲庀供
張予宮女及女樂數輩中伯乃爲著書採掇古
文奇字累千卷名曰類雋康王薨去趙居清源
年八十餘始卒詩名蛣蜣集又善度曲有玉玦
傳奇行世或曰滎陽生其自寓也
曲品玉玦典雅工麗可詠可歌開後人駢綺之
派每折一調每調一韻尤爲先獲我心』
繡襦記一本『六十種曲本　曲海目作鄭若庸
撰誤』
明薛近兗撰
『傳奇彙考虛舟作玉玦舊院人惡之共醵金
求薛近兗作此以雪其事　語本靜志居詩話
曲品嘗聞玉玦出而曲中無宿客及此記出而

客復來詞之足以感人如此」
紅蕖記一本
埋劍記一本。
十孝記一本「曲品云每事三齣似劇體此自先
生創之」
分錢記一本
雙魚記一本
合衫記一本
義俠記一本「六十種曲本　文林閣傳奇十種
本」
鴛衾記一本
桃符記一本
分柑記一本
四異記一本

鑿井記一本
珠串記一本
奇節記一本「曲品云正史中忠孝事宜傳一帙
分兩卷此變體也」
結髮記一本
墜釵記一本
博笑記一本「曲品云體與十孝類雜取耳談中
事譜之　右見曲品傳奇彙考」
耆英會一本
翠屏山一本
望湖亭一本
一種情一本「右見高奕新傳奇品及曲海目」
右二十一種明沈璟撰璟字伯瑛號寧庵世稱
詞隱先王吳江人明萬歷間進士官光祿寺口

□

「曲品吾友方諸生曰松陵具詞法而讓詞致臨川妙詞情而越詞檢善夫可謂定品矣光祿嘗曰寧律協而詞不工讀之不成句而謳之始叶奉常聞之笑曰彼惡知曲意哉予意所至不妨拗折天下人嗓子此可以觀兩賢之志趣矣子謂二公譬如狂狷天壤間應有兩項人物倘能守詞隱先生之矩矱而運以清遠道人之才情豈非合之兩美者乎　案奉常清遠道人皆謂湯若士也」

紫簫記一本「六十種曲本　曲品向傳先生作酒色才氣四犯有所諷刺作此以掩之僅存半本而罷」

紫釵記一本「六十種曲本」

還魂記一本「六十種曲本　文林閣傳奇十種本　冰絲館本」

南柯記一本「六十種曲本」

邯鄲記一本「六十種曲本」

右五種明湯顯祖撰顯祖字義仍號若士臨川人萬曆癸未進士除南太常博士稍遷祠部郎抗疏劾政府謫廣東徐聞典史後遷遂昌縣知縣投劾歸

「列朝詩集義仍窮老蹭蹬所居玉茗堂文史狼藉賓朋雜坐雞塒豕圈接跡庭戶蕭閒詠歌俯仰自得爲郎時排擊執政禍且不測貽書友人曰乘興偶發一疏不知當事何以處我晚年師盱江而友紫柏翛然有度世之志胸中魁壘陶寫未盡則發而爲詞曲四夢之書雖復流連

風懷激蕩物態要於洗滌情塵銷歸空有則義仍之所存略可見矣義仍三子開遠好講學義仍卒後取其所續紫簫殘本及詞曲未行者悉焚棄之

靜志居詩話義仍塡詞妙絕一時語雖斬新源亦出於關馬鄭白其牡丹亭曲本尤眞摯動人人或勸之講學答曰諸公所講者性僕所言者情也世或傳云刺曇陽子而作然太倉相君實先令家樂演之且曰吾老年人近頗爲此曲惆悵假令人言可信相君雖盛德有容必不反演之於家也當日婁江女子俞二孃酷嗜其詞斷腸而死義仍作詩哀之曰晝獨搖金閣眞珠泣繡窗如何傷此閔偏只在婁江又七夕答友云玉茗堂開春翠屏新詞傳唱牡丹亭傷心拍徧無人會自掐檀痕教小伶

明姚士粦見只編湯海若先生妙于音律酷嗜元人院本自言篋中收藏多世不常有已至千種有太和正音譜所不載比問其各本佳處一一能口誦之」

玉合記一本「六十種曲本」

明梅鼎祚撰字里見上卷

鸚鵡洲一本「見曲品傳奇彙考曲海目」

明陳與郊撰字里見上卷

「曲品禺陽又爲囗長公作一劇見未刻本」

明珠記一本「六十種曲本　一名王仙客無雙傳奇」

南西廂一本「右見曲品曲海目」

懷香記一本「六十種曲本」

椒觴記一本
分鞋記一本『右見曲海目』
右五種明陸采撰采字子元號天池長洲人『列朝詩集子元少爲校官弟子不屑守章句年十九作王仙客無雙傳奇兄子餘助成之曲既成集吳門敎師精音律者逐腔改定然後妙選梨園子弟登場敎演期盡善而後出性豪蕩不羈困於場屋日夜與所善客劇飲歌呼東登泰岱賦游仙三章南踰嶺嶠游武夷諸山年四十而卒　維案曲品謂明珠記乃天池之兄給諫具草而天池踵成之者與列朝詩集之說小異給諫名粲字子餘嘉靖丙戌進士授工科給事中因劾張桂謫貴州都勻驛丞稍遷永新縣知縣乞歸』

南西廂一本『六十種曲本』
明李日華撰日華字君實嘉興人萬曆壬辰進士官至太僕寺少卿
乞麾記一本
冬靑記一本『右見曲品傳奇彙考曲海目』
右二種明卜世臣撰世臣字大匡一字大荒秀水人
紅梅記一本『見傳奇彙考曲海目傳奇彙考云袁中郎宏道有刪本』
明周朝俊撰朝俊字稚玉吳縣人
露綬記一本
蕉帕記一本『六十種曲本　傳奇十種本　右見新傳奇品傳奇彙考曲海目』
右二種明單本撰本字槎仙會稽人

錦箋記一本「六十種曲本」
明周螺冠撰名里俱無考
「曲品向云此記經諸名士而成今迺知螺冠
獨羨其美」
蜃樓記一本「見曲品傳奇彙考曲海目　曲品
云在張伯起之前」
紅拂記一本「六十種曲本」
明端鏊撰鏊號平川里居不詳
祝髮記一本
竊符記一本
灌園記一本「六十種曲本」
蜃樓記一本
平播記一本「傳奇彙考云總兵李應祥厚禮求
作事頗不實　右均見曲品傳奇彙考曲海目
」
右七種明張鳳翼撰鳳翼字伯起長洲人
「列朝詩集伯起與其弟獻翼幼于燕翼叔貽
並有才名吳人語曰前有四皇後有三張」
青衫記一本「六十種曲本」
葛衣記一本
義乳記一本
風教編一本「曲品云一記分四段倣四節體
右均見曲品傳奇彙考曲海目」
右四種明顧大典撰大典字道行吳江人官至
福建提學副使
「列朝詩集副使家有諧賞園清音閣亭池佳
勝妙解音律自按紅牙度曲今松陵多蓄聲伎
其遺風也」

曇花記一本「六十種曲本」

修文記一本

彩豪記一本「六十種曲本　右見曲品傳奇彙考曲海目」

右三種明屠隆撰隆字長卿又字緯眞號赤水鄞縣人官至禮部主事能歸

「明史文苑傳隆舉萬歷五年進士除潁上知縣調繁青浦時招名士飲酒賦詩游九峯三泖以仙令自許然於吏事不廢士民皆愛戴之遷禮部主事西甯侯宋世恩兄事隆宴游甚歡刑部主事俞顯卿者險人也嘗爲隆所詆心恨之訐隆與世恩淫縱隆等上疏自理乃兩黜之而停世恩俸半歲隆歸道青浦父老爲歛田千畝請徙居隆不許歡飲三日謝去歸益縱情詩酒好賓客賣文爲活詩文率不經意一揮數紙嘗戲命二人對案拈二題各賦百韻咄嗟之間二章並就又與人對奕口誦詩文命人書之書不逮誦也子婦沈氏懋學女與隆女瑤瑟並能詩隆有所作兩人輒和之曰留香草

曲品赤水以宋西寧侯勷戲事能官故作曇花記託木西來以頌之意猶感宋德或曰盧相公郎指吳縣相公孟家韋郎指糾之者才人喪檢亦常事何必有恚心耶

又曰赤水晚修仙爲黠者所弄文人入魔信以爲實故作修文記然以一家夫婦子女託名演之已窮其幻妄之趣其詞固足採也　維案赤水爲吳人孫棨祖所弄弁言其女死後爲仙事見列朝詩集」

高士記一本
長生記一本
天書記一本
獅吼記一本『六十種曲本』
投桃記一本
二閣記一本
同昇記一本
三祝記一本
種玉記一本『六十種曲本　右見曲品曲海目』
七國記一本『見傳奇彙考』
右十種明汪廷訥撰字里見上卷
藍橋記一本『見曲品傳奇彙考曲海目』
明龍膺撰膺字朱陵武陵人官至副都御史

白練裙一本
旗亭記一本
芍藥記一本『右見曲品傳奇彙考曲海目』
右三種明鄭之文撰之文字應尼一字豹先南城人官南部郎後出爲知府
『列朝詩集應尼公車下第薄游長于曲中馬湘蘭與王百穀諸公爲文字飲頗不禮應尼應尼與吳非熊輩作白練裙雜劇極爲譏調聚子弟演唱召湘蘭觀之湘蘭爲微笑定襄傳司業清嚴訓士一旦召應尼跪東廂下出衔袖一編數之曰舉子故當爲輕蛺蝶耶收以榎楚久之乃遣去應尼舉進士傳公爲北祭酒介余往謝過公一笑而已崇禎末余作長歌寄之有曰子弟猶歌白練裙行人尚酹湘蘭墓應尼亦欣均

相答　維案吳非熊名兆休寧人』
玉麟記一本
雙卿記一本
鸞鎞記一本『六十種曲本』
四豔記一本
金鎖記一本『傳奇彙考云或云袁于合作或云
桐柏初稿于令改定之右見曲品傳奇彙考曲
海目』
右五種明葉憲祖撰憲祖字里見上卷
存孤記一本『見曲品傳奇彙考曲海目』
明陸弼撰弼字無從江都人
『列朝詩集無從好博涉多所撰述廣陵爲南
北孔道請絕賓客結納賢豪長者其聲藉甚嘗
爲詩曰匣有魚腸堪借客世無狗監莫論才何
元朗激賞之趙蘭谿當事議修正史請徵故知
縣王一鳴故通判魏學禮太學生王稺登生員
陸弼入史館與纂修未上而罷年七十餘乃卒
有正始堂集二十四卷
曲品存孤記據序文似天池舊有稿而無從衍
之者』
量江記一本『見曲品傳奇彙考曲海目』
賜環記一本『曲品云尚有賜環記未見』
右二種明佘聿雲撰聿雲池州人
雙雄記一本『見曲品傳奇彙考曲海目』
萬事足一本
風流夢一本
新灌園一本『右見新傳奇品傳奇彙考曲海目
』

右四種明馮夢龍撰夢龍字猶龍一字耳猶吳縣人官壽寧縣知縣

青蓮記一本

鞦韆記一本『右見曲品傳奇彙考曲海目』

右二種明戴子晉撰子晉字金蟾永嘉人

泰和記一本『曲品云每齣一事似劇體　右見曲品傳奇彙考曲海目』

明許潮撰字里見上卷

金蓮記一本『六十種曲本』

紫環記一本『右見曲品傳奇彙考曲海目』

右二種明陳汝元撰字里見上卷

四夢記一本『內分高唐邯鄲南柯蕉鹿四段』

彈鋏記一本『右見曲品傳奇彙考曲海目』

右二種明車任遠撰字里見上卷

雙珠記一本『六十種曲本』

分鞋記一本『傳奇彙考云亦名易鞋記或云係陸天池作傳奇十種本』

鮫綃記一本

青瑣記一本『右見曲品傳奇彙考曲海目』

右四種明沈鯨選鯨號涇川平湖人

蛟虎記一本『見曲品傳奇彙考曲海目』

明黃伯羽撰伯羽號釣叟上海人

清風亭一本『見曲品傳奇彙考曲海目』

明秦鳴雷撰鳴雷字華峯天台人見曲品傳奇彙考云華峯姓李名宗泰長洲人未識孰是

四喜記一本『六十種曲本』

明謝讜撰讜號海門上虞人

紅拂記一本『見曲品曲海目』

明張太和撰號屏山錢塘人
忠節記一本『見曲品傳奇彙考曲海目』
明錢直之撰直之號海屋錢塘人
符節記一本『同上』
明章大倫撰大倫字金庭錢塘人一作大綸字
全定
呼盧記一本『同上』
明金无垢撰无垢號逍遙鄞縣人
玉簪記一本『六十種曲本』
節孝記一本『曲品云陶潛之歸去介伯之陳情
分上下帙別是一體　右二本同上』
右二種明高濂撰濂字深甫號瑞南錢塘人
望雲記一本
玉香記一本『右二本同上』

右二種明程文修撰文修字叔子仁和人
題橋記一本『同上』
明陸濟之撰濟之字利川無錫人傳奇彙考作
陳濟之
驚鴻記一本『見曲品傳奇彙考曲海目』
明吳世美撰世美字叔華烏程人
八義記一本『六十種曲本』
明徐叔回撰名里未詳
夢磊記一本
合紗記一本『右見傳奇彙考曲海目』
右二種明史槃撰槃字叔考會稽人
題紅記一本『右見曲品傳奇彙考曲海目』
明祝長生號長生鹽金粟海巳人
五鼎記一本『同上』

明顧希雍撰希雍字懋仁崑山人
椒觴記一本「同上」
明顧仲雍撰仲雍字懋儉崑山人
春蕪記一本「六十種曲本」
明汪錂撰錂字劍池錢塘人
奇貨記一本
犀珮記一本
三晉記一本「右見曲品曲海目」
右三種明胡文煥撰文煥號全庵錢塘人著述
甚富刊有格致叢書
神鏡記一本「右見傳奇彙考曲海目」
明呂文撰文字天成金華人
王魚記一本「右見曲品傳奇彙考曲海目」
明湯賓陽撰名里無考

玉釵記一本「同上」
明陸江樓撰名字無考杭州人
牡丹記一本「同上」
明朱從龍撰從龍字春霖句容人
綠綺記一本「同上」
明楊柔勝撰柔勝字新吾武進人
禁烟記一本「同上」
明盧鶴江撰鶴江佚其名無錫人
合璧記一本「同上」
明王恆王恆字貞伯杭州人
玉鏡臺一本「六十種曲本　同上」
明朱鼎撰鼎字永懷崑山人
金魚記一本「同上」
明吳鵬撰鵬字圖南宜興人

純孝記一本『同上』

明張從懷撰從懷一作從德字同谷海寧人

焚香記一本『六十種曲本　同上』

明王玉峯撰佚其名松江人

練囊記一本『傳奇彙考云與張仲豫合作』

龍劍記一本『右二本同上』

右二種明吳大震撰大震字東宇號長孺休寧人

龍膏記一本『六十種曲本』

錦帶記一本『右二本同上』

右二種明楊珽撰珽字夷白錢塘人

龍綃記一本『同上』

明黃維楫撰維楫字說仲天台人

玉丸記一本『同上』

明朱期撰期號萬山上虞人

佩印記一本『同上』

明顧瑾撰瑾字懷琳華亭人或云杭州人

玉鐲記一本『同上』

明李玉田撰玉田佚其名汀州人

玉杵記一本『同上』

明楊之炯撰之炯字星水餘姚人

溉園記一本

畫鶯記一本『見曲品傳奇彙考』

右二種明趙於禮撰於禮字心雲一作心武上虞人

分釵記一本『見曲品傳奇彙考』

明張景巖撰景巖號瀨濱溧陽人

覓蓮記一本『同上』

明鄭逢時撰逢時號海門餘姚人

指腹記一本「傳奇彙考云郎今之一種情　同上」

明沈祚撰祚字希祖溧陽人

丹箋記一本「同上」

明汪宗姬撰宗姬字師文徽州人

護龍記一本「同上」

明馮之可撰之可字易亭彭澤人

白璧記一本「同上」

明黃廷俸撰廷俸字君選常熟人

狐裘記一本

靖虜記一本「右二本同上」

右二種明謝天祐撰天祐號思山杭州人

合釵記一本「同上」

明吾邱瑞撰瑞字闕璋杭州人元吾邱衍之後

曲品及曲海目作邱瑞吾誤

香裘記一本

寶釵記一本

望雲記一本

完福記一本

妙相記一本

摘星記一本

繡被記一本

八更記一本

桃花記一本「右九本同上」

右九種明金懷玉撰懷玉字爾音會稽人

紅梨記一本「六十種曲本見曲海目」

宵光劍一本

梧桐雨一本
一文錢一本「三本見曲考」
右四種明徐復祚撰字里見上卷
紅情言一本
榴巾怨一本
詞苑春秋一本
博浪沙一本「右見曲考」
右四種王明撰翃翃字介人嘉興人有秋懷堂集
息宰河一本「見曲海目」
綰春園一本「見傳奇彙考曲目」
宰戍記一本「見曲考」
右三種明沈孚中撰孚中字會吉錢塘人
執扇記一本「右見曲品傳奇彙考」

明謝廷諒撰廷諒字九紫湖廣人
遍地錦一本
上林春一本
白玉堂一本
祥麟現一本「右見傳奇彙考」
右四種明姚子翼撰子翼字襄侯秀水人
弄珠樓一本
百花亭一本
靈犀珮一本「右同上」
右三種明王爟撰權字無功部陽人
稻花初一本
落花風一本
再生蓮一本
賣愁村一本

元宵鬧一本『一云朱佐朝作　右同上』
右五種明李素甫撰素甫字位行吳江人
雙遇蕉一本『同上』
明吳千頃撰千頃字汪度長洲人
白玉樓一本『同上』
明蔣麟徵撰麟徵字瑞書長洲人一作字西宿烏程人
醉揚州一本
鬧烏江一本
倒鴛鴦一本『右同上』
右三種明朱寄林撰寄林字樹聲蘇州人
軟藍橋一本
情不斷一本『右同上』
右二種明許炎南撰炎南字有丁海盜人

雙玉璧一本
青虹嘯一本『右同上』
右二種明鄒玉卿撰玉卿字崑圃長洲人
兩蝶詩一本
華山緣一本『右同上』
右二種明王紫濤撰名里不詳
浮邱傲一本『同上』
明王鳴九撰鳴九字鶴皐吳縣人
八葉霜一本『同上』
明陸世廉撰字里見上卷
龍華會一本『同上』
明王翔千撰翔千字起鳳太倉人
續精忠一本『同上』
明湯子垂撰名里不詳

雙麟瑞一本
笑笑緣一本『右同上』
右二種明程麗先撰麗先字光鉅新安人
雪香緣一本『同上』
明程子偉撰子偉字正夫江都人
雙忠孝一本
半塘會一本『右同上』
右二種明劉盛生撰字里未詳
讀書種一本『同上』
明陳曉江撰名里未詳
醉鄉記一本『同上』
明孫仁孺撰名里未詳
水滸記一本『六十種曲本』
報主記一本

靈犀珮一本
弄珠樓一本『右同上　未二本疑卽王權所撰』
右四種明許自昌撰自昌字元祐吳縣人
四大癡一本『同上』
明李九標字逢時武陵人
崖山烈一本『同上』
明朱九經撰字里無考
鏡中花一本『同上』
明李雨商撰雨商字桑林河南人
錦西廂一本『一作翻西廂　同上』
明周公魯撰公魯字公望崑山人
歌風記一本『見曲品傳奇彙考曲海目』
明庾庚撰庚字生子杭州人

藍田記一本『同上』
明龍渠翁撰渠翁佚其名安慶人
躍鯉記一本『見傳奇彙考』
明陳罷齋撰名里無考』
雙金榜一本
牟尼合一本
忠孝環一本
春燈謎一本
燕子箋一本『右見傳奇彙考曲海目』
右五種明阮大鋮撰大鋮字集之號圓海懷寧人官至兵部尚書
『王士正帶經堂集秦淮雜詩新歌細字寫冰紈小部君王帶笑看千載秦淮嗚咽水不應仍恨孔都官自注宏光時阮司馬以吳綾作朱絲闌書燕子箋諸劇進宮中』
雁翎甲一本『見傳奇彙考』
明秋堂和尚撰
摘金圓一本『同上』
明閨秀顧采屏撰采屏崑山人歷朝詩集有顧氏妹崑山顧茂儉之妹雍里方伯之女嫁孫僉憲家爲婦甚有才情案方伯及茂儉兄弟均善製詞曲則采屏或卽其人歟
三生傳一本『同上』
明妓馬守眞撰守眞小字玄兒又字月嬌又字湘蘭金陵人
錕鋙記一本右見曲品傳奇彙考曲海目』
明兩宜居士撰
奪解記一本『同上』

明秋閣居士撰
雙環記一本「同上」
明鹿陽外史撰
遇仙記一本「同上」
明心一子撰杭州人
合劍記一本「同上」
明秦華山人撰
釵釧記一本「同上」
明月榭主人撰
杖策記一本「右見傳奇彙考曲海目」
明涵陽子撰
白兎記一本「六十種曲本」
玉環記一本「六十種曲本」
尋親記一本「六十種曲本」

金雀記一本「六十種曲本」
東郭記一本「六十種曲本」
投梭記一本「六十種曲本」
霞箋記一本「六十種曲本」
節俠記一本「六十種曲本」
飛丸記一本「六十種曲本」
琴心記一本「六十種曲本」
四賢記一本「六十種曲本」
運甓記一本「六十種曲本」
贈書記一本「六十種曲本」
四美記一本「傳奇十種本」
觀音魚籃記一本「傳奇十種本」
漢劉秀雲臺記一本「傳奇十種本」
高文舉珍珠記一本「傳奇十種本」

袁文正還魂記一本「傳奇十種本」
牧羊記一本
孤兒記一本
教子記一本
綵樓記一本
四節記一本「曲品云一記分四截自此始此以壽鎮江楊相公者也」
百順記一本
合鏡記一本
四豪記一本
赤松記一本
雙紅記一本
離魂記一本
犀合記一本
五福記一本「韓忠獻事」
五福記一本「徐勉之事」
黑鯉記一本
贈袍記一本
鐶環記一本
金臺記一本
箜篌記一本「右十九本見曲品」
鸞釵記一本
千祥記一本
鵜釵記一本
異夢記一本
四景記一本
羅衫記一本
雙孝記一本

麒麟記一本
金花記一本
題門記一本
錦囊記一本
吐絨記一本
三桂記一本
蟠桃記一本
瑞玉記一本
衣珠記一本
花園記一本
硨磲記一本
菱花記一本
江流記一本
東牆記一本

王煥記一本
張叶記一本
鴛簪記一本
臥冰記一本
紅絲記一本
南樓記一本「右二十七本見傳奇彙考」
玉珮記一本
青樓記一本
目蓮救母一本「右三本見曲海目」
劉盼盼一本
錦香亭一本
陳光蘂一本
陳巡檢一本「一名梅嶺記」
韓壽一本「傳奇非青瑣記」

曲錄　一三二

朱買臣一本

黃孝子一本

風月亭一本

劉文龍一本

一夜鬧一本

賈雲華一本

唐伯亨一本『古曲非犀合記』

周孝子一本

王魁一本

呂星哥一本

風流合三十一本

寶粧亭一本

盜紅綃一本

孟姜女一本

冤家債主一本

翫江樓一本

李勉一本

陳叔文一本

分鏡記一本『古本非合鏡記』

燕子樓一本

同庚會一本

瓊花女一本

太平錢一本

鬼做媒一本

韓玉箏一本

郭孔目一本

牆頭馬上一本

司馬相如一本『舊本非琴心記』

張資一本
鴛鴦燈一本
錦機亭一本
進梅諫一本
覓水記一本
尋母記一本
詐妮子一本
復落倡一本
劉孝女一本
孟月梅一本
生死夫妻一本
李寶一本
林招得一本
琵琶怨一本

崔護一本「右四十九本見沈璟南九宮譜中有與金人院本元人雜劇名目相同者然其下皆注傳奇又入南曲知爲明人傳奇無疑矣」
東嘉韞玉傳奇一本「見葉盛菉竹堂書目」
餖瓜亭一本「見楊愼升庵外集」
洛陽橋一本「秦徵蘭天啓宮詞自注乙丑登高聖駕臨幸鐘鼓司掌印官執板唱洛陽橋記攢眉黛鎖不開一闋次年亦如之見靜志居詩話」
伏虎絛一本「曲海目云相傳爲元人作說不足據姑附於此」
右一百二十種明無名氏撰

曲錄　卷五

傳奇部下

月令承應□本

法宮雅奏□本

九九大慶□本

勸善金科十本

昇平寶筏十本『曾見 內廷寫本與殿本勸善金科行款大小一一相同每本二十四折』

鼎峙春秋□本

忠義璇圖□本

右七種國朝張照等奉 敕撰照字得天華亭人官至刑部尚書

『禮親王昭槤嘯亭續錄乾隆初 純皇帝以海內昇平命張文敏製諸院本進呈以備樂部演習凡各節令皆奏演其時典故如屈子競渡子安題閣諸事無不譜入謂之月令承應其於 內廷諸慶事奏演祥徵瑞應者謂之法宮雅奏其於 萬壽令節前後奏演羣仙神道添籌錫禧以及黃童白叟含哺鼓腹者謂之九九大慶又演目蓮尊者救母事析爲十本謂之勸善金科於歲暮奏之以其鬼魅雜出以代古人儺祓之意演唐元奘西域取經事謂之昇平寶筏於上元前後日奏之其曲文皆文敏親製詞藻奇麗引用內典經卷大爲超妙其後又命莊恪親王譜蜀漢三國志典故謂之鼎峙春秋又譜宋政和間梁山諸盜及宋金交兵徽欽北狩諸事謂之忠義璇圖其詞皆出日華游客之手惟能敷衍成章又鈔襲元明水滸義俠西川圖諸院本不及文敏多矣 案日華游客謂編纂九

宮大成諸人即周祥鈺鄒金生輩也』
揚州夢一本『全集本譜老子尹喜事』
國朝愼郡王撰王諱岳端字兼山號紅蘭主人
安和親王第三子
秣陵春一本
國朝吳偉業撰字里見卷三
西樓記一本『六十種曲本　傳奇彙考云馮夢
龍增錯夢一齣』
金鎖記一本
玉符記一本『楊恩壽詞餘叢話謂韞玉譜瑞玉
記或即此本』
珍珠衫一本
鷫鸘裘一本『右見新傳奇品傳奇彙考』
右五種國朝袁于令撰字里見卷三

『宋犖筠廊偶筆袁籜庵以西樓傳奇得盛名
與人談及輒有喜色一日出飲歸月下肩輿過
一大姓門其家方燕賓演霸王夜宴輿人曰如
此良夜何不唱繡戶傳嬌語乃演千金記籜庵
狂喜幾墮輿』
鳴鴻度一本『見蓮子居詞話』
國朝查繼佐撰字里見卷三
『吳衡照蓮子居詞話查東山先生繼佐以名
孝廉負盛譽於時性耽音律聲伎登場旦色皆
以些爲名有柔些者尤妙絕汪蛟門揖製春風
裊娜以贈曰看先生老矣兀自風流圍翠袖呢
紅樓羨香山攜待小蠻樊素玉簫金管到處遨
遊舞愛前溪歌憐子夜記曲孃還數阿柔戲罷
更教彈絕調氍毹端坐撥箜篌新製南唐院本

衣冠巾幗抵多少優孟春秋拖六幅掩雙鈎英雄意態兒女嬌羞燈下紅兒眞堪銷恨花前碧玉耐可忘憂是鄉足老任悠悠世事爛羊作尉屠狗封侯下半指先生新製鳴鴻度等樂府也先生遇吳順恪事見鈕琇觚賸觀其自著敬修堂同學出處偶記似有出于傳聞之過者然當時已有不羨林宗知孟敏還同李白脫汾陽之語傳聞亦非盡無因也

蔣心餘雪中人傳奇敘事頗核惟誤其名作培繼培繼字玉望先生族弟也」

畫中人一本

療妒羹一本

綠牡丹一本

西園記一本「右見傳奇彙考曲海目」

情郵記一本「右見傳奇彙考」

右五種國朝撰炳吳炳字石渠宜興人

「新傳奇品吳石渠之詞如道子寫生鬚眉畢現」

花筵賺一本

鴛鴦棒一本

倩畫眉一本

勘皮靴一本

夢花酣一本「右五本見傳奇彙考曲海目惟新傳奇品作吳石渠撰誤也」

花眉旦一本

雌雄旦一本

金明池一本

歡喜冤家一本「右四本見傳奇彙考」

右九種國朝范文若撰文若字香令號荀鴨又
自稱吳儂松江人
梅花樓一本『曲海目作索花樓』
荷花蕩一本
十錦塘一本『右見新傳奇品傳奇彙考曲海目』
右三種國朝馬佶人撰佶人字更生吳縣人
『新傳奇品馬更生之詞如五陵少年白眼調人』
羅衫合一本
天馬媒一本
小桃源一本『右同上』
右三種國朝劉晉充撰字里未詳
『新傳奇品劉晉充之詞如山中砲響應聲徐來』
書生願一本
醉月緣一本
戰荆軻一本
蘆中人一本
昭君夢一本
狀元旗一本『右見新傳奇品傳奇彙考曲海目』
九龍池一本『右見傳奇彙考』
續情燈一本
長生桃一本
一宵泰一本『右三本見江蘇詩徵』
右十種國朝薛旦撰旦字既揚號訢然子無錫人本籍長洲

『新傳奇品薛旣揚之詞如鮫人泣淚點滴成珠』

一捧雪一本

人獸關一本

占花魁一本

永團圓一本

麒麟閣一本

風雲會一本

牛頭山一本

太平錢一本

連城璧一本

眉山秀一本

昊天塔一本

三生果一本

千忠會一本

五高風一本

兩鬚眉一本

長生像一本

鳳雲翹一本

禪眞會一本

雙龍佩一本

千里舟一本

洛陽橋一本

武當山一本

虎邱山一本

淸忠譜一本

掛玉帶一本

意中緣一本

萬里緣一本
萬民安一本
麒麟種一本
羅天醮一本
秦樓月一本「右見新傳奇品傳奇彙考曲海目」
埋輪亭一本
一品爵一本「右見傳奇彙考與朱佐朝合撰」
右三十三種國朝李玉撰玉字玄玉吳縣人「新傳奇品李玄玉之詞如康衢走馬操縱自如」
琥珀匙一本
女開科一本
開口笑一本

三擊節一本
遜國疑一本「即鐵冠圖」
英雄概一本
八翼飛一本
人中人一本「右見新傳奇品傳奇彙考曲海目」
右八種國朝葉稚斐撰稚斐字美章吳縣人「新傳奇品葉稚斐之詞如漁陽三弄意氣縱橫」
太極奏一本
玉數珠一本
軒轅鏡一本
蓮花筏一本
吉慶圖一本

飛龍鳳一本
錦雲裘一本
瑞霓羅一本
御雪豹一本
石麟鏡一本
九蓮燈一本
纓絡會一本
贅神龍一本
萬花樓一本
建皇圖一本
乾坤嘯一本
黜雲亭一本
奪秋魁一本
萬壽觀一本『傳奇彙考曲海目作萬壽冠』

雙和合一本
壽榮華一本
五代榮一本
寶曇月一本
牡丹圖一本
漁家樂一本『右見新傳奇品傳奇彙考曲海目』
四奇觀一本
清風寨一本
血影石一本
朝陽鳳一本『右見傳奇彙考』
一捧花一本『右見曲考』
右三十種國朝朱佐朝撰佐朝字良卿吳縣人
『新傳奇品朱良卿之詞如八音縱鳴時見節

奏』
虎囊彈一本
黨人碑一本
百福帶一本
幻緣箱一本
歲寒松一本
御袍恩一本
鬧句欄一本『右見新傳奇品曲海目』
一合相一本『見傳奇彙考』
蜀鵑啼一本『見吳梅村詩集』
右九種國朝邱園撰園字嶼雪常熟人
『尤侗邱嶼雪像贊君善顧曲梨園樂府吾和
而歌紅牙畫鼓』
振三綱一本

一著先一本
錦衣歸一本
未央天一本
狻猊璧一本
忠孝閭一本
四聖手一本
聚寶盆一本
十五貫一本
文星現一本
龍鳳錢一本
瑤池宴一本
朝陽鳳一本
全五福一本『右見新傳奇品傳奇彙考曲海目
』

萬年觴一本『右見傳奇彙考曲海目』
通天臺一本
大吉慶一本
翡翠園一本『一作綠右見傳奇彙考』
右十八種國朝朱素臣撰素臣以字行吳縣人
『新傳奇品朱素臣之詞如少女簪花修容自
愛』
紅芍藥一本
竹葉舟一本
呼盧報一本
三報恩一本
萬人敵一本
杜鵑聲一本『右見新傳奇品傳奇彙考曲海目
』

右六種國朝畢萬侯撰萬侯字晉卿吳縣人
『新傳奇品畢萬侯之詞如白璧南金精彩耀
目』
奈何天一本
比目魚一本
蜃中樓一本
美人香一本『新傳奇品云憐香伴然傳奇彙
考著錄既有美人香又有憐香伴未知孰是』
風箏誤一本
慎鸞交一本
凰求鳳一本
巧團圓一本
玉搔頭一本『右見新傳奇品傳奇彙考曲海目
』

萬年歡一本『見傳奇彙考』
意中緣一本
偷甲記一本
四元記一本
雙錘記一本
魚籃記一本
萬全記一本『右見曲海目』
右十六種國朝李漁撰漁字笠翁蘭溪人寓居錢塘
『新傳奇品李笠翁之詞如桃源笑傲別有天地』
太白山一本
竹漉籬一本
八仙圖一本

火牛陣一本
覓西廂一本『傳奇彙考作錦西廂』
福星臨一本
指南車一本
綈袍贈一本
萬金資一本
鏡中人一本
金橙樹一本
玉鴛鴦一本
後西國一本『右見新傳奇品傳奇彙考曲海目』
陽明洞一本『右見傳奇彙考』
右十四種國朝周坦綸撰坦綸號果庵里居未詳

『新傳奇品周杲庵之詞如老僧談禪眞諦妙理』

如是觀一本

醉菩提一本

海潮音一本

釣魚船一本

天下樂一本

井中天一本

快活三一本

金剛鳳一本

獺鏡緣一本

芭蕉井一本

喜重重一本

龍華會一本

雙節孝一本

雙福壽一本

讀書聲一本

娘子軍一本『右見新傳奇品曲海目』

小春秋一本

天有眼一本

發琅釧一本

龍飛報一本

吉祥兆一本

癡情譜一本

紫瓊瑤一本『右見傳奇彙考』

右二十三種國朝張大復撰大復字星期一字心其號寒山子蘇州人

『新傳奇品張心其之詞如去病用兵暗合孫

吳』
春秋筆一本
雙奇俠一本
貂裘賺一本
千金笑一本
聚獸牌一本
錦中花一本
擎香園一本
古交情一本
四美坊一本
眉仙嶺一本
如意冊一本
風雲緣一本
因哉翁一本

續情樓一本『右見新傳奇品傳奇彙考曲海目』
右十四種國朝高奕撰奕字晉音一字太初會稽人
『新傳奇品高晉音之詞如清修潔操不染世氣』
人中龍一本
飛龍蓋一本
胭脂雪一本
雙虬判一本『右同上』
右四種國朝盛際時撰際時字昌期吳縣人
『新傳奇品盛際時之詞如珍奇羅列時發精光』
清風寨一本

五羊皮一本『右同上』
右二種國朝史集之撰集之字友兪溧陽人一作吳縣人
『新傳奇品史集之之詞倜儻不羈笑傲一世』
靈犀鏡一本
齊眉案一本
照膽鏡一本
人中虎一本
石點頭一本
小蓬萊一本
別有天一本
龍燈賺一本
赤龍鬚一本

兒孫福一本
兩乘龍一本
萬壽鼎一本『右同上』
右十二種國朝朱雲從撰雲從字際飛吳縣人
『新傳奇品朱雲從之詞如駿馬嘶風馳驟有矩』
雙官誥一本
稱人心一本
衫衣歡一本『右同上』
右三種國朝陳二白撰二白字于令長洲人
『新傳奇品陳二白之詞如閨女靚妝不增矯飾』
三合笑一本
玉殿元一本

歡喜緣一本「右同上」
右三種國朝陳子玉撰子玉字希甫吳縣人
「新傳奇品陳子玉之詞如盆花小景工致自佳」
非非想一本
黃金臺一本「右同上」
右二種國朝王香裔撰名里不詳
「新傳奇品王香裔之詞如空谷幽蘭清芬自遠」
珊瑚鞭一本
九奇緣一本「右見曲海目」
胭脂虎一本「見曲考」
右三種國朝徐石麟撰見卷三
玉麟記一本「見曲海目」

國朝張世璋撰字里未詳
鈞天樂一本
國朝尤侗撰見卷三
「鈞天樂自序丁酉之秋薄游太末阻兵未得歸逆旅無聊漫塡詞爲傳奇率日一齣閱月而竣題曰鈞天樂家有梨園歸則授使演焉明年科場弊發有無名子編爲万金記者制府以聞
詔命進覽其人匿弗出臬司某大索江南諸伶雜治之適山陰姜侍御還　朝過吳門函徵予劇同人宴之申氏堂中樂既作觀者如堵靡不咋舌駭歎而邏者亦雜其中疑其事類駝白臬司臬司以爲奇貨旣檄捕優人拷掠誣服既得主名將窮其獄丑徵賄焉會有從中解之者而予已入都門事亦得寢」

梅花夢一本『見曲海目』
國朝陳貞禧撰貞禧字未詳宜興人
忠孝福一本『同上』
國朝黃兆森撰字里見卷三
虎媒記一本『見曲考』
國朝顧景星撰景星字赤方號黃公蘄春人
萬古愁一本
國朝歸莊撰莊字元恭號恆軒崑山人
『全祖望題歸恆軒萬古愁曲子世傳萬古愁曲子瑰瑋恣肆於古之聖賢君相無不詆訶而獨痛哭流涕於桑海之際蓋離騷天問一種手筆但不能知其爲何人所作近人或以爲譙翁或以爲道隱或以爲石霞皆鮮證據惟魏勺庭徵君著其事于恆軒壽序予始取而跋之沈繹堂詹事謂 世祖章皇帝嘗見此曲大加稱賞命樂工每膳歌以侑食詳之遺民野老記甲子哭庚申大部潛伏於殘山剩水之間未有得播

興朝之鐘呂者是又一異事也』
桃花笑一本『見傳奇彙考』
國朝唐宇昭撰宇昭字孔明號雲客武進人
瓊花夢一本『同上』
國朝龍燮撰字里見卷三
金瓶梅一本『同上』
國朝鄭小白撰小白佚其名江都人
珊瑚鞭一本『同上』
國朝徐善撰善里字見前卷三此本曲海作徐石麟撰善與石麟疑一人說亦見前
秦樓月一本『同上』

嘯秋風一本
繡平原一本『右見四庫全書提要』
忠愍記一本『見楊恩壽詞餘叢話』
右四種國朝吳綺撰綺字園次江都人官湖州
府知府
『徐釚本事詩園次少讀書康山之麓既而待
詔金馬奉　勅塡詞流傳宮掖人都目爲江都
才子
詞餘叢話吳園次奉　敕譜忠愍記由中書遷
武選司員外郎卽以椒山原官官之固極儒生
榮遇已』
補天石一本『卽易水歌改本　見傳奇彙考』
國朝汪楫撰楫字舟次江都人官至福建布政
使

十賢記一本『同上』
國朝汪祚撰祚字敦士江都人
廣寒香一本
易水歌一本
芙蓉樓一本『右見曲考』
右三種鷹山撰
放偷記一本
買家記一本『右同上』
右二種國朝毛奇齡撰奇齡一名甡字大可蕭
山人官翰林院檢討
籌邊樓一本『見曲考』
浩氣吟一本『見漁洋詩話』
右二種國朝王抃撰抃字鶴尹太倉人
『漁洋詩話婁江十子虹友才尤高鶴尹詩才

不及而獨工金元詞曲所作籌邊樓浩氣吟傳奇殆可謂詞曲之董狐曝書亭集太倉王君鶴尹爲文肅公曾孫諸昆羣從多以制舉業取科第致位通顯而君獨澹然于榮利好爲山水游詩瓢酒榼肆志娛衍與海內名流繼和間倚聲度曲識者比之東籬小山無怍也』

雙報應一本『見曲海目』

國朝嵇永仁撰字里見卷三

陰陽判一本『同上』

國朝査慎行撰愼行字夏重號初白又號他山老人海寧人官翰林院編修

正昭陽一本

龍鳳山一本

鎮仙靈一本『右見傳奇彙考』

右三種國朝石子斐撰子斐字成章紹興人

麗鳥媒一本『同上』

國朝沈樹人撰樹人字友聲湖州人

珊瑚玦一本『同上』

雙忠廟一本『見曲海目』

右二種國朝周穉廉撰穉廉字冰持華亭人

澄海樓一本『見傳奇彙考』

國朝毛鍾紳撰鍾紳未詳其字蘇州人

夜光球一本『同上』

國朝王維新撰維新未詳其字平江人

鳳鸞儔一本『同上』

國朝沈名蓀撰名蓀字礀芳號礀房仁和人

升平樂一本『同上　一名圓圓曲』

國朝陸次雲撰次雲字雲士錢塘人

因緣夢一本『同上』

國朝石龐撰龐未詳其字蕪湖人

後尋親一本『同上』

國朝姚子懿撰子懿未詳其字嘉興人

玉樓春一本『同上』

國朝謝宗錫撰宗錫未詳其字紹興人

情夢俠一本『同上』

國朝顧元標撰元標未詳其字紹興人

藍關度一本『同上』

國朝王聖徵撰聖徵未詳其字太倉人

碩頭書一本『同上』

國朝袁聲撰聲未詳其字濟南人

芳情院一本『同上』

國朝沈沐撰沐未詳其字仁和人

遺愛集一本『同上　前半日峴山碑後半日虞山碑』

國朝陸曜程端合撰二人未詳其字常熟人

廣陵仙一本『同上』

國朝胡介祉撰介祉字循齋號茨村大興人原籍山陰官至河南按察使

紅蓮案一本『同上』

國朝吳士科撰士科未詳其字臨川人

小河洲一本『同上　一名雙奇俠』

國朝李蔭桂撰蔭桂未詳其字山陰人

馮驩市義一本『同上』

國朝周起撰起未詳其字蕭山人

回文錦一本

迴龍院一本
錦繡圖一本
鬧高唐一本「右同上」
節孝坊一本
舞霓裳一本
沈香亭一本「右見長生殿序例」
長生殿一本
右八種國朝洪昇撰字里見卷三
小忽雷一本
桃花扇一本「右見傳奇彙考」
右二種國朝孔尙任撰尙任字李重號東塘曲
阜人官戶部郎中
南桃花扇一本
後琵琶記一本「右同上」

右二種國朝顧彩撰彩字天石無錫人官內閣
中書
風流棒一本
空青石一本
念八翻一本
錦塵帆一本
十串珠一本
萬金甕一本
金神鳳一本
資齊鑑一本「右見曲海目」
右八種國朝萬樹撰字里見卷三
河陽覲一本「同上」
國朝吳愰珏撰
風前月下一本「同上」

國朝曹岩撰
壺中天一本「同上」
國朝朱龍田撰龍田未詳名字華亭人
定鐘宮一本「同上」
國朝朱確過孟起盛國琦三人合撰
兩度梅一本
錦香亭一本
天燈記一本
酒家傭一本「右同上」
右四種國朝石恂齋撰名里未詳
旗亭記一本
玉尺樓一本「右同上」
右二種國朝盧見曾撰見曾字抱孫號雅雨山人德州人官兩淮鹽運使

羣仙祝壽一本
百靈效瑞一本「見右振綺堂書目」
右二種國朝吳城厲鶚同撰城字敦復鶚字太鴻均錢塘人乾隆二十六年　南巡演以迎
鑾總名迎　鑾新曲
轉天心一本
清忠譜正案一本
鐵釘案一本「原名釣金龜」
巧換緣一本
三元報一本「四齣」
蘆花絮一本「四齣」
梅龍鎮一本「四齣」
鋦缸笑一本「四齣」
虞兮夢一本「四齣」

英雄報一本「一齣改舊曲」
女彈詞一本「一齣改舊曲」
長生殿補闕一本「二齣」
十字坡一本「一齣　右十二種見傳刻本名古柏堂傳奇」
笳騷一本「見曲海目」
右十四種國朝唐英撰英字儁公號蝸寄居士官九江關監督
夢中緣一本
梅花簪一本
懷沙記一本
玉獅墜一本「右名玉燕堂四種曲海目僅載下二種」
右二種國朝張堅撰堅字漱石江寧人

無瑕璧一本
杏花村一本
瑞筠圖一本
廣寒梯一本
南陽樂一本
花萼吟一本「右見曲海目」
右六種國朝夏綸撰綸字惺齋錢塘人
玉劍緣一本「同上」
國朝李本宣撰本宣字蘧門江都人
拜針樓一本「同上」
國朝王墅撰墅字嶠無湖人
東廂記一本「同上」
國朝楊國賓撰
烟花債一本

情中幻一本『右同上』
右二種國朝崔應階撰應階字拙圃江夏人
雪中人一本
香祖樓一本
臨川夢一本
桂林霜一本
冬青樹一本
空谷香一本『右同上』
右六種國朝蔣士銓撰字里見卷三
富貴神仙一本『見曲考』
國朝鄭含成撰
崖州路一本
麒麟夢一本
鴛鴦榜一本

黃金盆一本『右同上』
右四種國朝張異資撰異資未詳其字通州人
雙泉記一本『見傳刻本』
國朝方成培撰成培字仰松歙縣人
紅樓夢一本『見楊恩壽詞餘叢話』
國朝高□□撰高字蘭墅名里未詳
紅樓夢一本『見楊恩壽詞餘叢話』
國朝陳鍾麟撰鍾麟字厚甫元和人
旗亭記一本『見李調元曲話』
國朝金椒撰椒字蘭皐□□人
芝龕記一本『共六卷見傳刻本』
國朝董榕撰榕字恆岩號謙山□□人官九江
府知府
琵琶俠一本『見傳刻本』

花月展一本「見琵琶俠陸繼輅題詞」
右二種國朝董□撰□號定園武進人」
一斛珠一本「見揚州畫舫錄」
國朝程枚撰枚字時齋海州人
博望乘槎一本
樊姬擁髻一本
卓女當壚一本
酉陽修月一本「右四種總名瓶笙齋修簫譜振綺堂刻本」
人面桃花一本
右五種國朝舒位撰位字立人號鐵雲大興人
「陳文述頤道堂集舒鐵雲傳鐵雲能吹笛鼓琴度曲不失分刌所作樂府院本脫藁老伶皆可按簡而歌不煩點竄陳文述紫鸞笙譜有玉壺仙館聽女郎藕雪歌鐵雲山人人面桃花樂府聲聲慢一闋」
玉釵怨一本
祀招財一本「右見程庭鷺多暇錄」
右二種國朝周若霖撰若霖字蕙鍾嘉定人
六如亭一本「全集本」
國朝張九鉞撰九鉞字度西湘潭人官廣東知縣
仙緣記一本
海虬記一本
蜀錦袍一本
燕子樓一本
梅喜緣一本「右見傳刻本」
右五種國朝陳烺撰烺字潛翁陽湖人

孟蘭夢一本
國朝嚴保庸撰保庸字問樵丹徒人官山東知
縣
紫荊花一本
胭脂舄一本
鳳飛樓一本
銀漢槎一本「右見傳刻本」
右四種國朝李文瀚撰文瀚字雲生宣城人
茂陵絃一本
帝女花一本
脊令原一本
鴛鴦鏡一本
淩波影一本
桃谿雪一本

居官鑑一本「右名倚晴樓七種」
右七種國朝黃憲清撰憲清字韻珊海鹽人
芙蓉碣一本「見傳刻本」
國朝張雲驤撰雲驤字南湖文安人
麻灘驛一本
桃花源一本
姽嫿封一本
桂枝香一本
再來人一本
理靈坡一本「右六本見傳刻本」
右六種國朝楊恩壽撰恩壽字蓬海長沙人
蕙蘭芳一本「見詞餘叢話」
國朝曾□□撰曾字茶村名里不詳官廣西知
縣

犢鼻褌一本『見曲考』

國朝李棟撰棟字吉四興化人

宴金臺一本

定中原一本

河梁歸一本

琵琶語一本

紉蘭佩一本

碎金牌一本

紞如鼓一本

波弋香一本『右見傳刻本總名補天石』

右八種國朝周文泉撰文泉自號練情子名字

里居未詳

織錦記一本『見傳奇彙考』

國朝顧覺宇撰覺宇伶人亦元趙文敬張國賓

之流亞也

傳燈錄一本『一名歸元鏡見曲海目』

國朝釋智達撰

相思硯一本『見曲考』

國朝女史梁孟昭撰孟昭字夸素錢塘人

芙蓉峽一本『同上』

國朝女史林亞青撰

鑑中天一本『見曲海目』

國朝女道士姜玉潔撰案列朝詩閏集有姜舜

玉者號竹雪居士明隆慶間舊院伎或即其人

歟

玉符記一本『見曲海目』

國朝吉衣道人撰

香草吟一本

載花舲一本『右同上』
右二種國朝耶溪野老撰
珊瑚玦一本
元寶媒一本『右同上』
右二種國朝可笑人撰
廣寒香一本『同上』
國朝蒼山子撰
五倫鏡一本『同上』
國朝雪簑道人撰
翻西廂一本
賣相思一本『右同上』
右二種國朝研雪子撰
醉鄉記一本『同上』
國朝白雪道人撰

宣和譜一本『同上』
國朝介石逸叟撰
合箭記一本『同上』
國朝薦清軒撰
鴛簪合一本『同上』
國朝夢覺道人撰
三生錯一本『同上』
國朝西湖放人去村撰
月中人一本『同上』
國朝月鑑主人撰
雙仙記一本『同上』
國朝研露老人撰
長命縷一本『同上』
國朝勝樂道人撰

添繡鞋一本「同上」

國朝離幻老人撰

精忠旗一本
麒麟罽一本
綱常記一本
鐵面圖一本
北孝烈一本
義貞記一本
蝴蝶夢一本
納履記一本
丹忠記一本
十義記一本
赤壁遊一本
魚水緣一本
藍橋驛一本
飲中仙一本
夢中緣一本
石榴記一本
化人遊一本
財神濟一本
雙翠圓一本
翠翹記一本
續牡丹亭一本
慈悲願一本
千忠祿一本「一作千鍾祿」
雷峯塔一本「曲海目云右二十七種原有姓名
失記案夢中緣疑即張堅作也」
曲春衣一本

爛柯山一本
籌邊樓一本
隋唐一本
壽爲先一本
盤陀山一本
十錯記一本「曲考云卽滿牀笏雙司馬門客作」
後漁家樂一本
十美圖一本
鬧花燈一本
倭袍記一本
長生樂一本
大吉慶一本
杜陵花一本

清風寨一本
陀羅尼一本
百福帶一本
兩情合一本
蛾虎鍘一本
情中岸一本
七才子一本
東塔院一本
一枝梅一本
三奇緣一本
百子圖一本
鴛鴦結一本
錦繡旗一本
黃鶴樓一本

倒銅旗一本
燕臺筑一本
上林春一本
瑤池宴一本
金蘭誼一本
逍遙樂一本
文星刼一本
錦衣歸一本
合虎符一本
蟠桃會一本
人生樂一本
安天會一本
萬倍利一本
元寶湯一本

江天雪一本
沈香亭一本
花石綱一本
四屏山一本
翻浣紗一本
藍關道曲一本「皆要孩兒小調」
平妖傳一本
西川圖一本
黎篋雪一本
續尋親一本
狀元香一本
昭君傳一本
風流烙一本
紫金魚一本

贅人龍一本
報恩亭一本
平頂山一本
翻七國一本
玉燕釵一本
三異緣一本
歲寒松一本
鸞鳳釵一本
快活仙一本
八寶箱一本
補天記一本
珍珠塔一本
姊妹緣一本
奉仙緣一本

醉西湖一本
三鼎爵一本
英雄概一本
雙瑞記一本
玉杵記一本
後一捧雪一本
定天山一本
長生樂一本
南樓月一本
山堂詞餘一本
雄精劍一本
還帶記一本
後西廂一本
飛熊兆一本

賜繡旗一本
齊天樂一本
玉麟符一本
粉紅闌一本
喜聯登一本
狀元旗一本『另一本非薛旦撰』
雙和合一本『非朱佐朝撰』
三笑姻緣一本
碧玉燕一本
九曲珠一本
後繡襦一本
折桂傳一本
飛熊鏡一本
白鶴圖一本

白羅衫一本
乾坤鏡一本
還魂記一本『一名玉龍佩』
後珠毬一本
好逑傳一本
四大慶一本
青蛇傳一本
四安山一本
摘星樓一本
雲合奇踪一本
萬花樓一本
醉將軍一本
描金鳳一本
吉祥兆一本

續千金一本
劉成美一本
天緣配一本
桃花寨一本
沈香帶一本
鴛鴦幻一本
三世修一本
文章用一本
造化圖一本
祝家莊一本
綵樓記一本
鳳鸞裳一本
陰功報一本
福鳳緣一本

觀星臺一本
督亢圖一本
征東傳一本
北海記一本
三俠劍一本
千秋鑑一本
千里駒一本
雙珠鳳一本
十大快一本
鸞釵記一本
禪眞逸史一本
春富貴一本
翻天印一本
黃河陣一本

古城記一本
月華緣一本
五虎案一本
五福傳一本『非古本』
賜錦袍一本
百花臺一本
爲善最樂一本
遍地錦一本『又一本』
雙姻緣一本
鬧金釵一本
三鼎甲一本
鴛鴦被一本
天貫圖一本
錕鋼俠一本

一匹布一本
封神榜一本
滄浪亭一本
二龍山一本
天平山一本
河燈賺一本
玉麒麟一本
通天犀一本
碧玉串一本
鐵弓緣一本
未央天一本
二十四孝一本
千祥記一本
佐龍飛一本

順天時一本
彩衣堂一本
珍珠旗一本
元都觀一本
金花記一本
後岳傳一本
合歡慶一本
三鳳緣一本
太平錢一本『另一俗本非李玉撰』
合歡圖一本
鴛鴦孩一本
開口笑一本『右二百零六本均見黃文暘曲海目皆注無名氏可考其中名目有與上文複出者曲海目內載之必有二本也』

十二紅一本
風月亭一本
慶龍歸一本
文武圖一本
月華圓一本
慶有餘一本
雄晶劍一本
旌陽劍一本
錦蒲團一本
狀元香一本
鴛鴦笑一本
再生緣一本
十奇緣一本
天緣會一本

風月仙一本
千鍾粟一本
赤松遊一本
犀鏡緣一本
賺青衫一本
褒忠譜一本
天緣箭一本
曇花鳳一本
洪都賦一本
洞庭秋一本
雪裏梅一本
摘纓會一本
高唐夢一本
扶龍位一本

紅繡鞋一本
馬嵬坡一本
盤蛇山一本「疑卽曲海目之盤陀山蛇陀必有
一誤」
琉璃塔一本
錦上花一本
龍虎嘯一本
楊枝露一本
節義先一本
奪崑崙一本
續情燈一本
義中尤一本
石榴花一本
出師表一本

道情緣一本
櫻桃詩一本
鷹揚會一本
千門譜一本
金鈿盒一本
寶花聲一本
續春秋一本
珊瑚柳一本
銅雀臺一本
繡佛閣一本
鴛鴦絲一本
薄情種一本
尺素書一本
合薇鏡一本

白玉蟾一本
翻千金一本
凡仙祿一本
寶林岡一本
天緣夢一本
芙蓉讖一本
鬬鏤樹一本
碧文犀一本
鬬寶蟾一本
千秋節一本
三星照一本
片片錦一本
忠義堂一本
江南春一本

三跨鳳一本
五龍祚一本
二奇緣一本
五色蓮一本
五侯封一本
兩堅心一本
雙魁元一本
雙金環一本
八陣圖一本
十眉圖一本
杏花山一本
玉蜻蜓一本
紫金鞍一本
照膽鏡一本

百鳳裙一本
射鹿記一本
赤壁記一本
百花記一本
三多記一本『一名慶豐年』
七紅寶釧記一本
八黑劍丹記一本
易鞋記一本
壽鄉記一本
雙熊夢一本
情生文一本
登樓記一本『右九十五本見傳奇彙考均無作者名氏』
太平圖一本

崑崙索一本
一諧媒一本
沒名花一本
雙蝴蝶一本
玩嬋娟一本
雙啓緣一本
綵衣歡一本
女媧氏一本
丹晶墜一本
夢天臺一本
虎口餘生一本
羅惜惜一本
織錦回文一本
聚英雄一本

何推官一本
忠孝錄一本
英雄譜一本
百鍊金一本
勸善記一本
摩勒傳一本
金串記一本
風流院一本
賽金蓮一本
輦皇圖一本
玉妃仙一本
紫霞觴一本
全家慶一本
綠牡丹一本

雙玉人一本
木棉庵一本
紙扇記一本
晬盤記一本
磨水記一本
雙金榜一本
梅映蟾一本
忠良鑒一本
幻奇緣一本
磨塵鑑一本
廣寒法曲一本
柳永傳奇一本『右四十二本見莊親王九宮大成南北詞宮譜』
風流配一本

情緣記一本
全節記一本
耿文遠一本
蘇小卿一本
名花榜一本
檢書記一本
全德記一本
麒麟記一本
書中玉一本
玉馬緣一本
鬼法師一本
元永和一本
史洪肇一本
詩扇緣一本

滅竈記一本
崔懷寶一本
胭脂記一本
洞庭紅一本
張金花一本
雙漸記一本
白紗記一本
雙福壽一本
李婉一本
鸞刀記一本
駘氈笠一本
鬧烏江一本
萬壽圖一本『右二十八本見南詞定律中有明人作在內』

玉連環一本『見劉獻廷廣陽雜記』
五杳毬一本『見揚州畫舫錄云蘇州顧以恭與敎師張仲芳同譜蓋譜工尺非其所作也』
風雲記一本『見詞餘叢話』
財星照一本『見傳鈔本』
右三百七十二種無名氏撰

附錄

鴛鴦縧一本『明海來道人撰』
五色石一本『國朝徐述夔撰』
廣爰書一本『三吳居士撰』
喜逢春一本『無名氏撰』
編行堂雜劇『國朝金堡撰』
十種傳奇『清笑生撰』
右六種見禁書總目此外尚有太白劍明姚康

撰桃笑跡明宮撫辰撰三淸石郭良鏞撰楚天長張萬年撰香雪庵許如蘭撰此五種亦似傳奇名目第書既奉禁故附錄其目于末

曲錄　卷六

雜劇傳奇總集部『一人所著總集不錄』

元曲選一百卷『俗名元人百種曲』

明臧懋循編循字晉叔吳興人萬歷庚辰進士官南京國子監博士靜志居詩話晉叔嘗從黃州劉延伯借元人雜劇二百五十種又購得楊廉夫仙游夢游俠游冥游彈詞悉鏤版以行此書所錄亦不盡元人之作中如王子一谷子敬賈仲名楊文奎據太和正音譜皆明初人也卷首所錄亦本太和正音譜

元人雜劇選三十卷

明萬歷戊戌息機子編刻內二十八卷與元曲選複出唯羅貫中龍虎風雲會無名氏符金錠二種爲元曲選所未刻

古名家雜劇八集續古名家雜劇五集共五十二卷

明陳與郊編刻亦多與元曲選複出幷刊及徐渭汪道昆之作

盛明雜劇二集共六十卷

明沈泰撰泰字林宗杭州人

六十種曲一百二十卷

明毛晉編晉原名鳳苞字子晉常熟人

小令套數部『元初名公均有小令套數今見於總集曲譜者殆人人有之然專集之散佚較雜劇尤甚茲僅錄元明名家之有集名者如右

」

雲莊樂府一卷「見也是園書目」

元張養浩撰養浩字希孟號雲莊濟南人官至陜西省行臺中丞諡文忠元史有傳

「太和正音譜張雲莊之詞如玉樹臨風」

詩酒餘音「見錄鬼簿」

元曾瑞撰瑞字里見卷二

本道齋樂府小稿「同上」

元吳本撰本字中立杭州人

金縷新聲「同上」

元吳宏道撰字里見卷二

醉邊餘興「同上」

元錢霖撰霖字子雲松江人後爲黃冠更名抱素號素庵又有漁樵譜楊維楨爲之作序見鐵崖文集

九山樂府「同上」

元顧德潤撰德潤字君澤松江人以杭州路吏遷平江

昇平樂府「同上」

元朱凱撰凱字里見卷二

月湖今樂府「見楊鐵崖文集」

元周□□撰周號月湖四明人

沈氏今樂府「同上」

元沈□□撰沈字子厚吳興人

北曲聯樂府三卷外集一卷補遺一卷「元刊本」

吳鹽一卷蘇堤漁唱一卷「見錄鬼簿」

張小山小令二卷「明李開先輯本」

右張可久撰可久字伯遠號小山慶元人以路吏轉首領官『太和正音譜張小山之詞如瑤天笙鶴又云其詞淸而麗華而不豔有不喫烟火食氣眞可謂不羈之材若披太華之仙風招蓬萊之海月誠詞林之宗匠也當以九方皐之眼相之』

惺惺道人樂府一卷『明李開先刋本』

元喬吉撰字里見卷二

小隱餘音一卷雲林淸賞一卷『見盧文弨補遼金元三史藝文志』

元汪元亨撰

雙溪醉隱樂府十一册『同上』

元耶律鑄撰

夾漈餘聲樂府一卷『同上』

元鄭杓次撰杓次字子經興化人

樂府一卷『同上』

元馮華撰

竹窗樂府『共八套附見竹窗詞』

元沈禧撰禧字廷錫吳興人

誠齋樂府七册『見朱睦㮮萬卷堂書目　振綺堂書目作十册』

明周憲王有燉撰

僑庵小令一卷『見曹寅楝亭書目』

明李禎撰禎字昌祺廬陵人官至河南左布政

碧山樂府一卷續一卷洴東樂府二卷和李中麓詞一卷『前四卷見善本書室藏書志後一卷見傳刻本提要所云五卷或幷舉之』

明王九思撰字里見卷三

「藝苑巵言王渼陂所爲折桂令云望東華人亂擁紫羅襴老盡英雄此是名語又有一詞云暗想東華五夜淸霜寒駐馬尋思別駕一天風雪曉排衙句特軒爽四押亦佳而暗想尋思四字不稱乃知完璧之難也」

南峯樂府一卷「見王聞遠孝慈堂書目」

明楊循吉撰循吉字君謙吳縣人官禮部主事乞歸

「靜志居詩話康陵南巡君謙爲伶人臧賢所薦冠武人冠見帝應制賦打虎曲稱旨恆在御前塡詞與俳優雜處乃謀於賢請急放歸」

陶情樂府二卷「見藝苑巵言及善本書室藏書志」

十段錦詞二冊「見澹生堂書目」

右明楊愼撰字里見卷三

西樓樂府一卷「見善本書室藏書志」

明王磐撰磐字鴻漸號舜耕高郵人

「藝苑巵言舜耕詞頗警健工題贈善調謔而淺於風人之致」

一笑散一卷「見也是園書目」

明李開先撰周亮工賴古堂集章邱追懷李中麓前輩詩自注公所著雜劇如園林午夢類總名曰一笑散然園林午夢不似雜劇題目又也是園書目不列之雜劇中而列之詞林摘豔盛世新聲之前此二書皆選錄小令套數則一笑散疑亦中麓自集錄其小令套數之作也

海浮山堂詞稿四卷「嘉靖丙寅刊本」

明馮惟敏撰字里見卷三

樓居樂府『見藝苑卮言』
寫情集二卷『附正德本常評事集後』
明常倫撰倫字明卿沁水人官大理寺評事遷
寧羌州知州
江東白苧二卷續稿二卷『見善本書室藏書志』
明梁辰魚撰字里見卷三
花影集樂府五卷『見傳刻本』
明施紹莘撰紹莘字子野嘉興人
清明曲一卷『見曹寅楝亭書目』
明陳繼儒撰繼儒字仲醕號眉公華亭人
清江漁譜一冊『同上』
楊夫人樂府『見澹生堂書目　明史藝文志有
楊夫人詞曲五卷殆升庵妻黃氏之作也』

義山樂府一卷
清溪樂府一卷
缶歌一卷
閒情雜擬一卷『右四種見也是園書目』
右六種明人撰名氏無考『以上專集』
朝野新聲太平樂府九卷『元至正刊本　見四
庫存目』
元楊朝英編朝英號澹齋青城人此書前三卷
爲小令後五卷爲套數
樂府新編陽春白雪前集五卷後集五卷『元刊
本　南陵徐氏景元本』
元楊朝英編前六卷小令後四卷套數
北雅三卷『見曹寅楝亭書目』
明寧王權編有具區馮夢禎序

雍熙樂府二十卷

提要云舊本題海西廣氏編曹寅楝亭書目云明蒼嵓郭□輯今所傳者有嘉靖庚子嘉靖丙寅兩刻本庚子本前有楚愍王顯榕序丙寅本前有安肅春山序皆不言何人所編案日本毛利侯草月樓書目有雍熙樂府十六卷明郭勛編案勛明武定侯郭英曾孫正德初嗣侯嘉靖十九年進翊國公加太師後有罪下獄死史稱其桀黠有智數頗涉書史則此書必其所編也明史附見郭英傳又明嘉靖本草堂詩餘末一行曰安肅荆聚校刊下有印記曰春山居士則春山乃荆聚別字附識於此此書前十五卷以宮調分曲多選套數亦入雜劇十五卷後半至二十卷則錄南曲及隻曲目庫著錄十三卷本未足

北宮詞紀六卷南宮詞紀六卷『明刻本』

明陳所聞編所聞字藎卿金陵人此書專選元明人套數

白雪齋吳騷合編四卷『見楝亭書目』

明騷隱居士張旭初序并輯旭初字楚叔

彩筆情詞六卷『同上』

明張栩序選

四詞宗合刻八冊『同上』

明汪廷訥序輯馮海粟金白嶼王西樓梁少白四家詞曲海粟名子振攸州人元集賢待制白嶼名鑾明金陵人梁名里見卷三

南北宮詞十八卷『南詞六卷北詞六卷北詞別集六卷』

中州元氣十冊
仙音妙選
曲海
百一選曲
樂府羣珠
樂府羣玉
自然集一卷「皆道曲上九種見錢大昕補元史藝文志」
樂府新聲三卷「見常熟瞿氏鐵琴銅劍樓藏書目錄」
諸家晏燕詞三十冊
戲曲大全三冊
風月錦囊一冊
選唱賺詞一冊

十英曲會二冊
名賢珠玉集一冊「上六種見菉竹堂書目」
詞林摘豔十卷
盛世新聲十二卷
南北詞廣均選十九卷
南北宮詞紀年一卷「右見也是園書目」
明朝樂章
詞林逸響「右見南詞定律」
右二十一種元明無名氏撰「以上總集」
曲譜部
樂府混成集一百五冊「見錢大昕補元史藝文志」
宋修內司編周密齊東野語云混成集修內司所刊本巨帙百餘古今歌詞之譜靡不備具只

大曲一類凡數百解他可知矣然有譜無詞者居半霓裳一曲共三十六段嘗聞紫霞翁云幼日隨其祖郡王曲宴禁中太后令內人歌之凡用三十人每番十八奏音極高妙翁一日自品象管作數聲眞有駐雲落木之意要非人間曲也

太和正音譜二卷

明寧獻王權撰四庫全書提要之涵虛子詞品一卷卽此書上卷蓋提要所著錄者卽曹溶學海類編本而曹本又出於元曲選卷首所錄蓋取譜中卷首論曲之語別爲一書也然此譜全帙實具載明程明善嘯餘譜中今以李玉北詞廣正譜所引正音譜數十條校之嘯餘北曲譜無乎不合知嘯餘北曲譜之十卷及卷首卽鈔取獻王全書無疑矣錢唐丁氏善本書室有影鈔洪武刊本

曲律四卷『見也是園書目』

明王伯良撰案徐釚本事詩有王驥德字伯良會稽人

南九宮譜二十二卷『明文治堂本　嘯餘譜本』

明沈璟撰璟字里見第四卷前有大泌山人李維楨序謂伯英此書出於陳白二譜又南詞定律所引曲譜尙有楊升庵蔣惟忠鈕少雅譚儒卿馮猶龍張心其諸家今悉無考

南音三籟二卷

南北字辨一卷『右見也是園書目』

骷髏格『見南詞定律』

右四種明無名氏撰

欽定曲譜十四卷『殿本』

康熙五十四詹事王奕淸等奉　勅撰首載諸家論說及九宮譜定論一卷次北曲譜四卷次南曲譜八卷次以失宮犯調諸曲別爲一卷

北詞廣正譜十八帙『內歌指調宮調角調三帙原缺』

國朝李玉撰玉字里見卷五

曲譜大成『見莊親王九宮大成譜所引

無名氏撰

隨園曲譜『見南詞定律序』

國朝胡介祉撰介祉字里見卷五

南詞定律十三卷『內府本』

國朝呂士雄楊緒劉璜唐尙信合撰士雄字子乾璜字子秀尙信字心如均蘇州人緒字震英錢塘人前有康熙五十九年恕園主人序主人當時藩邸也

九宮十成南北詞宮譜八十卷閏一卷『內府本』

國朝莊親王撰乾隆七年莊親王奉　勅編輯律呂正義因成此書編輯者周祥鈺鄒金生分纂者徐興華王文祿參定者徐應龍朱廷鏐也

太古傳宗六卷『內府本』

國朝莊親王撰內西廂譜二卷琵琶諸宮調譜二卷時劇譜二卷專爲唱曲者作也

納書楹四夢譜八卷又曲譜正集四卷外集二卷續集四卷補遺四卷『自刻本』

國朝葉堂撰堂字廣明一字廣平長洲人此書

不分宮調專注工尺但供唱曲之用非爲製曲之用也

曲韻部

菉斐軒詞林韻釋一卷『詞學叢書本　粵雅堂叢書本　南陵徐氏景宋本』

宋無名氏撰厲鶚樊榭山房集論詞絶句欲呼南渡諸公起韻本重雕菉斐軒自注云紹興二年菉斐軒刋本詞林韻釋分東紅邦陽等十九韻與元周德清中原音韻略同以上去入三聲配隸平聲與宋沈義父樂府指迷相合而江都秦恩復詞林韻釋跋疑此書出于元明之季謬託南宋初年刋本又疑專爲北曲而設或卽大晟樂府之遺意然今日所存宋人大曲如王明清玉照新志所載曾布水調歌頭曾慥樂府雅詞所選董穎道宮薄媚亦有四聲通押者殆爲大曲而設況有流傳宋本足據也

中州音韻一卷『嘯餘譜本』

元卓從之撰嘯餘譜凡例云中州韻宋太祖時所編其說無稽茲從也是園書目定爲卓從之撰

中原音韻一卷『同上』

元周德清撰德清字挺齋高安人此書分部與中州音韻同而平聲獨分陰陽末附務頭正語作詞起例專論務頭及作詞法

增注中原音韻一卷『見也是園書目』

明王文璧撰

合併卓周韻一卷『同上』

無名氏撰

三聲韻一卷「同上」

無名氏撰

瓊林雅韻二卷「見四庫全書提要」

明寧獻王權撰

音韻須知二卷「內府刋本」

國朝李書雲朱素臣撰素臣見上卷書雲名宗孔江都人順治丁亥進士由部郎授御史進給事中大理寺少卿

曲目部

錄鬼簿二卷「楝亭十二種本」

元鍾嗣成撰嗣成字里見卷二此書上卷錄已死名公所製雜劇下卷則錄其相知之人所製曲每人繫以小傳且作凌波曲以弔之今嗣成所撰雜劇不傳其曲之存於今者僅雍熙樂府中所選一小套北詞廣正譜中小令一闋及此書中小令十九闋耳然此書以錄曲爲主故列於此

曲品三卷「舊鈔本」

明呂天成撰天成字勤之號鬱藍生會稽人此書上卷分明中葉以前曲家爲神品妙品能品具品四等又分別明季曲家爲九等中卷專錄傳奇名目下卷則就各家所製傳奇仍從上卷所分之次序而細評之此與錄鬼簿均非曲目之書以可資參考故列於此

新傳奇品一卷「舊鈔本」

國朝高奕撰奕字里見上卷此書係續曲品而作舊鈔本誤裝於曲品中卷之下下卷之上余爲更定蓋曲品作於明萬歷間而奕則已入國

朝矣各人各著評語並錄其所製曲又與曲品體例略殊

傳奇彙考十冊『無卷數舊鈔殘本』

國朝無名氏撰此書第一冊爲總目錄第二冊至第四冊共一目第五冊至第十冊共一目二冊以下皆就各曲本撮其大略并考其與正史及他書合否考核頗詳而見解殊陋且分目所載亦與總目有出入校之總目所漏尚多或總目盡著錄所知之本而分目僅就所見之本考之歟

曲考

國朝焦循撰循字里堂江都人此書里堂叢書中未曾刊入僅見李斗揚州畫舫錄徵引書中所錄雜劇傳奇數十種以補黃文暘曲海目之所未備耳

曲海二十卷

國朝黃文暘撰文暘字時若號平山江都人乾隆丁酉巡鹽御史伊齡阿奉　旨於揚州設局修改曲劇凡四年事竣總校黃文暘李經分校凌廷堪程枚陳治荊汝爲修改既成文暘著有曲海二十卷其序目云乾隆辛丑間奉　旨修改古今詞曲余受鹽使者聘得與修改之列兼總校蘇州織造進呈詞曲因得盡閱古今雜劇傳奇追憶其盛擬將古今作者各撮其關目大概勒成一書既成爲總目一卷以記其人之姓氏然作是事者多自隱其名而妄作者又多僞託名流以欺世且其時代先後尤難考核即此總目之成已非易事矣其目今載揚州畫舫錄

曲錄終

正音學會校本